中國語言文字研究輯刊

三 編

許 錟 輝 主編

第 **16** 冊

清代訓詁理論之發展
及其在現代之轉型（下）

鐘 明 彥 著

花木蘭文化出版社

國家圖書館出版品預行編目資料

清代訓詁理論之發展及其在現代之轉型（下）／鐘明彥 著

— 初版 — 新北市：花木蘭文化出版社，2012〔民 101〕

目 4+224 面；21×29.7 公分

（中國語言文字研究輯刊 三編；第 16 冊）

ISBN：978-986-322-061-9（精裝）

1. 訓詁學 2. 清代

802.08 101015996

ISBN-978-986-322-061-9

9 789863 220619

中國語言文字研究輯刊

三 編 第十六冊 ISBN：978-986-322-061-9

清代訓詁理論之發展及其在現代之轉型（下）

作 者	鐘明彥	
主 編	許錟輝	
總 編 輯	杜潔祥	
出 版	花木蘭文化出版社	
發 行 所	花木蘭文化出版社	
發 行 人	高小娟	
聯 絡 地 址	新北市永和區中正路五九五號七樓之三	
	電話：02-2923-1455／傳真：02-2923-1452	
網 址	http://www.huamulan.tw 信箱 sut81518@gmil.com	
印 刷	普羅文化出版廣告事業	
初 版	2012 年 9 月	
定 價	三編 18 冊（精裝）新台幣 40,000 元	

清代訓詁理論之發展
及其在現代之轉型（下）

鐘明彥　著

目次

上　冊

上編　清代訓詁理論之發展 ……………………………………………… 1

第一章　緒　論 ………………………………………………………… 3

第二章　清代訓詁學發展之歷史背景 ……………………………… 13

　第一節　考據學興起之原因 ……………………………………… 14

　　一、梁啓超之說 ………………………………………………… 16

　　二、錢穆及余英時之說 ………………………………………… 27

　　三、眾說檢討 …………………………………………………… 35

　第二節　清代訓詁學發展概述 …………………………………… 43

　第三節　清代訓詁學成就概述 …………………………………… 67

第三章　清代訓詁理論之先導——顧炎武 ……………………… 91

　第一節　學術體系 ………………………………………………… 92

　　一、爲學宗旨 …………………………………………………… 92

　　二、爲學途徑 …………………………………………………… 94

　第二節　治學方法與訓詁運用 …………………………………… 100

　　一、鈔書與札記 ………………………………………………… 102

　　二、異文與校讎 ………………………………………………… 103

　　三、輯纂與歸納 ………………………………………………… 109

　　四、異聞與考證 ………………………………………………… 114

　　五、經學與小學 ……………………………………… 121
第四章　清代訓詁理論之奠基──戴震 ……………… 133
　第一節　學術體系 …………………………………… 133
　　一、為學宗旨 ………………………………………… 133
　　二、為學途徑 ………………………………………… 151
　第二節　治學方法與訓詁運用 ……………………… 168
　　一、校讎 ……………………………………………… 168
　　二、訓詁定義 ………………………………………… 171
　　三、文字與聲韻 ……………………………………… 175
　　四、名物與度數 ……………………………………… 176
　　五、訓詁理論 ………………………………………… 177
　　六、其他 ……………………………………………… 185

中　冊

第五章　清代訓詁理論之深化──王氏父子 ………… 191
　第一節　學術體系 …………………………………… 192
　　一、為學宗旨 ………………………………………… 192
　　二、為學途徑 ………………………………………… 198
　第二節　治學方法與訓詁運用 ……………………… 202
　　一、研究精神 ………………………………………… 203
　　二、訓詁理論 ………………………………………… 209
　　三、文字與聲韻 ……………………………………… 261
　　四、校讎 ……………………………………………… 268
　　五、其他 ……………………………………………… 273
　附錄：東原、朱子論治學有合語錄 ………………… 277
第六章　清代訓詁理論之新猷──章太炎 …………… 293
　第一節　學術體系 …………………………………… 293
　　一、為學宗旨 ………………………………………… 293
　　二、為學途徑 ………………………………………… 306
　第二節　治學方法與訓詁運用 ……………………… 338
　　一、語原研究 ………………………………………… 338
　　二、其他 ……………………………………………… 391

下　冊

下編　清代訓詁理論在現代之轉型 ……………………………… 413

第七章　緒　說 …………………………………………………… 415

第八章　聯綿詞研究 ……………………………………………… 429

　第一節　現代聯綿詞定義 ……………………………………… 430

　第二節　聯綿詞理據溯源 ……………………………………… 436

　　一、張有《復古編》 ………………………………………… 438

　　二、楊愼《古音駢字》 ……………………………………… 442

　　三、朱謀㙔《駢雅》 ………………………………………… 446

　　四、方以智《通雅》 ………………………………………… 450

　　五、王國維〈古文學中聯綿字之研究（發題）〉 ………… 463

　第三節　聯綿詞認知之商榷 …………………………………… 473

　　一、定義 ……………………………………………………… 473

　　二、聯綿詞成因略商 ………………………………………… 483

　　三、分訓與字面爲訓之限度 ………………………………… 492

第九章　反訓研究 ………………………………………………… 507

　第一節　古代反訓研究論析 …………………………………… 507

　第二節　現代反訓研究論析 …………………………………… 529

　第三節　反訓研究商榷 ………………………………………… 549

　　一、反訓舊說之定位 ………………………………………… 550

　　二、「反義爲訓」之可能 …………………………………… 555

　附錄：現代學者所論反訓定義與成因資料 …………………… 560

第十章　同源詞研究 ……………………………………………… 577

　第一節　研究概略 ……………………………………………… 577

　　一、沈兼士 …………………………………………………… 580

　　二、王力 ……………………………………………………… 584

　　三、王寧、黃易青、孟蓬生 ………………………………… 587

　第二節　研究商榷 ……………………………………………… 598

　　一、前說指疑 ………………………………………………… 598

　　二、研究芻議 ………………………………………………… 607

第十一章　結　論 ………………………………………………… 613

附錄：本文主要歷史人物生卒年表 ……………………………… 617

引用書目 …………………………………………………………… 623

下編　清代訓詁理論在現代之轉型

第七章　緒　說

　　上一個部份，本文著重陳述了清代訓詁發展之趨勢，並且擇其要者，在顧、戴、王、章各家的學術體系中去理解其訓詁概念。如此的用意，乃試圖跳脫一般泛論訓詁理論之弊，而期能更精確地掌握訓詁在整體學術中所被賦予的內涵，及其實際的演變。自然，歷史的發展是複雜的，本文既然刻意的拉出了一條脈絡，並且亦只著重地介紹了其中寥寥數人，在與全貌的對應上不能不有限制。不過，謂此數人為清代訓詁高峰的連結，應該是不會有太大爭議的，同時不論從外部的師承以及內部的理路來看，其間的承傳聯繫亦是密切而顯著的。更重要的是，在章氏中後期講學中培養的許多學生，如黃侃、錢玄同、沈兼士、朱宗萊、徐復、吳承仕、馬裕藻諸人，皆可謂近現代小學之中堅。而其中沈兼士之學生又有齊佩瑢，黃侃之弟子又有林尹、洪誠、陸宗達、殷孟倫、高明等。視此陣容，則以章氏為現代小學之源頭亦不為過。〔註1〕以是，如果要尋繹現代小學的底層，或是探究訓詁學古今轉型的差異，這條脈絡應是可以具有一定代表性，而幫助吾人看出許多問題的。

　　以是第二部份，便是在這個基礎上看待目前訓詁學發展的一種省思。而此，又可分為訓詁學整體發展趨勢，以及個別訓詁理論操作二端。

　　首先，就訓詁學整體發展趨勢而言，本文不擬更去重述與細究那些瑣碎的

〔註 1〕唯古文字研究一項可有斟酌處。

改變，因為在主軸歧出的狀況下，細節的深化並不見得是真正的進展。在此，只想著重指出其中的兩種弊端，其一是科學之期盼；其二是傳統的誤解。

一、科學之期盼

如果將眼光拉回到目前，可以明顯地發覺到，幾乎所有的訓詁學論著，都將認同現代化、科學化是這門學科應該朝向的目標，並且也以為這個目標已經獲得了高度的實踐。若周大璞主編之《訓詁學初稿》中，[註2] 曾酌引 1981 年中國訓詁學研究會成立大會之會議紀要言：

> 由於歷史局限，傳統訓詁學中也存在著不少尚待解決的問題，需要我們加深研究，論證歸納，給予科學的說明。……。總之，我們必須在總結前人成果的基礎上，將訓詁學的研究向更高更廣的領域推進，使之具有更強的科學性與系統性。要做到這點，我們必須重視吸收國外語言學（特別是語義學）的研究成果，還應注意運用有關學科（例如考古學、古文字學等）的新發現，這樣訓詁學的發展才能更為迅速。（頁 417）

又如陸宗達、王寧所謂：

> 任何一門學問，如果它只能解決一個個的具體問題，卻不能提出一系列科學的方法，或者雖然運用著一整套的方法，而這些方法的正確性卻未能從理論上得到證明，在應用中就難免有因缺乏科學理論指導而產生的盲目性，也就很難向現代科學發展，要想普及並便於更多的人來應用它則尤為困難。所以，訓詁學唯有使其方法科學化，才有新的出路。（《訓詁與訓詁學》，頁 19）

雖然這裏僅僅指出少數幾個意見，不過如此的理解實已普遍充斥於現代各個學科，而為吾人所切身感受之期許與「壓迫」，殆可毋須再去統計驗證矣。以是姑且不論訓詁學之「科學化」是否為一條唯一可行、應行之路，就目前之大勢言，恐怕也只能承認這是個既定的認知與價值標準了。

然而認知與理想是一回事，事實與成果又是另一回事。如果吾人從更現實的立場來看待迄今的研究結果，情況似乎仍令人不甚滿意，具體而言，除了可

〔註 2〕撰寫人為黃孝德與羅邦柱。

以用語言學的語彙更清楚地表達已知的概念外，對於二王因聲求義的基礎，今人實在沒有太大的突破，而對於乾嘉以來所不能解決的問題，眼下其實還是百家爭鳴。這不啻表示，所謂的現代化、科學化其實只是因應現代人接受科學思維的價值下，以科學的術語對傳統成果所做的一種譯述而已。並且在此狀況下，甚至還可以大膽的指出，所謂的科學實際上只是西方語言學的代稱，而所謂的研究因而亦只是套用西方語言學理論來理解傳統訓詁學的理論與材料而已。如申小龍所謂：

> 我國現代語言學是以西方語言學爲參照系來尋找自己的發展道路的。……。以西方語言學爲參照系的發展道路，事實上使得漢語研究與漢語事實貌合神離。這種內與外的參照，學到的只是外族文化的表面形式。西方語言豐富的形態標志，使西方語言學較易形成一套形式化的分析程序和形式化相應的理論目標與體系。但這樣一種經西方描寫語言學科學主義化的傳統，一旦全盤照搬來分析非形態而有很強人文性的漢語事實，就必然"左支右絀，困不可忍"。中國現代語言學膚淺地認定人類語言作爲一種自然符號系統是大同小異的，漢語的特點可以通過對"洋框框"的不斷修補完善來加以反映，於是這種畸型的"洋框框精緻化"成爲科學化的同義語。（《語文的闡釋》，頁 598～599）

而宋永培亦曰：

> 訓詁研究及中國語言研究中，由於存在著忽視或否定先秦文獻語言及其研究的地位與作用這一突出問題，就造成了第二個結果。這個結果表現在理論的確立、體系的建構、方的採用上，就是並不通過對翔實、生動的古代語言材料作系統而有條理的分析論證進而有理有據地、創造性地確立理論、建構體系、選練方法，而是在拋棄了大量的古代語言材料，取消了系統的分析論證的情況下照搬照抄國外的或古人的或同時代的其他人的成說與結論。由此造成有一批關於訓詁和訓詁學的專書、文章往往剿説雷同，游談無根，理論空乏，方法呆滯。（《當代中國訓詁學》，頁 47）

二者所強調的雖然皆在忽略人文、文化之一端，然而所點出中國現代語言學的

現象與弊端卻是一致的。這種「發展」著實令人灰心，吾人甚至可以說，自乾嘉以來，中國語言學幾乎沒有實質的進展。

　　申、宋二人之批評，顯示語言學界對此歧出是有自覺的，只是在此自覺下，中國語言學是否便有新的契機，而有所變化？以宋氏為例，上述的引文來自《當代中國訓詁學》中「近百年中國訓詁學回顧」一章，而貫串在這個回顧下的主旨，除了指出西化的誤謬外，其所提出的除弊之方，無非是強調：

> 中國語言和中國語言研究的民族特點，從根本上來說，是表現在兩個方面：第一個方面是，中國語言的體系是和中國歷史文化的體系整體聯繫的，因而中國語言的研究從這種整體聯繫的實際出發，就採用了整體貫通的研究方法。第二個方面是，中國上古的語言體系和上古的歷史文化體系的密切聯繫，是中國後代的語言體系的後代的歷史文化體系密切聯繫的源頭，因而中國語言的研究從這種歷史傳承的實際出發，就採用了源流並重的研究方法。（頁15～16）

這樣的說法看起來非常義正辭嚴，而帶有強烈的文化使命，只是落實到其具體實踐中，卻又顯得名不副實。若其不認同王力主編《古代漢語》解釋《左傳・隱公元年》一段：

> 祭仲曰：「都城過百雉，國之害也。先王之制，大都不過參國之一，中五之一，小九之一。今京不度，非制也。君將不堪。」……？王力主編《古代漢語》（修訂本）第一冊的注釋是：
>
> 不度，不合法度。非制，不是先王的制度。（《當代中國訓詁學》，頁40）

而糾正曰：

> 之所以出現這種失誤，是由於忽略了春秋時代強調的是"守其制度"，因而把重點詞"不"講成"不合"；同時忽略了春秋時代是通過具體的量度來體現先王的"尊卑之制"，因而把"不度（不遵守先王制定的量度）"泛泛地講成"不合法度"；還由於忽略了"非"的本義是"違背"，因而用後代的引申義"不是"代替"非"的"違背"義。所有這些都說明，解釋語詞的意義時注意從上下文出發，考察語詞的系統聯繫，結合語詞、上下文依托的歷史

文化背景，是完全必要的。（同上，頁 46～47）

這是宋氏的實踐，且不論其結論之眞假，其概念的實質卻仍只是從文化、語境去理解語義而已，若此，則解釋西方文本訴諸西方文化，解釋中國文本則依據中國文化，本是理所應然，其語境、材料雖有不同，而理路、思維蓋何嘗有異乎？要之，實亦與惠棟信古之預設與東原從實際所指去理解語言可無別矣。究其實，不過是乾嘉思維的新面貌耳，略無發展之可言。

　　宋氏的文章最末收攏於八○年代以來的當代訓詁學，〔註3〕而爲其做下了如此之定位：

　　　　當代中國訓詁學，是運用當代的科學方法對兩千年傳統訓詁學和現代訓詁學的成果切實繼承並實行超越的科學。（《當代中國訓詁學》，頁 56～57）

並以爲其成果可有四大項：

　　　　十多年來，當代訓詁學圍繞著如何明確訓詁方法和訓詁學的系統條理這一中心問題作深入切實的研討，還在以下四個方面取得了明顯的成果，這就是：一、訓詁原理的揭示，二、科學術語的確立，三、理論體系的清理，四、系統方法的運用。（同上，頁 72）

在這四個方面中，宋氏則多以陸宗達、王寧爲其範本。其中系統方法一項，在概論中宋氏並未例舉，術語一項則僅在名目，無涉本質。至訓詁原理者，宋氏以陸、王二人所言引申規律爲說，以爲：

　　　　古代文獻詞義的引申規律有三種類型：理性的引申、狀所的引申、禮俗的引申。〔註4〕

並謂：

　　　　通過原理的揭示，王寧先生指出傳統訓詁學是以研究古代文獻語言的語義規律和訓釋方法爲內容和任務的。（《當代中國訓詁學》，頁 77）

〔註3〕宋氏以先秦至清末爲中國傳統訓詁學；1900 年至 1982 年爲中國現代訓詁學；1983年以來爲中國當代訓詁學。參見該書，頁 1。

〔註4〕見《當代中國訓詁學》，頁 76。又陸、王二氏原說則詳見《訓詁與訓詁學》，頁 113～124。

相較其對一般學者套用赫爾曼・保羅所謂詞義引申的三種規律：擴大、縮小、轉移的批評：〔註5〕

> 這是依據詞義所表示的概念的內涵和外延的變化來進行分類的理
> 論，也就是關於詞義演變的邏輯分類的理論。詞義演變的這種邏輯
> 分類算是一種客觀存在。在漢語和別的民族語言的詞義演變中也存
> 在著可以用這種邏輯分類來認識的一些情形。但是這種邏輯分類的
> 癥結在於它在根本上不可能揭示出漢語詞義演變的民族特點，不可
> 能體現出漢語詞義演變研究的民族特點。（同上，頁20）

是可知其差異乃只在分類的角度有共相、別相之不同而已，雖然陸、王之分類可能可以更精確地貼近漢語，然而這實在與所謂的「原理」可不相涉。

　　最後則是理論體系一項，宋氏舉出了陸、王根據黃侃的意見而整理出的訓詁體系：〔註6〕

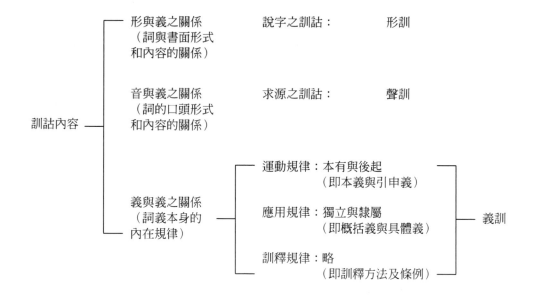

而回到陸、王之文本，則謂：

> 這個系統，的確囊括了傳統訓詁的全部內容，也展示了與文字學、
> 音韻學並列的訓詁學應有的研究範圍。照此發展，訓詁學便會成為

〔註5〕詳見《當代中國訓詁學》，頁19。

〔註6〕詳見《當代中國訓詁學》，頁82。又以下系統表逕引自陸、王二氏《訓詁與訓詁學》，頁8。

這樣一門科學：

對象：古代文獻語言（即古代書面漢語）的詞義。

材料：古代文獻語言及用語言解釋語言的注釋書、訓詁專書。

任務：研究古代漢語詞的形式（形、音）與內容（義）結合的規律以及詞義本身的內在規律。

目的：準確地探求和詮釋古代文獻的詞義。

所以，它實際上就是古漢語詞義學。如果把它的研究對象範圍擴大到各個時期的漢語，包括現代方言口語的詞義，就產生漢語詞義學。可見，訓詁學就是歷史語義學，也就是科學的漢語詞義學的前身。（《訓詁與訓詁學》，頁 7～8）

這個體系，乍見之下，似乎煞有介事，然則稍一細究即不難發現，這其實只是提起一個現代學術的框架，將傳統訓詁學既有的內容一一填置，而後顧名思義地安上一個「歷史語義學」的西方學科名稱罷了。在內容上，它沒有任何的改變，而在本質目的上，歷史語義學，「the study of the change of meaning in time」〔註7〕（參考中譯：語義歷時演變之研究）研究客體在語義本身；而訓詁學則主要仍在「準確地探求和詮釋古代文獻的詞義」，重點依舊是注釋。是豈得因其材料在「古代」、「漢語」，其對象在「詞義」，便直接等視為「古漢語詞義學」、「歷史語義學」？就此，許嘉璐為孫雍長《訓詁原理》作序時亦曾指出：

訓詁學不等於詞義學，更與西方的詞義學／語義學相距遙遠。若一定以詞義學套訓詁學，削足適履之比不啻也。什麼原因呢？傳統上的訓詁學所釋非止詞語，其終極目的亦不在精細探究詞義之構成、演變、與思維之關係，而在詮釋文獻語言表達之當然與所以然；唯其如是，其所涉及詞義以外者，為泰西詞義學／語義學所未悟，視六〇年代以來西方解釋學之出現即可證明，而這正是傳統訓詁學之長，有待弘揚者甚夥；再者，西方詞義學／語義學大半屬哲學範圍，以訓詁學比附之，何所取從？（《訓詁原理》，頁 3）

大抵正點出其本質與內涵、外延之主要異同處。〔註8〕是即使吾人可以用今語

〔註7〕見 Palmer，*Semantics*，頁 8～9。

〔註8〕孫雍長大致亦贊同此意，不過由孫氏書中引述之許嘉璐另文，〈論訓詁學的性質及

譯古語，將訓詁學翻譯成歷史語義學，那也只能視爲與西方 Historical Semantics 同名異實的另一門學科。究竟這種名稱上的依附可以帶來什麼實質的改變，著實令人費解，是否只要能夠框入科學的西方語言學的系統中，而傳統訓詁學便可以得到「科學」的立場？或是肯定？也許吾人應該更正視這個問題：「把訓詁學改稱爲歷史語義學，不能標示著這門學科的根本變化，而只是簡單的易名。」〔註9〕

宋氏以及陸、王二人的意見與操作固然不能代表目前訓詁學界的整體，不過，至少可以肯定，這種「想像」的科學化的狀態確實是存在的，而且如果從以下數項專題的分析來看，與之相類者可能還不算少。

而在另一方面，吾人也不能否認，確實在學界中存在一種現代語言學的研究。若黃孝德所舉，石安石《語義論》、《語義研究》，張齊《模糊語義學》，曹煒《現代漢語詞義學》等，〔註 10〕或是稍早的趙元任、林語堂、呂叔湘諸人。不過，吾人必須清楚的知道，這些學者雖然多有具備深厚的國學基礎者，不過做爲其學術研究的底層，或是其所受的學術訓練，卻主要是西方語言學。換句話說，這些學者根本是學習、接受西方語言學之訓練，而用以理解、研究中國語文者，與傳統爲解經而研究文字語言之小學，在本質上有絕大不同，甚至在議論上是不相往來的。切不可因其間偶有議題之重疊，便因此混同二者。因此本文以爲，訓詁學，或是傳統小學之與語言學者，在今日的發展其實是分道揚鑣的。雖然訓詁學的研究可能片斷地借助語言學的理論，而語言學亦頗致力於漢語的研究，然則語言學終歸是語言學，訓詁學依舊是訓詁學，在宗旨各異的狀況下，其間研究領域的重合，也許只能視爲跨學科的互補與合作。許嘉璐

其他〉中：「訓詁學的一個獨到之處就是既注意語詞本身的意義，與客觀事物間的關係，又特別注重語言環境。這個環境既指語言中跟使用者直接相關的指別成分，又包括了跟語言運用有關的心理、生物、社會等現象。換言之，如果一定要跟西方語言學中的學科比附的話，我們可以認爲訓詁學近於語文學加語用學，卻離詞義學更遠。」（《訓詁原理》，頁 4）則許、孫二人之立足點實亦過度集中在語言身上也。本文以爲這仍爲西方語言學所影響，而忽略了訓詁在治經上的淵源與本旨矣。

〔註 9〕 此乃反向轉用陸、王二氏評論章太炎易「小學」之名爲「語言文字學」之語。

〔註10〕 參見《訓詁學初稿》，頁 423。

曾謂：

> 詞義學／語義學應該從訓詁學中汲取營養，訓詁學家也應關注乃至
> 參與詞義學／語義學的討論與研究，但是終歸這是另一個領域，不
> 可混爲一談。（《訓詁原理・序》，《訓詁原理》，頁 3）

是亦點破其中虛象矣。

二、傳統之誤解

前述旨在指出傳統訓詁學對西方語言學的草率附會，本文既無意，也不必
去比較訓詁學與語義學的優劣，那種意義並不太大，然則，若不是刻意曲解、
冒名，這至少顯示傳統訓詁學家對西方語言學的理解還頗爲粗淺。

遺憾的是，同樣的現象似乎也發生在對傳統訓詁學的認知。或者是由於今
人太自恃於現代、科學的自視，以致輕忽了清儒的學說多是紮紮實實地從故典
舊籍中精讀深思而來，遂在粗疏的科學、語言學的常識下，擅自截取、詮釋清
人的結論、語彙，因而徒生許多不必要的爭議，甚至使清儒苦心得來的結果，
遭到輕率無理的濫用。若前述對轉旁轉之規則，以至章太炎之成均圖，對清
儒、章氏而言，本是既有現象的說明，並且在確定一個條例前，運用一個條例
時，伴隨的必是眾多例證的支持。然則在今人的操作下，不曾理解過韻理、未
曾分析過韻例，便查表歸韻，直引對轉旁轉爲證，而漫言孳乳、假借者，實在
所多有。

回到訓詁上，這種一知半解而顧名思義、斷章取義的現象實亦不遑多讓。
在本文陳述顧亭林的治學進程時便曾提過，其「讀九經自考文始，考文自知音
始」的理路中，「考文」實是「校勘」文字，然則後人解之，謂爲「考釋」文字
者殆有十之八、九。究其實，乃戴震「由字以通其詞，由詞以通其道」進程之
強烈影響。是知如此之認知，誠先入爲主地掌握一理解框架，而含混地以材料
就我之預設，雖然仍能自圓其說，而實未能眞正尊重於客體之本旨。

由後續的發展看，「考文」一例固然對亭林造成了誤解，亦使乾嘉治經理路
的建立往上提早了一個時程，雖然這似乎尚未對實際的理論發展造成太大的負
面影響。不過，這畢竟是個認知上的誤謬，如果不能精確辨析，它其實可能是
理論發展中的一個極大障礙。譬如，今人對傳統「聯綿字」、「連語」的解釋，
便使得「聯綿詞」的討論增加許多莫須有的爭議，甚至混雜了許多似是而非、

甚至渺不相涉的概念，而徒令聯綿詞的理解更爲複雜、膠著。

在二王一段的討論中，本文其實也已經特別強調過，石臞所謂連語者，其實只是同義複詞之謂，而有陳瑞衡者，除石臞外，更申論若王國維、符定一等人之聯綿字（詞）者，亦與今之內涵有所不同：

> 王念孫所說的連語，就是由上下同義的兩個字構成的詞。特別是"狼戾"的訓釋，在指出"狼亦戾"的同時，還進一步指明"兩字平列"的關係。王氏於《連語》一節中，總共分析了諸如此類的例證二十三個。用現代詞匯學的概念來說，王念孫的連語就是指由兩個同義語素構成的聯合式合成詞。（〈當今"聯綿字"：傳統名稱的"挪用"〉）

> 王國維說聯綿字"不可分別釋之"，其要義也只是指明應當把兩個字作爲一個整體看待。至於這兩個字是分別有義還是無義，在他的觀念中是不怎麼在意的。這我們只要看看他的《聯綿字譜》中所收的詞，就很清楚了。（同上）

> 遍觀《聯綿字典》，我們認爲可以作出這樣的判斷：符定一的聯綿字是指所有的雙音節詞，既包括雙音節單純詞，又包括多種類型的雙音節合成詞。還可以這樣說：在符定一的觀念中，所有兩個字聯綴起來成爲一個整體的，都是聯綿字。（同上）

其後，陳氏下了一個結論，謂：

> 傳統觀念的聯綿字是一個與單音節詞相區別的詞匯系統。這就可見，當今界定爲雙音節單純詞的"聯綿字（詞）"同傳統觀念的"聯綿字"，只是兩個內涵和外延都不同的相同的名稱。所以說，當今概念的"聯綿字（詞）"，只是傳統觀念"聯綿字"的"挪用"，而不是繼承和發展。（同上）

陳氏之評論頗爲厚道，僅將前人這種各自認定的使用現象視爲「挪用」，以是有李運富者，則在此基礎上，以爲「挪用」爲有意識之改變，至無意識者，則直斥爲「誤解」可也：

> 使用現代"聯綿詞"概念的人根本就不認爲它與古代的聯綿字完全不同，反而常常跟古代的相關名稱並提，甚至引述古人的有關論述

和例詞作爲理論根據和典型材料來證明"聯綿詞"的單純性，可見
這根本就不是有意識的"挪用"，而是出於對古代聯綿字觀念的誤
解，也就是把古代的聯綿字錯當成現今的雙音單純詞。(〈是誤解不
是"挪用"——兼談古今聯綿字觀念上的差異〉)

古今聯綿詞的名、實錯綜，也許還不僅李氏所言之單純，然則李氏畢竟指出了
一個事實，今人對古人聯綿詞的認識，實是一種誤解。而之所以產生如此誤
解，大抵亦在於今人過度自信於其自以爲是的聯綿詞概念，以是在理解前人的
時候，實只是以自我爲中心、標準，而摘取前人議論之合於己者以爲得之，甚
至以個人之意而強解前人之語。是其有合者，則爲前人成熟之處，其有未合，
竟成前人之疏謬。

　　在不能尊重前人各自的體系與意圖下的理解，掌握了前人，而實亦瓦解了
前人。吾人以爲，這種理解其實是無效的，因爲這種封閉性的理解模式，所掌
握的終究只是自我的既有。反之，如果能夠確實釐清各家定位，即使不能在前
說中有所啓發，至少也不必耗費心力在這些基本概念的糾葛中。本文相信，目
前聯綿詞的屬性、內涵尚未能清楚確立，有極大的原因便在於此，而致力於這
些內涵、屬性的討論看起來似乎是個學術議題，其實亦只是個學習問題而已，
對學術進展實未能有太大之助益。

　　「考文」與「聯綿字」二例，只是理解失眞的冰山一角而已，若聲訓、若
反訓、若轉語等等，其實皆有如是之誤謬作梗，如果吾人再不能正視這種認知
上的局限，遑論開啓新局之難以期待，即問復古守成，都不免要愧對古人了。

　　綜而言之，對古人的不完整繼承，以及對西學想像的接受，實造成今日訓
詁學發展的兩大阻力。而這種狀況也許還不甚嚴重，更令人憂心的是，這本來
是個左支右絀、進退維谷的窘境，而今人卻還自以爲左右逢源地，在古代豐厚
的歷史成就上，將傳統訓詁學轉型成了現代語言學。定位之不明，使得發展似
乎找不到起點。

　　究其因者，本文以爲認知心理學上的一些說法，也許有助於吾人之反省。
蓋以現代認知心理學的眼光來看，吾人對於新事物的理解大抵是建立在舊經驗
的基礎上的。如王甦、汪安聖《認知心理學》所言：

　　　當前一些心理學家認爲，總的看來，過去的知識經驗主要是以假設、

期望或圖式的形式在知覺中起作用的。人在知覺時，接收感覺輸入，在已有經驗的基礎上，形成關於當前的刺激是什麼的假設（Bruner, 1957；Gregory, 1970），或者激活一定的知識單元而形成對某種客體的期望（Neisser, 1967）。知覺是在這些假設、期望等的引導和規劃下進行的。依照 Bruner 和 Gregory 的看法，知覺是一種包含假設考驗的構造過程。人通過接收信息、形成和考驗假設，再接收或搜尋信息，再考驗假設，直到驗證某個假設，從而對感覺刺激作出正確的翻譯，這被稱作知覺的假設考驗說。照這個學說看來，感覺刺激的物理特徵、刺激的上下文和有關的概念都可激活長時記憶中的有關知識而形成各種假設。知覺因而是以假設為紐帶的現實刺激信息和記憶信息結合的再造。（頁 35～36）

依此則可以說，新事物的知覺是在舊經驗的比對中所形成的，其合者可謂理解，其不合者則漸次修訂以至於能夠置於舊經驗的框架或其演繹、推論中。然則這只是一個過程的說明耳，如果在判定與推論的過程中都能夠理性、精準，那麼許多新事物、新思維也許可以由是而得以掌握、建構。只是實際的知覺行為卻不見得如此客觀，姑且不論推論之誤謬，那已是司空見慣的了，即使在符合不符合的判斷上，而人亦習為偏見所誤導，致令認知發生誤差。如阿倫森便以為確認偏見（confirmation bias）與後見之明偏見（hindsight bias）二者常常促使吾人之認知趨於保守：

> 對假設的確認偏見與後見之明偏見為人類認知趨於保守這一命題提供了支持。即我們盡可能保持已確立的事物——保持我們早已存在的知識、觀念、態度和假設。（《社會性動物》，頁 155）

而此二種偏見，阿倫森則分別解釋謂：

> 確認見（confirmation bias）一種傾向，一旦我們陳述了一個信念，我們就會以一種偏見的態度看待隨後的證據來盡可能證明這個信念是正確的。（《社會性動物》，頁 454）

> 我們不僅具有確認假設的傾向，還經常對這些假設充滿自信。巴魯克·菲什霍夫稱為後見之明偏見（hindsight bias）的概念（或"我早就知道"效應）可以解釋這種現象。……，一旦我們知道了某一

事件的結果，就具有認爲自己早已預見到此事的強烈傾向。(《社會
性動物》，頁 154)

是確認偏見讓人蔽於自我的視界，而後見之明偏見又爲這個誤解加強了信念，
以是吾人始終難以對自己的認知感到懷疑。其結果，則是自以爲不斷地學習、
接受新思維，而實際上卻只是一直重複舊經驗而已。

　　以此模式而視現代訓詁學，實亦自蔽者也。蓋訓詁之學在現代的教育下，
實耗損了乾嘉的國學根柢，又在人文學科的立場上輕忽了科學素養，這種半中
半西的狀況似乎構成了「舊經驗」的主體。如此之狀況是優是劣本來也許還難
以論定，若是能推其科學之端，則或能濟國學之窮；倘若能厚其國學之柢，則
亦有補科學之偏。可惜的是，吾人似乎不能兼取其利而揚其弊，更常見的是，
在自視科學的立場下輕視乾嘉，又在國學的驕傲中小看科學，以是便「保守」
地執其原有的「舊經驗」，而「認知」了國學與科學，看似兩者兼得，實則兩者
均失。

　　個人以爲，各個學術領域間，本來便存在不同的思維型態，特別是在不同
的文化背景中，其差距自然更大。以是，眞正接受一個新的學說、理論，應該
在於掌握其思維邏輯與看待事物的方式，不是用既有的框架去解讀、理解，與
收攝。而學術之突破、發展也應該要建立在理論的革新與概念的精確，不能只
是範圍的擴充與份量的增益。阿倫森指出的兩個偏見，似乎可以讓吾人重新檢
討訓詁學目前的里程。要之，如果不能跳出「自圓其說」的假象，那麼欲言創
造、發展，不免有如空中樓閣了。

　　自然，要眞正從科學與國學的精要處去全面檢討目前訓詁理論的眞僞虛
實，並不是件一蹴可幾的事。而要重新提出諸般精確的理論與格局，更需具備
任重道遠的毅力，與使命感。然則儘管本文還不能做出積極的結論、成果，在
有限的認知下，對目前部份訓詁研究的局限提出一些疑義與意見，也許仍有助
於確立起點的斟酌。而此，正是本文第二部份的主要構成。

第八章　聯綿詞研究

　　從現代人的理解來看，聯綿詞的研究最早可以上溯自宋代的張有。不過這種追溯其實是不甚可靠的，緣於張有《復古編》中，只列了「聯綿字」一項，收錄了許多雙音節語，其中固然不少符合現代定義之聯綿詞，卻也出現了顯然不是聯綿詞的許多詞條。張有對此並沒有任何解釋，則其聯綿字之義實際上亦是無從確定的。張有之後，至少就聯綿字的用語而言，在文獻上是極少出現的，今日吾人所彙集，用以理解聯綿詞的諸多意見與例證，其實是混淆了許多相異概念的合成。譬如上編中曾經討論到的二王與章氏一向皆被視爲聯綿詞研究的里程，然而二王「連語」、「雙聲字」的用詞以及「經傳平列二字，上下同義」、「上下同義，不可分訓」的概念，大約強調的是同義詞，或者轉語的連用。至章氏「一字重音」、「餘音添注」的意見，則分別談的是上古存在一字兼表二音的文字現象，以及詞幹增加餘音的構詞方式，雖然在結果上都呈現了雙音節詞的樣貌，然則畢竟與聯綿詞有其不得相混的本質差異。以是，如果回到各自原有的體系去理解其本質內涵，則嚴格說來，古代並不存在聯綿詞的「研究」。

　　在此理解上，對於今日聯綿詞研究中的許多爭議，以及各自表述的定義、理據，或者便不能不有懷疑了。儘管吾人不必因此去否定聯綿詞的全盤研究，然則，站在一個更客觀、更眞實的立場上，去審視聯綿詞研究中的種種意見，確實是有其必要，而且可以更加透澈的。

第一節　現代聯綿詞定義

概略地說來，今日之聯綿詞，實涵攝了聯綿字、連語、讕語、駢字、複語、重言、疊語等諸多名稱與概念，其中除了重言、疊語之範疇略小外，餘五者亦向為人所視為同實之異名者。〔註1〕而在這些名目底下，今人所謂聯綿詞之定義，多指的是雙音節的單純詞，如劉福根所謂：

> 聯（連）綿字（詞），舊亦稱讕（連）語，現在一般定義為"雙音節的單純詞"。（〈歷代聯綿字研究述評〉）

又如郭在貽亦曰：

> 所謂連語（又寫作讕語，又叫做聯綿詞），是指用兩個音節來表示一個整體意義的雙音詞，換句話說，它是單純性的雙音詞。連語只包含一個詞素，不能分拆為兩個詞素。（《訓詁叢稿》，《郭在貽文集》，卷一，頁292）

是梁宗奎等人的表述：

> 聯綿詞又稱聯綿字，亦稱讕語，它是什麼類型的詞，目前語言學界對其界定幾乎是一致的，即："當代一般的古代漢語和現代漢語教材都把聯綿字（或稱聯綿詞）界定為雙音節單純詞。"對此界定，至今尚無人提出異議，從聯綿詞所含語素多少來說也是對的。〔註2〕

大抵是符合實情的。少數之質疑、異說，如周玉秀：

> 目前，學術界對聯綿詞的定義一般是"雙音節的單純詞，不能拆開使用"，也就是說，聯綿詞自始至終是用兩個音節表示一個意義，不能分析成兩個詞素。這從原則上講是不錯的，但就大家公認的一部分聯綿詞來看，卻並非完全準確，一些聯綿詞並非自古就是雙音節的單純詞。（〈聯綿詞的構成與音轉試探〉）

抑是徐天云：

〔註1〕質實而言，這諸多術語之概念並非全然一致，為顧及作者本意與古今異同，本文在論述中論及個別意見時，乃沿用作者用詞，若今日概念，則逕謂聯綿詞也。

〔註2〕見梁宗奎、許建章、闞興禮合撰〈論聯綿詞的界定及分類〉。又文中所引為陳瑞衡在〈當今"聯綿字"：傳統名稱的"挪用"〉中的描述。

聯綿詞……。最近經王力、郭在貽幾位前輩的提倡，基本上被確定

　指非迭音的複音單純詞。(〈聯綿詞研究的歷史觀與非歷史觀〉)

梁宗奎等：

　事實證明這個界定是欠全面的，它未能抓住聯綿詞記音性的根本特

　點，因而出現錯誤是難免的。(梁宗奎、許建章、闕興禮，〈論聯綿

　詞的界定及分類〉)

皆是細部的爭議，要之，如果吾人較保守的主張以「雙音節的單純詞」為聯綿
詞的「典型」、「核心」，那麼這些異議幾乎都可以全然消弭。

　　不可否認，這裏標舉的這個概念，雖然可以取得更普遍的共識，然而卻也
使得聯綿詞的討論跳出了細節，而回到一個更為籠統的層次。不過，本文仍以
為這樣的做法是有其必要的，因為這些細部的討論，究其實而言並沒有任何充
分的理由足以支持其立論與主張，如上述周氏所謂「公認」、徐氏託諸「王力、
郭在貽」，與夫梁氏等人之強調「記音性」等，種種據依，要非出於自由心證，
即是訴諸權威，而追溯王、郭二氏之持論，大抵亦不具緣由可稽。是這些主張
實皆缺乏肯定為真的前提，在各執一詞，自圓其說的狀態下，各種細節的討論
其實是不具學術意義的。因此，本文以為，與其周旋在這些無根的「精確」討
論中，倒不如回歸到一個較為核心的共識，先釐清其形成淵源、據依，然後才
得進一步決定其是非以及對應的態度。至於概念的深化、精密，抑是外延的確
定，大抵亦必須在此基礎上才有可說。

　　擱置了細節的討論以及是非的判定，回到較單純的現象面上，較早形成目
前聯綿詞的概念，並具備較大影響力者，大抵可以屬之王力。除此而外，本文
以為周法高先生的〈聯綿字通說〉一文，可說是王力之後，描述聯綿詞條例最
為精準而詳細的，特別是周先生撰文的立場，實亦為前人的成績訂立條例，而
不妄做取捨：

　過去也有不少的人討論過「聯綿字」，可是在條例方面尚欠明晰

　〔晰〕。本文不過利用前人的成績，訂立條例，並沒有純粹從語言學

　的觀點來研究。(《中國語文論叢》，頁 145)

因此視之為周先生所認為的目前聯綿詞的普遍概念，大約亦不會有太大誤差。
以是以下擬表述王、周二先生之說以做為現今聯綿詞概念的一個理解基礎。

嚴格說來，王力並沒有針對聯綿詞專門討論，並且也不曾指出其主張之依據爲何，所可見者，多半是其在語言文字著作中零星的一般性表述。倘檢諸《王力文集》，大抵可以發現以下六段是較爲具體的意見：

（一）《中國語法理論》（1938～1945）

中國有所謂聯綿字，就是聲音相同或相近的兩個字，疊起來成爲一個詞。（原注：聲音不近的，如"淹留"之類，我們只認爲雙音詞，不認爲聯綿字。我們對於聯綿字所下的定義和前人不盡相同）聯綿字大致可分爲三種：（一）疊字，即"關關""呦呦""淒淒""霏霏"之類；（二）雙聲聯綿，即"丁當""淋漓"之類；（三）疊韻聯綿，即"倉皇""龍鍾"之類。聯綿字不一定是用於擬聲法和繪景法的，"猩猩""鴛鴦""螳螂"之類都只是普通的名詞；但是擬聲法和繪景法卻大半是由聯綿字構成的。（《王力文集》，卷一，頁384～385）

（二）《漢語講話》（1955）

還有許多"雙音詞"，即古人所謂"謰語"或"連綿字"，也是由雙聲或疊韻組合而成的。（《王力文集》，卷三，頁630）

（三）《漢語史稿》（1957～1958）

漢語自始就不是單音節語；先秦時代已經有了大量的雙音詞。漢語的雙音詞有一種特殊的構詞法；它們多數是由雙聲疊韻構成的。古人把純粹的雙音詞（不能再分析爲兩個詞素者）叫做聯綿字，聯綿字當中，十分之九以上都是雙聲或疊韻的詞。這些聯綿字並不像某些人所猜想的只是一些擬聲詞（如"丁當"）；相反地，先秦的擬聲詞往往只用單音（"擊鼓其鏜"）或疊音（"呦呦鹿鳴"），而不一定用雙聲疊韻。聯綿字也不像一般人所感覺到的似乎多數是形容詞和副詞：其中還有許多是名詞和動詞。（《王力文集》，卷九，頁61）

這種構詞法上的雙聲疊韻，比較等韻家（韻圖的研究者）所謂雙聲疊韻，範圍要廣些。凡十分接近的聲母（如心母和山母）和十分接近的韻母（如上古的脂部和微部）都可以認爲雙聲疊韻。因此有些

雙音詞可以認爲雙聲兼疊韻，但是兩個字並非完全同音。……。

這種構詞法一直到現代還起著作用，成爲歷代構詞方式之一，許多新詞由此產生。例如漢代的“侵尋”（漸進的意思），晉代的“寧馨”，唐代的“取次”（次第的意思）、“瀟灑”，宋代的“陸續”、“糊塗”、“伶俐”、“端的”，近代的“慌張”、“骯髒”，“鬅鬙”，“利落”，……，例子舉不勝舉。（《王力文集》，卷九，頁62～63）

（四）《漢語音韻》（1963）

古代漢語是單音詞占優勢的，但也有一部份純粹雙音詞，即所謂“連綿字”。連綿字的絕大多數是由雙聲疊韻構成的。不過，這裏所謂的疊韻是指同韻部，韻頭不一定相同。（《王力文集》，卷五，頁45）

（五）《漢語淺談》（1964）

有一種詞是由連綿字構成的，或者是由迭字構成的，就必須用兩個音節合成一個意義，拆開來就沒有原來的意思了。連綿字，就是兩個字聯結成爲一體的意思。大致分爲雙聲的和迭韻的兩種。雙聲連綿字表現爲兩字的聲母相同，如“躊躇”（chóuchú），這兩個字的聲母都是 ch；迭疊連綿字表現爲兩個字的韻母相同，如“從容”（congróng），兩個字的韻母都是 ong。不但“躊”和“躇”拆開了不成話，“從”和“容”拆開了，也跟“從容”的意義不相干。也有少數綿字既非雙聲，又不是迭韻，如“葡萄”（púta [á] o）、“工夫”（gongfu [u]）等。迭字如“雞聲喔喔”裏的“喔喔”，“流水潺潺”裏的“潺潺”（chánchán），拆開了“喔”、“潺”也不成話。但是連綿字和迭字在漢語詞匯中畢竟是少數，從一般情況來說，漢語詞匯仍舊是單音成義的。（《王力文集》，卷三，頁664～665）

（六）《漢語語法史》（1989）

從先秦的史料看來，漢語已經不是純粹的單音節語。大量的連綿字足以說明這一點。這裏列舉《詩經》連綿字的例子：（〔原注〕：迭音詞不列）……（《王力文集》，卷十一，頁228）

另有一種雙音詞，既非雙聲，又非迭韻，也不像是由詞組變來，也可以認為是一種連綿字。例如：

人有詣祖見料視財物，客至，屏當未盡。(《世說新語‧雅量》)

陝西何故未有處分？(同上，《識鑒》)

上自處置其里居。(《漢書‧張安室傳》)

……

仍約多為詩準備，共妨梅老敵難當。(歐陽修《招許主客》詩)

……

軍需缺欠，劉備當應付。(《三國志通俗演義‧李傕郭汜亂長安》)

(《王力文集》，卷十一，頁 246)

由此，大約可以歸納出王力對聯綿詞的一般理解：

1. 聯綿詞主要的概念是「純粹的雙音詞」，「就是兩個字聯結成為一體」、「兩個音節合成一個意義，拆開來就沒有原來的意思」的一種語詞。並且這種定義是古來即已認定的。

2. 聯綿詞的二字多半具有雙聲疊韻的干係，不過所謂雙聲或疊韻的認定可以較寬，以是儘管有些詞見列為雙聲兼疊韻，而二字卻不完全同音。

3. 聯綿詞的詞性包含頗廣，除了常見的形容詞、副詞外，名詞與動詞亦時時見之。

4. 聯綿詞之構詞方式，不僅見於上古，而在歷代新詞的構成中，仍然發揮作用。

外此，倘若稍加比對諸說，則又可發現，王力的定義曾經隱約地發生過三點變化：

1. 在早期的《中國語法理論》中，王力曾特別指出其定義與前人不同，認為構成聯綿詞的二字中聲音必須相近。然而自《漢語史稿》以後，王力蓋已放寬標準，只謂具雙聲或疊韻的詞「十分之九以上」。

2. 大約在《漢語淺談》以後，王力開始將迭字別出聯綿詞之外，其後直至《漢語語法史》，王力列舉《詩經》聯綿詞，仍特別說明不列迭音詞。吾人固然沒有足夠的證據證明王力是以為迭音詞非聯綿詞典型，抑或是

根本否定了迭音詞是聯綿詞的一種，然則對迭音詞認知的游移、改變，卻是可以感覺到的。

3. 在晚期的《漢語語法史》中，王力又將「屏當」、「處置」、「處分」、「準備」、「應付」一類的詞視爲聯綿詞，這些詞王力沒有多做解釋，只謂其非一般聯綿詞典型，又非詞組構成者耳，揆其意，似介於二者間，可由字面得義，而又不能直接意會者之謂。〔註3〕

其次，周法高先生的意見，在〈聯綿字通說〉中，周先生曾歸納了聯綿詞的一般特點：

所謂「聯綿字」，具有下列一些特點：

(1) 聯綿字的構成分子，大體在語音上有相同之處，如雙聲，疊韻，疊字等。

(2) 聯綿字因爲所重在聲，所以在字形上往往不很固定。

(3) 聯綿字大部份爲狀詞，又有一些爲名詞，歎詞等。

(4) 聯綿字中有不少爲雙音語，即一個語位（morpheme）包含兩個音節者。(《中國語文論叢》，頁 132)

又，在語義方面周先生補充說明謂：

聯綿字有必須合二字成義不能分析者，即所謂「雙音語」。……。也有二字同義者，如王引之經義述聞通說下（皇清經解卷一二〇七下，頁 26）云：「古人訓詁，不避重複，往往有平列二字上下同義者，……」(《中國語文論叢》，頁 137))

對照王力之說，實大致相同，併著重於雙音語，不過視其語氣，又較王力較爲保留。具體而言，二者之不同主要表現在以下數端：

1. 周先生之聯綿詞包含疊字，而王力則在晚期區隔二者。

〔註3〕王力在《漢語語法史》中，雖謂「鴟鴞」、「玁狁」、「滂沱」、「翱翔」等詞「既非雙聲，亦非疊韻，是純粹的雙音詞」（頁 230～232），然而一則所列各詞原本與「崔嵬」、「苤苢」等典型詞例一併列爲「《詩經》連綿詞的例子」（頁 228）；一則同書中王力將同樣不具音聲干係，構詞更見鬆散之「準備」、「應付」等例視爲「連綿詞」，是所謂「純粹的雙音詞」者，就王力而言，恐怕亦爲連綿詞之一種，儘管可能較不典型。

2. 在**聲韻**上，周先生不以雙聲、疊韻為必然，此異於王力早期，而同於其晚期之說。

3. 在**語義**上，王力以「應付」、「準備」一類視同聯綿詞，而周先生則不及一語；反之，周先生早見二王之連語為同義複詞，並據以納入聯綿詞之一部，而王力於此則未見分辨。

大體而言，王、周二先生的陳述，在「純粹雙音詞」這個概念外，實已為聯綿詞勾勒出一個較為完整的雛形。雖然尚且不敢斷言這個雛形是現代聯綿詞定義的源頭，然而，要說現代聯綿詞的討論主要集中在這個雛形上，應該是沒有太大問題的。儘管二者在部份的意見上仍有異同，不過那並非迫切需要釐清的問題，本文以為，這一個理解雛形究竟從何而來？理據為何？恐怕才是最需確定的前提。

這個問題，顯然在二先生的議論中找不到具體答案，若周先生者，本是站在歸納的立場，因此著重在既成現象的描述，而不在立論成說。至於王力，雖有立論之意，然究其實，卻不見任何具體根據，只有隱約透露的「古人所謂」，至於「古人」者為誰？則又不得而知矣。不過，若就此意念推測，吾人似乎有理由認為，王力所主張之聯綿詞，或許仍是站在推測、尋繹古人既有定義之立場而言的。而此，大約也是一般學者持論的潛在心態與根據。因此，在此端倪下，也許吾人應該回到聯綿詞發展的歷史脈絡中，去逐一紬繹這些概念的淵源。

第二節 聯綿詞理據溯源

學術史的事件與發展間，常常不是全然一致的，換句話說，某些事件或現象儘管曾經形成、業已存在，如果它沒有發生影響或為人所注意及之，那麼大概也很難說它實際參與、推動了發展。譬諸王夫之，雖然後世號為清初三大家，然而由於其平生鮮與人通，以是在有清學術的發展上，實無發揮太大作用。因此論及學術發展，除了個別事件的確定外，其所產生的刺激、延續與反動等各種正、反面的力量，恐怕更是不容忽視的一環。

在聯綿詞的研究中，吾人常常可以發現，許多學者執一現代所認定的定義，然後便執此定義尋繹相涉的材料與意見，甚至更不覺地以後世的概念去解

讀古代的文獻，而後便直接系聯爲研究的發展，隨之造成一種過早的啓蒙與虛假的盛況。譬如范建國〈唐以前的謎語研究〉中曾以爲：

> 謎語的研究開始很早，《爾雅》和《說文解字》就反映了當時的學者對謎語的認識。

而對照其論述，卻只能看到：

> 在單音節詞占絕對優勢的上古漢語詞匯裏，人們注意到了雙音節的"謎語"和"重言"及其作用，並匯輯爲《爾雅・釋訓》。《爾雅・釋訓》收有七例謎語：……。《爾雅》非成於一人一時，收詞難免駁雜，《釋訓》就雜有單音詞，如"鬼之言歸也"，還有詩文成句，如"如切如磋，道學也"。但是重言和謎語占絕大多數。……，合稱爲"形容寫貌之詞"。《釋訓》之外，《釋詁》和《釋言》以單音詞爲主，但也有少量重言和謎語。

又：

> 《說文解字》只是字典，但也收了很多謎語。

似乎，范氏是將材料的出現視爲「研究」了。要之，《爾雅》、《說文》本是詞書、字書，其廣收各類詞匯、文字本是常態，《說文》固不必言，而《爾雅》固然多將重言、謎語集中在〈釋訓〉一篇，然則那畢竟不是絕對的，如范氏亦知，在〈釋訓〉中有非重言、謎語者，反之，重言、謎語亦不只出現於〈釋訓〉中，這並不是一句「收詞難免駁雜」可以解釋得了的。是《爾雅》之分類與聯綿詞是否有涉，實難以肯定，更可能的，那是外延與聯綿詞多有交集的另一個概念，如短語、或是范氏所謂「形容寫貌之詞」等。而即使姑且先肯定了《爾雅》確實具備聯綿詞概念，顯然其概念亦頗爲隱約，而後代之研究亦不見提及，則欲言其影響現代聯綿詞之研究，恐亦未見允妥。

　　因此，暫且擱置那些零星片斷而又不甚爲人所注意的材料與意見，這裏擬先由今人的論證中，去檢測其勾勒之脈絡與夫憑藉之依據。也許這並不足以呈現聯綿詞研究的整體發展，不過，至少可以窺見今人的聯綿詞概念究竟是如何證成的。在此前提下，本文大體歸納出以下七個主要根據：〔宋〕張有《復古編》、〔明〕楊慎《古音駢字》、〔明〕朱謀瑋《駢雅》、〔明〕方以智《通雅》、〔清〕王念孫《讀書雜志》、〔民〕王國維〈古文學中聯綿字之研究發題〉、《聯綿字

譜》、以及〔民〕王力《中國語法理論》。其中除王念孫、王力之說已見前述外，以下擬更就餘五說者逐一析論之。

一、〔宋〕張有《復古編》

周法高先生云：

> 所謂「聯綿字」，始見於宋張有的復古編，或稱「連語」。（〈聯綿字通說〉，《中國語文論叢》，頁 132）

又徐振邦《聯綿詞概論》：

> 宋代張有《復古編》下卷附辨證六門，其一為 "聯綿字"，收聯綿字五十八個，辨正字體的正俗。這是有史以來，第一次將聯綿詞類聚在一起，冠以 "聯綿字" 之名。（頁 6）

將聯綿詞的研究追溯至張有大約已是一般學者的共識，即使偶存異見，也必然承認「聯綿字」一詞是自《復古編》而來。然而正如周先生所謂「學者習相採用，其含義也不十分確定。」〔註4〕諸家在使用聯綿字一詞，所根據的，似乎是顧名思義的理解，以及歷來相承的「共識」，而不是張有之本旨。揆其因者，張有本身的語焉不詳恐怕是其中一大要素。

返諸《復古編》中，其實不難發現，張有之著書意圖，原本只為正字，如張元濟之跋所指出的：

> 吾國字書，以許氏《說文》為最古，世俗傳寫，訛謬百出。張氏著此書以正之，曰復古者，將以復於許氏之書也。（《復古編・跋》）

是該書乃以《說文》為正，欲以糾正俗體之謬者。

以此意圖，張氏敘述之體例，於各條目下，乃先以小篆正其本形，復次釋義、而後分析構形、注明音切，最末則例舉俗寫文字，而申明其非者。至全書之編排，主體則以平上去入四聲分部，入聲之末，又別有「聯綿字」、「形聲相類」、「形相類」、「聲相類」、「筆跡小異」、「上正下訛」等六類，即徐氏所稱「辨證六門」者。其中平、上、去三聲編為上卷，入聲與六門錄為下卷。

以上，大抵便是《復古編》所透露較為顯性的訊息了，除此而外，對於分類的方式，以及類目的名稱，張有其實一語未及，以是聯綿字之所謂為何，似

〔註 4〕〈聯綿字通說〉，見《中國語文論叢》，頁 132。

乎也只能由其收錄之內容稍事臆測了。

　　自然，可以肯定的是，張有在聯綿字中所收錄的五十八個詞彙中，盡皆屬之雙音詞。而其中如滂沛、消搖、籌箸、差沱、枇杷等詞，確實亦合二音節而不能分訓者。這樣的情況很容易讓人以爲其與現代聯綿詞之定義不有二致。不過，如果更進一步斟酌，則不難發現，如此逕直的認知不免過於貿然。

　　首先，從張氏著書之意圖視之，《復古編》本爲正字而有，這一點與今日聯綿字之字無定形者實有出入。不過這裏必須稍事說明的是，張氏正字之依據本是傾向文字性的，意者，其所強調者，主要是字體的正俗與字形的正誤，而不在文字與語言的正確配合。以是落實到實踐中，若程俱《復古編・後序》所言：

> 《復古》二卷三千言，據古《說文》以爲正。其點畫之微，轉仄從衡，高下曲直，豪髮有差，則形聲頓異。

是張氏實以《說文》爲準，《說文》有之爲正，無者爲非。故如「逍遙」、「蹉跎」、「駱駝」之於「消搖」、「差沱」、「橐佗」，前者文字爲不見《說文》，張氏皆不以爲是，而後者雖於字面不易理解，唯《說文》有之，則張氏便直取爲正體。[註5] 除此而外，若「虡虧」〔伏羲〕之條，張氏釋爲「古帝號」，然卻又分釋「虡」爲「虎貌，從虍必，房六切」、「虧」爲「氣損」、「從亏雇，虛宜切」，是與「古帝號」之義可不相涉。如果定然執於文字與語言之配合，或者將難以明白張有之用意。反之，假若只站在字形的立場，則申明本義以理解形符、聲符之應然者，其實也是順理成章的事。由此以視李運富之懷疑：

> "劈歷"注爲："劈，破也;歷，過也。" "破"義之"劈"與"過"義之"歷"不知如何聯繫。(〈是誤解不是"挪用"──兼談古今聯綿字觀念上的差異〉)

則似乎未能對焦。故其因而推論出的：

> 但可以肯定張有認爲這些詞中的單字是各有意義的，也就是合成詞。(同上)

大抵便沒有根據了。

〔註 5〕其中亦有不少意見是直取徐鉉之說者，如以「裵回」「別作徘徊，非」、「儋何」「別作擔荷，非」等，皆大徐校本所注之語。

　　然則，雖然不認同李氏的推論，並不就表示本文便將反對李氏的結論。因為儘管張氏之主軸如是，如果吾人據以認定《復古編》純為文字性的字樣學，似乎又不免過於極端。事實上，在《復古編》中，仍然存在少數條目的解釋並不只在於點畫的計較，若「坎坷」之條，張氏謂：

　　　　坎坷，陷也。坎從土欠，苦感切；坷從土可，康我切。別作轗軻，

　　　　非。軻，車屬。

語末特別指出「軻」為「車屬」，於義不合，似以從土者始合「陷」義。又如「壹壺」者，張氏釋云：

　　　　壹從壺吉，於悉切。壺從壺凶，於云切。吉凶在壺中不得渫也。

則顯然更存在形訓之意圖。這樣的例子儘管不多，然則只要出現一、二之確例，便足以肯定，張氏之聯綿字概念至少有一部份是可以就字面為訓的，而如果張氏仍有此企圖，則所謂的正字標準中大抵便不能完全排除個別文字之於語義的配合與解釋。而果欲說明張氏之聯綿字可有合成詞者，恐怕亦必須建立在此。

　　胡師楚生謂：

　　　　聯綿字以聲音為主，字隨音轉，所以字形常不固定，這是聯綿字最

　　　　常見的現象之一。（《訓詁學大綱》，頁67）

似此之說，實為一般以為聯綿詞字形不定的原因，換句話說，只就語音、語義而識聯綿詞者，不啻表示聯綿詞本是一種語言現象。而張氏於此既有正字之主張，則其不能擺脫文字之糾葛是亦可知了。

　　自然，聯綿詞的正字意圖只是個外圍問題，而期望以語言立場理解聯綿詞，對古人而言似乎也太過苛求。不過，如果張有沒有放棄形訓的方式，那麼力圖將聯綿詞分訓以解析詞義，恐怕也將是順理成章的了。

　　在《復古編》中，吾人可以發現如下列許多顯然就字面義以分訓聯綿詞之例：

　　　　輚迹，輚，車迹也，從車從省，即容切。迹，步處也。從辵亦，資

　　　　昔切。別作蹤跡，非。（《復古編·下》）

　　　　屯亶，難行不進貌。屯，象艸初生，屯然而難引，株倫切。亶，從

　　　　向旦，張連切。別作迍邅，非。（同上）

左右，手相左助也。（同上）

千鄂，案詞人高無際作〈鞦韆賦序〉云漢武帝後庭之戲也。本云千秋，祝壽之詞也，語訛轉為鞦韆，後人不本其意，乃造此二字，非皮革所為，非車馬之用，不合從革。〔註6〕（同上）

空侯，樂器也。案吳兢《古樂府解題》〔《樂府古題要解》〕云：「漢武帝滅南越，祠太一后土，令樂人侯暉依琴造坎，言坎坎節應也。侯，工人之姓，後語訛，以坎為空。」或說詩延作空，國之侯所好，故謂之空侯。別作箜篌，非。〔註7〕（同上）

這些釋例，若「轣」、「迹」、「左」、「右」、「屯」等字之於「轣迹」、「左右」、「屯亶」等詞，雖然張氏釋義並未為之聯繫，然其單字之義實與合成之詞義直接相涉。至「千鄂」、「空侯」，則更是引經據典，申明本義，由其典故視之，顯然則語素亦非只單一。如此自覺、有意的分訓，不啻正與現代聯綿詞所謂「純粹雙音語」的核心概念直接衝突矣，是前述之正字，吾人尚可以張氏語言概念之未清為之辨駁，若此之分訓，則只能推測張氏之聯綿字確實不完全排除合成詞了。

從正字與分訓二端，大抵已能夠肯定張有的「聯綿字」，是有意識收錄了許多合成詞的。不過吾人卻也不能反向地絕對認定其中不能存在雙音節之單純詞。蓋如前引「消搖」、「差沱」等詞，乃今日確信為聯綿詞者，而「壹壺」、「蹢躅」、「玓瓅」等，更是《說文》本就連類為訓者。此類諸條，張氏既未特別申說，在沒有直接否定的證據下，吾人似乎也只能保守地估計張有或亦知其不須分訓。外此，則有「詹諸」一條，張有明謂：「詹諸，吴黿也。其鳴詹諸。」以擬聲為釋，則顯然知其字面無義而不應分訓者。因此，較保守的推論，也許正如李運富所謂：

"聯綿字"一開始提出，就包括單純詞和合成詞兩大類，而合成詞內又有多種形式。但這些並不是自覺的，由於張有沒有對"聯綿

〔註6〕高無際〈漢武帝後庭鞦韆賦〉：「鞦韆者，千秋也，漢武祈千秋之壽，故後宮多鞦韆之樂。」（《歷代賦彙》，冊七，頁773）

〔註7〕吳兢《樂府古題要解．公無渡河》：「漢武帝滅南越，祠太乙后土，令樂人侯暉依琴造坎，言坎坎節應也。侯，工人之姓，後語訛坎為空也。」

字"加以界定，列舉的詞語又只是爲了糾正俗體而選擇的例子，並不是他觀念中的"聯綿字"的全部，所以我們無法斷言張有的"聯綿字"應該包含哪些種類。(〈是誤解不是"挪用"〉)

只是在沒有證據的支持下，本文並不遽謂張有的外延認知「不是自覺的」而已。

是在此基礎上，本文以爲，張有之與現代聯綿字者，若不是兩個具有多數交集的範疇，大約即是張氏之範疇要大於現代，要之，二者實無等同之可能。至於張氏之定義究竟爲何，也許這裏只能暫且保守地謹守闕疑之義了。

二、〔明〕楊愼《古音駢字》

張壽林謂：

> 宋季張有，作《復古編》，特標"聯綿，"首發其例；雖語焉不詳，不無遺憾，然創始者難，要有足多。曹氏（本）《續編》，祖述其例，雖有增益，猶屬舉隅。升菴楊氏，蓋宗其說。(〈三百篇聯綿字研究〉)

在張有之後，明代楊愼，一般也見視爲聯綿詞發展的一個里程，至其代表著作，則是《古音駢字》。

與張有類同者，楊愼之《古音駢字》僅僅收錄諸多「駢字」，而依韻爲次，集爲五卷耳。外此，則於駢字之定義、收錄之標準等等理論、條例事項乃未見一語及之，這種情況對於後人的理解，自是一種障礙，以是對楊愼「駢字」概念的理解，不免又充滿許多推測，或是臆測。

不可否認，如果僅就收錄詞匯的表象言，聯綿詞確實是《古音駢字》中的一個大宗，甚至謂之核心、主體亦不爲過。而如此之現象，大抵亦即後人將其「駢字」視爲聯綿詞的主要原因，至於另一個原因，恐怕則是「駢」之爲「相併」義者，可以顧名思義地與「連綿」之義相通。不過，吾人實在不應忽略扣盤捫燭、亡鈇意鄰的啓示，蓋如果心存偏見，僅僅「自其同者而視之」，則萬物何嘗不能爲一乎？因此，盡可能地正視《古音駢字》的呈現，去貼近楊愼之本意，也許仍是不可或缺的。

首先仍應留意的是，楊愼作書之意，原本就不在於「駢字」，書前博南山人有題辭云：

古人臨文用字，或以同音而假借，或以異音而轉注，如鳴呼助語，
書之人人殊，猗儺聯文，考之篇篇異，若此之徒，實紛有條，察几
閒陊，因隨筆而韻分之，稍見古哲匠文人臨文用字之流例云。

而李調元之序亦謂：

> 昌黎有言，作文必先識字，予謂識字之難，甚於文也。蝌蚪變爲篆
> 隸，篆隸變爲俗書，愈趨愈簡，取便臨文，至有不識古字爲何物者，
> 往往以古今通用之字，稍自博雅者出之，後人目不經見，遂乃色然
> 而駭。少所見，必多所怪也。先生有慨於此，博采群書，旁及鐘鼎
> 銘識，於其字之相通而互用者，作爲《古音駢字》五卷，以補《說
> 文》、《玉篇》之闕，推類求之，有功後學不淺。昔先生補注《山海
> 經》，於雗山條下注云：雗，古字，後人改刻作鵲，此等古字宜存
> 之。甚矣，今人之妄也。《駢字》之作，殆即所以存之者乎？（《古
> 音駢字‧序》）

據此，則楊愼之作書，主要目的宜乎溝通詞匯之異體，以明轉注、假借之跡，
至「駢字」者，不過只是範疇之界定而已。若此意圖，較之《復古篇》實亦同
趨，所不同者，張氏之復古乃爲求其正，而楊氏之類聚則旨在明其通。

　　在此概念下，本文以爲，其一，楊氏既無意強調「駢字」之概念，亦未及
深論「駢字」之內涵，是該書雖仍不失爲探究古代聯綿詞之文獻材料，而後人
實亦不應過度誇大其理論認知之意義以及理論發展之作用。其二，既以溝通異
體爲主要目的，則楊氏實際之範疇已非全面搜集、抑或隨機摘錄，而是有意識
地選擇那些「存在異體」的「駢字」，這使得《古音駢字》的收錄內容，事實上
是兩個概念外延的交集，而非只「駢字」之一端矣。這二個訊息乍見之下似乎
無涉閎旨，然則卻是吾人不宜輕忽的重要前提，尤其是後者，倘若吾人不能正
視「異體」對「駢字」所帶來的範圍限定，而逕以楊愼書中詞例歸納其「駢字」
定義，則顯然不免以偏概全了。

　　其次，在詞例的分析上，李運富曾經歸納：

> 楊愼雖然也沒有對"駢字"作概念性敍述，但他確是有意識地匯編
> 雙音詞。分析這些雙音詞的內部構成，大致可以看出"駢字"的範
> 圍：

單純詞：蠻蠻　憔悴

合成詞：顥天　倪齒（偏正式）　目昳（主謂式）　粲者

　　　　有鄂（附加式）　諷諫（同義聯合）　凹凸（反義聯合）

　　　　雪霰（類義聯合）

複音虛詞：欸乃（絕語嘆聲，……蓋噫嘻、嗚呼之類也）

此外還有屬概念與種概念即通名加專名組成的複詞，也叫做同位合成詞，如「鼓叟」「子贛」（子貢）「帝俊」等。（〈是誤解不是「挪用」〉）

而徐振邦之歸納大抵亦如是，唯又多出述賓式（如「府首」）、三音（如「南榮趎」）、人名（如「曾蒧（點）」、「董赤」）等三項。〔註8〕是就現代語法概念視之，其中乃多有不屬單純雙音詞者。僅就李，徐二人少數之例，吾人亦可發現，若顥天、諷諫、凹凸、雪霰、曾蒧諸詞，著實不易誤為單純詞者，外此又有京魚（鯨魚）、九京（九原）、土豚（土墩）、徵言（微言）、須麋（鬚眉）等等，亦皆顯然二義之合成。而更重要的是，如「裬衣」：

《詩話》曰：「今詳《詩》之綱、裬，《記》之綱，《禮》之顙、景，義音並同，皆嫁時在途之衣也。（《古音駢字》，卷一）

又如「䰄思（鴛腮）」：

天老鳳說鳳有䰄思，腮如鴛鴦也。（同上，卷一）

「傲佷」：

佷，養馬人也。……。按《國語注》：「繫馬曰維，繫牛曰夒。」古人用字或加人作傁，又訛作傲爾。虜傲佷與下句驅驢騾是一類可證。（同上，卷一）

「誰何（譙呵）」：

按他注解，「誰」與「譙」同，與〈高帝紀〉「譙讓與」之「譙」同。「何」與「呵」同。譙，讓之也，何，呵斥之也。（同上，卷二）

「眳藐」：

〈西京賦〉「眳藐流眄，一顧傾城。」注：「眳，眉睫之間；藐，好

視容也。」（同上，卷三）

「伍乇」：

> 五人爲伍，有參聚。十人爲乇，有行列也。《兵法會要》。（同上，卷
> 三）

在這些訓解中，則明白透顯楊愼乃是自覺地去分訓二字。是知，不論主觀、客觀之分析，內涵、外延的比對，楊愼之駢字與今日聯綿詞者，實存在一定的差異。在沒有其他更堅實的理由前，吾人實在不必見獵心喜地硬去牽合二者。事實上，如果權且擱置諸多前提，僅單純地看待《古音駢字》的意圖，則「存在異體」與「雙音節詞」兩個概念，似乎也在極大的程度上要指向聯綿詞了。若此，則所謂「駢字」者，不啻可直截地理解爲一般之雙音節詞。

最後，尚須略微指出的是，由於疊字一類，在今日多亦見列爲聯綿詞之一部，以是多有學者便逕以會合楊愼另作之《古音複字》，而爲其聯綿詞之全體，若林慶彰《明代考據學研究》所謂：

> 聯綿字在古籍中使用相當普遍，惟並未有人作系統之研究。……。
> 至用修則作系統之收錄，成《古音複字》、《古音駢字》二書。（頁
> 93～94）

這種認知顯然是有其矛盾的。意者，倘若吾人以爲駢字即聯綿字，而楊愼也確有聯綿詞之認識者，則楊愼之爲書，便自應將複字納入駢字中，而不將有二部。今楊愼既各自爲書，那麼較合理的解釋，應是推測其駢字與複字者實爲二事。正如李運富所謂：

> 值得注意的是，楊愼還撰有《古音複字》，專收重言詞，如"湛湛"
> "童童""容容""戎戎""霎霎"等，可見楊愼的"駢字"不包
> 括"重言"。這是自覺的規範。（〈是誤解不是"挪用"〉）

又徐振邦亦言：

> 楊愼除《古音駢字》，還編有《古音複字》，專收重言詞，表明楊愼
> 的"駢字"與"重言"是兩種類型。（《聯綿詞概論》，頁 11）

特別指出此點，不僅在於正確地理解楊愼，與夫聯綿詞概念之分合變化，更重要的其實還在於對一般研究多有先確定定義，而檢索相類用詞、材料，進而擅

自系聯其發展的疏失。若此,則材料雖多、論述雖詳,而其結果始終不能等於事實。

三、〔明〕朱謀瑋《駢雅》

駢字既然已經被認定是聯綿字了,則朱謀瑋之《駢雅》同樣亦不能例外。若徐振邦即謂:

> 現今看來,《駢雅》就其收詞數量,體例完備各點來看,可以說是古代第一部規模較大又比較完整的聯綿字典。(《聯綿詞概論》,頁 10)

確實,在《駢雅》中,同樣也收錄了大量的聯綿詞,其中又以〈釋詁〉、〈釋訓〉二篇之比例尤高。而如果更對照朱氏〈駢雅自序〉之片段:

> 畸文隻句,猶得訊之頡、籀家書,乃聯二爲一,駢異而同,析之則秦越,合之則肝膽,古故無其編,焉非藝事一大歉饉哉?暇日檢諸解詁,排纂散幽之文,經史子流、稗官媵說,罔不搜括條貫,依《爾雅》、《廣雅》之義,作《駢雅》七卷。

其「聯二爲一,駢異而同,析之則秦越,合之則肝膽」云云,則似乎毫無疑義地要認定朱氏所收,果然真的是單純的雙音節語了。

不過,這其實又是個假象,只要能夠更加廣泛地檢視《駢雅》內容,其間的差異其實是非常明顯的。

首先,吾人還是可以由其語法構成掌握其語詞之一般狀態。就此,李運富曾歸納言曰:

> 《駢雅》……。就其語素構成來說,現代複音詞所能分出的種類,它幾乎無所不包。單純詞與聯合式、偏正式的合成詞自不必說,主謂式、述賓式合成詞也大量出現。前者如"物故"(死也)、"夜光"(珠名)……,後者更多,如"承光""宜春""望仙"……(以上皆宮名)(〈是誤解不是"挪用"〉)

這種現象實與張有、楊慎如出一轍。外此,李氏其實亦注意到許多特異的情形:

> 更值得注意的是:(1)有少量雙音節以上的詞語,如"長信宮"(漢時帝祖母之稱)"長樂宮"(漢時帝母之稱)"東不訾""秦不虛"

（皆人名）等。(2)收有重言詞，而且不另分條分篇，一律視同其他複音詞，如"扈扈""實實"（廣大也）"悠悠"（長也）等。(3)收有部分嚴格說來還不能算詞的詞組，如"不諱""不祿"（死也）"不斟""何斟"（病甚也）"離朱之明、觲俞之聰、狄牙之味、甘蠅飛衛之射、鉗旦大丙之御、〔儵〕貸季俞跗之醫、孟賁成荊鳥觲〔烏獲〕荊慶之勇、白台閭須南威先施毛嬙閭娵陽文〔一〕傅子〔予〕孟娵之美"（皆古之殊絕者）等，後者根本就不宜立爲詞條。(4)還有少量的簡稱。如"三公"（太師、太傅、太保也）"三孤"（少師、少傅、少保也）等。所有這些，大致是因爲受到《爾雅》體制不純的影響。（〈是誤解不是"挪用"〉）

這些詞例其實極爲重要，只是或許李氏僅著重於語法上的分析，因而未能繼續深究，而以「體制不純」便一語帶過。

然則吾人須知，《駢雅》固然仿《爾雅》而作，唯其成書過程畢竟不同。蓋一般習知，《爾雅》乃「經生綴輯舊文，遞相增益」而成，〔註9〕其體例之不純殆可理解。至《駢雅》，則朱氏一人有意爲之者，倘偶有例外，若李氏所舉"長信宮"、"長樂宮"等三音節語，猶得以其量少，而爲斟酌之附錄。至其餘諸項，欲皆視諸例外，則未免太過駁雜，而無稱於朱氏之「有意」了。因此與其執於語素之分析，而謂其疏略不純，似不若尊重現象本然，由其全體以窺朱氏之本意。

在此概念下，本文以爲將聯綿詞視爲一個語義單位，其實是後人受到西方語言學概念的影響而有，以是理解聯綿詞，也就慣於就義素之構成、語法之結構等面向去分析了。然而古人於此，似不如此精確，亦不如此自覺，是欲朱氏用以做爲詞匯理解、收錄的標準，不免唐突。因此，站在試圖貼近古人理解模式與學術背景的立場上，本文以爲，語義的分析也許才是一個較爲可能的途徑，而此，亦正是雅學一脈的主要核心。

由此，吾人再重新看待《駢雅》之詞項，若〈釋宮〉所謂：

長樂、未央、長門、鼓簹、宜春、承光、池陽、黃平、黃山、望仙、長陽、集賢、延壽、祈年、通天、駊娑、林光、甘泉、交門、明光、

〔註9〕見胡樸安，《中國訓詁學史》，頁1。

五柞、萬歲、太乙、建章、夜光、棠梨、扶荔、鼎湖,西漢宮名也。

（卷三）

朱氏所釋並非「長樂」、「未央」等詞之語義,而意在指出諸詞實爲西漢宮名之稱。做爲語言,「長樂」云云未必有訓解之必要,然以爲宮名,卻於字面無可理會者。又如〈釋名稱〉:

離朱之明,𧢽俞之聰,狄牙之味,甘蠅、飛衛之射,鉗旦、大丙之御,〔儌〕貸季、俞跗之醫,孟賁、成荊、烏獲、荊慶之勇,白台、閭須、南威、先施、毛嬙、閭娵、陽文、傅予、孟姚之美,皆古之殊絕者。（卷三）

此李運富謂之「不宜立爲詞條」者,不過這也許是敘述方式造成的誤解,蓋此雖近於直敘,而做爲被釋詞者,實爲「離朱」、「狄牙」、「白台」等古人之名也,以「離朱」之殊絕在明,「狄牙」之殊絕在味,「甘蠅」、「鉗旦」、「俞跗」、「孟賁」、「白台」之殊絕分別在射、御、醫、勇、美,故有是謂。是朱氏所釋固不在「離朱」、「狄牙」之字義,而旨在指出諸名皆爲殊絕之「人」也。又如〈釋名稱〉:

三公,太師、太傅、太保也。（卷三）

三孤,少師、少傅、少保也。（卷三）

旨在呈現「三公」、「三孤」之組成。〈釋天〉:

夜光,月也。（卷五）

意在說明「月」之代稱。〈釋訓〉:

即世、物故、登假、不諱、不祿,死也。（卷二）

是爲避諱之婉述。

再如「蘭臺」之爲「翰林」〔註10〕、「殺青」之爲「炙簡」〔註11〕、「撲滿」以謂「蓄錢具」〔註12〕大抵皆直指其事其物,而不泥於字面者。這些詞項就其詞素構成,實屬多端;言其命名所由,亦多歧趨,以是謂之雜蕪,殆亦不失其

〔註10〕〈釋名稱〉,卷三。

〔註11〕〈釋器〉,卷四。

〔註12〕〈釋器〉,卷四。

情。不過，在這駁雜的狀態中，其中自亦有其共相。意者，就前述釋例而言，大抵不難發現，多數詞條其實皆屬之專名、人名、合稱、代稱、婉述等。若此類詞條，或許在字面上仍有其一般的語言意義，然而更重要的是，做爲人名、專名，其所具體指稱者，實已約定爲固定之外延或單一之客體；做爲合稱，常是在一定目的下合併數項概念，而以共名爲單位指稱特定之數項專名者；至代稱、婉述，則或借隱喻，或寄典故，在表達上本非直指其事，是將婉轉引申而後可會其意者。要之，此數類除卻一般語義的表現外，眞正的用義，其實更在約定性的另有所指。換句話說，在一般語義上，合成之詞義大體仍不失爲個別詞義的組成。然就約定性言，其合成語實可視爲固定之組成，做爲能指，又與另一所指配合而形成一個新的語言。以是，在此合成詞中，其語言的使用多半已不得任意替換；其語義之表達，則亦與個別語義之組成而有所不同。若此，則謂之「聯二爲一，駢異而同，析之則秦越，合之則肝膽」，似乎也是極爲貼切的。

因此，傳統認知的局限是頗爲明顯的，如果只執於聯綿詞之一端去理解朱氏的定義，那麼「聯二爲一」云云自然可爲聯綿詞的最佳註腳。然而倘若不存預設立場，客觀地檢視《駢雅》詞條全體，則符合析之秦越，合之肝膽之描述者，殆亦不唯聯綿詞而然。是《駢雅》收詞之範疇既大大超出單純雙音節語，而吾人實無理由認定其駢字即爲今之聯綿詞。相反地，若《四庫題要》所謂：

> 此書〔《駢雅》〕皆剌取古書文句典奧者，依《爾雅》體例分章訓釋。
> 自〈釋詁〉、〈釋訓〉以至〈蟲〉、〈魚〉、〈鳥〉、〈獸〉凡二十篇。其
> 說以爲聯二爲一，駢異爲同，故名《駢雅》。（《四庫總目題要》）

語雖細描淡寫，言亦無多深義，然而適正回到雅學之基本面：解釋「古書文句典奧者」。所與異者，則專在雙音節語一端而已。本文以爲，此大抵已貼近《駢雅》之實情，唯須特別補充的是，此雙音節語者，雖不限定於聯綿詞，然而卻也不包括所有的雙音節語。若其〈自序〉所云，《駢雅》之作乃爲補「頡籀家書」之專釋「畸文隻句」者。而一般合成詞，其詞義仍由畸文隻句構成，是會合上下二義，則詞義亦可直接理會，不須另外再做解釋。由此類推，更配合前述例證分析，本文以爲，朱氏之「駢」、「聯」可能還具有一定程度「不可分訓」的意味，這種特徵在一般聯綿詞上自是毋庸置疑，外於此者，那些具有約定性的

合成詞，一旦分訓而後，則約定用義亦將隨之不存了。

至此，吾人可以約略定義，《駢雅》之「駢」大抵指的是：不能由字面直接得義之固定雙音節語。這個定義自然可以包涵聯綿詞，然而以與聯綿詞等視，卻亦不免大謬不然了。

四、〔明〕方以智《通雅》

方以智〈通雅凡例〉云：

> 《爾雅》爲十三經之小學，故用其分例，〈釋詁〉則合其〈言〉、〈訓〉，
> 而附以「謰語」、「重言」，一字之詁則別編字書，此可不必矣。

這一段話大抵指出了《通雅》收詞的一般性質：雙音節語。特別是其〈釋詁〉下所分又有「謰語」、「重言」兩類。「重言」即疊字，而「謰語」之謂，方氏自注云：

> 謰語者，雙聲相轉而語謰謱也。《新書》有「連語」，依許氏加言焉，如崔嵬、澎湃，凡以聲爲形容，各隨所讀，亦無不可。升庵曾彙二字，楚望亦列雙聲，弱侯略記駢字，晉江蘇氏《韻輯》、《駢複》，俱宗楊本，江右張氏《問奇》，特編而定其音讀，穀城從而廣之，朱氏《指南》、艮齋《字學》，皆揭此例，然多鈔升庵，守以字學鉤鈲之說，惟郝公主通，然未免強合，故因撕其支離，補其遺漏，前後見者，偶從部居，此舉成例，列於左方，以便學者之因聲知義，知義而得聲也。（《通雅・釋詁・謰語》，卷六）

是做爲雙音節語下的一個子類，又定義爲「雙聲相轉而語謰謱」，謂之爲聯綿詞似可毫無疑義矣。因此，若林慶彰即以爲：

> 以智前之考據家，⋯⋯。皆已啓聯綿字考訂之緒。⋯⋯，至以智之《通雅》始以全力考訂之。今人以爲聯綿字可分爲三類：一疊字；二雙聲聯綿字；三疊韻聯綿字。依此觀之，以智《通雅》卷六～八〈謰語〉；卷九、十〈重言〉，皆屬於聯綿字之範圍。（《明代考據學研究》，頁 518）

而劉福根亦謂：

> 第一次對聯綿字進行科學化研究的，是明朝的方以智。其《通雅・

釋詁》有《謰語》篇，所釋355組語詞中，有181組是"雙音節單純詞"的聯綿字。方以智抓住了聯綿字的本質特點，突破字形，因聲求義，以求正解。……。方以智指明了謰語義存於聲、形無固定的特點。……。並明確指出了聯綿字上下一體，不可分訓的特點。(〈歷代聯綿字研究述評〉)

一皆著重強調出方氏在聯綿詞研究上的自覺與成就。

這樣的理解似乎頗爲常態，並且在學界中有其一定的認同，只是有鑑於《駢雅》的他山之石，對於方氏本旨的掌握實在也不得不更加謹慎了。因此，在更爲精確的要求下，本文以爲，將方氏之定義，以及「謰語」、「重言」中之詞條等同於聯綿詞者，其中仍存在許多未見允妥的細節。

其一，在收錄詞條上顯然可見的，是其中仍有大量不屬於聯綿詞者。重言姑且不論，在謰語中，若上引劉福根之統計，355 組詞條中唯 181 組屬之。而徐振邦則進一步分析謂：

> "謰語"三卷，總收三百三十餘組，其中有一百四十組左右的聯綿詞，雙聲、疊韻、非雙聲疊韻、疊音幾種類型都有。其他各組只能看作複合詞，而且複合詞各種結構都有，如怯懦、分別（聯合）、黎萌（偏正）、馬逸（主謂）、梨面、失策（述賓），刓弊（補述）、沱若、有艴、歸然、鏗爾、皤如（附加）、不庭（詞組）。方以智的謰語觀與楊慎、朱郁儀的駢字觀沒有什麼不同。(《聯綿詞概論》，頁11～12)〔註13〕

雖然本文不贊同其等視方、楊、朱三者之「駢字觀」，然則在指出方氏「謰語」中包含大量非聯綿詞一事，則是毋需置疑的。

自然，上述仍只是後人的現代分析。而回到方氏自身，同樣也不難見出其自覺性的認知。若卷八「黎庶」、「小雅」、「綠衣」、「治兵」、「協用」等詞，皆顯見字面義之合成。而「依違」下，方氏釋云：

> 〈師丹傳〉「狺違者連歲」，師古曰：「猶依違也。又依又違，言兩可

〔註13〕以四庫本《通雅》計，方氏宜列爲 355 條。至其中聯綿詞之總數，可能因爲認定之不同而略有參差。要之，其約爲百餘應是可以肯定的。相對而言，則非聯綿詞者亦在百數，所佔比例非小又可因之而得矣。

也。」（《通雅·釋詁》，卷六，頁 17～18）

「功苦」下：

> 《國語》「辨其功苦」，功與攻同，堅也。《詩》「我車既攻」，精專曰
> 功，粗惡曰苦。（《通雅·釋詁》，卷六，頁 33）

「峰距」下：

> 一作峰岠，言峰稜機距也。（《通雅·釋詁》，卷七，頁 2）

若此之屬，則分訓二字之意圖更是極爲確定的。因此，不論客觀的分析或是自
覺的訓解，方氏之謰語與聯綿詞實在存有不小的差異，而即使只就實際詞條比
對，則二者之交集亦只在十之四、五，是欲言二者之爲一事者，不免過於貿
然。

其二，就謰語之定義言，「雙聲相轉而語謰謱」這句話看似清楚明白，以之
配合聯綿詞者更是怡然理順。然而以之對應實例，則不免容有誤差。如「雙聲」
之謂，如袁雪梅以爲：

> 他認爲，"謰語"皆爲兩個音節，並且這兩個音節在語音上存在著
> 密切的聯繫。"崔嵬"二字韻部相同，"澎湃"爲雙聲，因此，方
> 氏所謂"雙聲"包括今人所謂的雙聲和疊韻。（〈試評方以智對"謰
> 語"及聯綿詞的研究〉）

又林慶彰亦不外是：

> 以智以爲謰語乃雙聲相轉而語謰謱。然《通雅》所收諸謰語疊韻者
> 甚多。是知以智所言之雙聲，或非今之所謂雙聲也。（《明代考據學
> 研究》，頁 518）

蓋檢諸方氏所收詞條，其上下字實不唯雙聲互繫，而時亦兼含疊韻相通者，以
是一般學者便將其「雙聲」直接理解爲聲音之聲，而擴大其範疇，指稱一切之
音同與音近。

這樣的理解原亦無可厚非，蓋以聲爲聲韻二者之簡稱本是古人常例，而如
「聲近義通」、「一聲之轉」云云，是亦同趣。只是吾人實在不應忽略，如上引
徐振邦指出的，謰語中本亦不少非雙聲疊韻者，以是不論「聲」之範圍可以如
何擴大，只要所指爲音之同近，殆不能包括絕無干係者。反之，若不能證明

「非雙聲疊韻」字的出現，是少量、附入，或是誤收，那麼也許便該懷疑，所謂的「雙聲」恐怕是另有所指。而此適正涉乎本文所欲斟酌的第二個詞匯：「相轉」。

　　大抵一般解釋方氏之謰語定義，在「轉」之一字上均未能有所著意，如李運富即籠統地解釋謂：

> 把"雙聲相轉而語謰謴"者（即具有雙聲關係並表達一個整體意義的音節結合體）劃出來叫做"謰語"。（〈是誤解不是"挪用"〉）

特別是執聯綿詞概念以理會謰語者，如上引之袁雪梅，亦僅概括地以「這兩個音節在語音上存在著密切的聯繫」一語帶過。儘管二氏並未特釋「轉」之爲義，然依其訓解，大約指向謰語上下二字之音聲聯繫，似可無疑，而劉福根在〈歷代聯綿字研究述評〉中的解釋亦正如是：

> 我們通讀了《通雅》全書及細研《通雅‧謰語》篇後，得出的看法是，方以智的"聲"不專指聲母，而是指語音；"雙聲相轉"說的是上下二字存在著雙聲、疊韻等語音上的關係。

只是《說文》謂：「轉，運也。」（十四上，頁 19）又：「運，迻徙也。」（二下，頁 4）《玉篇》云：「轉，迴也；轉運也。」（卷中，頁 84）衡諸「轉」字義項，是其引申大抵正以此「運輸」、「移動」、「迴轉」三者爲其核心。似此諸義，欲表兩字音聲之聯繫，恐怕有隔，即令勉強引申爲說，亦不免失之僻義與孤證。相反地，在訓詁學中，「轉」字者本爲習見之專名，在揚雄、郭璞之後，「轉」之爲用，實多半圍繞在「轉語」一事上，如黃建中所謂：

> 《方言》中所說的"轉語"或"語之轉"，都是用來指一些因時、因地或其他原因，發生音有轉變而義未變的詞的。……到了清代戴震作《轉語》二十章，以"轉語"名書。程瑤田撰《果贏轉語記》；王念孫撰《釋大》；近人章太炎先生作《文始》等，均用了"轉語"這一術語；也皆是指稱"音轉而義通"的詞。（《訓詁學教程》，頁 321～322）

此於方氏自不例外，如〈釋詁‧古雋〉「軥錄」下：「拘摟，傴僂之轉也。」、「握齱」下：「卑陬，乃迫促之轉也。」皆以「轉」爲「轉語」之「轉」。是方氏既有此用，則其在小學中之言「轉」者，恐多用此義；反之，其不言「轉語」義

者，則理應是有所別嫌的。

以是，若以「雙聲」爲謰語上下字，以「相轉」爲轉語，則方氏之謰語恐與石臞之連語相類，以謂二字同義，互爲轉語之組成。而此，不僅要與一般聯綿詞之義別，同時也與《通雅》中例不能相合。

因此本文以爲，在「雙聲相轉而語謰謱」這短短八個字的定義中，其釋義重心之「雙聲」、「相轉」、「謰謱」三者，便有其二不能得其確解，是欲就此認定方氏之聯綿詞說，恐怕是有些唐突的。

其三，既對其定義心存疑義，更回到方氏之立名，則「謰語」二字究爲何解，似乎同樣也存在商榷的空間。

在方氏之詮解中，曾明白指出其所稱謂，實因賈誼之「連語」復加言部以成謰語者。然歷來學者對此多所忽略，若袁雪梅、劉福根雖引其說，而未見隻字片語及之，〔註14〕又如張壽林：

> 考聯語者，蓋謂聲音相轉，語相謰謱，賈誼《新書》有〈連語〉之
> 篇，或依許氏加言焉。(〈三百篇聯綿字研究〉)

視其文字、文意，宜自方說而來，然平添一「或」字，則語義稍有不同。蓋依方氏原文，「許氏」所指應即許愼，然許氏生在賈生之後，以是該句之主詞實爲方氏自身，說的是方氏藉賈生連語之義來表述一種語言現象，故依許氏六書之義增其「言」者以爲形符。若依張氏之說，則似以方氏之「謰語」即同賈生之「連語」，「言」字偏旁的或有或無，頗不具其區別之意。然驗諸賈誼《新書》，其「連語」者，除做爲篇名外，復與「事勢」、「雜事」二項構成其內容、篇章之分類，是不論如何理會，皆與語言可不相涉。張氏既以「謰語」逕同「連語」，又於此中差異不甚分辨，是其爲說乃不免有疏。更有甚者，如關童所謂：

> "謰語"一詞，最早蓋見於漢代賈誼的《新書》，不過《新書》所述
> 之義，與作爲一種語言現象的"謰語"無關。從語言的角度較早使
> 用"謰語"一詞並爲之作了說明的當爲明代方以智。(〈聯綿詞名義
> 再認識〉)

乃更直接去否定賈、方二氏之聯繫了。如此做法雖然俐落，然悖離作者文本之

〔註14〕分見〈試評方以智對"謰語"及聯綿詞的研究〉與〈歷代聯綿字研究述評〉。

說，終不能令人釋懷。

　　固然，後人在賈誼「連語」的理解上也不無爭議，然而在方氏的自覺表示下，吾人既不能溝通二者，甚至忽略、否定了二者的聯繫，是其爲說，蓋亦不能無憾。

　　復次，緊接著賈生「連語」後，方氏又有一語補述：「凡以聲爲形容，各隨所讀，亦無不可」。在以聲形容的制約下，「各隨所讀」常爲人所理解成字形純爲記音的特徵。自然這樣的理解在字面上不甚妥貼，也或者因此，亦罕見具體、逐字訓釋者。少數偶有及之者，似亦語焉不詳，如黃建中：

> 對連綿字的訓釋，明代方以智提出"各隨所讀"，清代王念孫提出
> "因聲以見義"，王氏還在《讀書雜志》中提出："大抵雙聲疊韻
> 之字，其義即存乎聲，求諸其聲則得，求諸其文則惑。"他們的這
> 些意見，均是強調了連綿字表示意義的靈活性，這是對的。（《訓詁
> 學教程》，頁 215）

將「各隨所讀」等同石臞之因聲見義，可能指涉的便即是勘破字形一事。然則黃氏於此，卻屢屢強調的是「意義的靈活性」：

> 明代方以智在他的《通雅六・釋詁》中指出："凡以聲爲形容，各
> 隨所讀，亦無不可。"方氏這話是有一定道理的。連綿字的意義是
> "各隨所讀"，視語言環境而定，表現出很大的靈活性。（《訓詁學
> 教程》，頁 214）

> 連綿字由於是以語音爲聯繫，字多假借，其義多"各隨所讀"，具
> 有較大的靈活性。因此各連綿字的意義，不是組成字的本義或引申
> 義簡單相加，而是組成字連綿一起，在一定的語言環境中表示一定
> 意義。（同上，頁 214〜215）

短短二頁中，黃氏即重述了三次，而比對三段文字，特別是第二段所述，則黃氏之意似謂連綿字意義不定，可依語境之不同而產生不同的意義。此「義」由「境」生之性，或即其「靈活性」之謂。若是，則黃氏之理解實與今日之概念亦有相左。以是，姑不論其詮釋上的疑義，在與今人異趣之一事上，「各隨所讀」顯然仍有其斟酌的必要。

　　因此，在此三項主要之疑義上，將方氏讔語直接視爲聯綿詞，恐怕仍是一

種缺乏理據、先入爲主的認知。

然則方氏之謰語究爲何指？本文以爲，這恐怕得先擱置以聯綿詞做爲理解前提的作法，更單純地回到文本的呈現，而方氏之本旨也許才有被獨立、正視的可能。

在此概念下，本文將理解的重心自聯綿詞移至方氏謰語本身而彙整其議論，由是可以發現，以下二段訊息著實提示了頗爲明確而重要的理解方向。首先在〈辨證說〉中：

> 是正古文，必藉他證而明也。……。娞脫、跳脫足明平脫；昆吾、木吾足明金吾；僕姑、脈肚、瓜樢、終葵、土瓜曰鉤曤，姑足明瓜、葵、魁、樢之聲；碑下、叭嘎，足明負下，未易居之，語如旖旎十四變，逶迤三十二變，皆謰謱通證而得也。（《通雅》，卷首一）

這裏呈現了方氏「謰謱」一詞的用意，特別是所描述之對象同是「旖旎」、「逶迤」等歸在謰語中之詞彙。而在此例中，「謰謱」一詞，大抵可謂「牽引」之意。〔註15〕與一般所謂「連綿不可分」者近似。〔註16〕只是就此語境看來，其「謰謱」所修飾者，若非通證之連綴，即爲十四、三十二之相承多變，要之，皆不是指向上下二字的不可分用。自然，對一個形容詞的斟酌，並不能提供任何證明，充其量只能是一種思考的提示而已。不過，如更配合以下的論述，卻將令人相信，這個提示似乎果眞能切中要旨。

這同是《通雅》卷首中的一段短論：

> 雙聲如彷彿、徬徨、徜徉、匍匐、紛紜、趑趄、栖遲、肸響、蕭森、踟躕、龍種、觟㿂。謰語如昆侖、昆吾、侏儒、滄浪、嶘嵓、泔溠、屬婁、肅爽、踤躠、忽雷、鏮鏘、戚施。大約謰語亦雙聲也，崔嵬、澎湃，以聲形容；岣嶁、巃嵸，各隨所讀。（此舉以論聲轉，俱詳《通雅》）（〈音韻通別不紊說〉，卷首一）

在這裏，方氏將雙聲與謰語二概念並列，顯然二者並不爲一。而從謰語同時可爲雙聲來看，則其分類條件之相異又可得知。除此而外，吾人又從中發現二條極爲重要之線索可以繼續深究。首先，是方氏於「大約謰語……各隨所讀」一

〔註15〕《方言》：「謰謱，挐也。」戴震《疏證》引《說文》云：「挐，牽引也。」（卷十）
〔註16〕詳見黃建中《訓詁學教程》，頁211。

段後自注云「此舉以論聲轉」。是其論「轉」之義可由此見,而順其例舉,檢諸《通雅》,則見「崔巍」下所云:

> 崔巍,一作隹隗、嶉隗、崒隗,或用畏佳 平聲,亦上聲。崔別作
> 嵲、隹、嶉。鬼別作隗、庬、畏。《莊子》「山林之畏佳」,乃倒用嵬
> 崔也。司馬注佳如崔字,可知皆聲通形狀之辭也。(《通雅》,卷八,
> 頁 10)

「岣嶁」下所訓:

> 岣嶁本作句婁……。岣,共于、居侯、果羽、古后四切;婁,龍朱、
> 郎侯、隴丑、郎豆四切。《史記·注》音苟樓,《問奇》音兩去聲,
> 此皆各以其方言形容之聲而言,猶龍傱、龍嵸,可平可上也。(《通
> 雅》,卷八,頁 9)

在「崔巍」例中,吾人看到了方氏多舉異文,是「以聲形容」者,可為字無定形之意也。至於「岣嶁」、「龍傱」之例,則主要呈現讀音之隨方音而異,以是「各隨所讀」者,宜乎以謔語本乎形容,因此各以方音為讀,可以產生許多異音。自然,這是互文之詞,是崔巍亦有平、上二聲,而岣嶁亦不外形容之聲。而方氏之所以特別提出「各隨所讀」者,則在覷破上古方音之自然多端,不能以單一的音讀去約束它:

> 天地歲時推移而人隨之,聲音亦隨之,方言可不察乎?古人名物本
> 係方言,訓詁相傳,遂為典實。(《通雅·凡例》)

又:

> 人先平心靜氣,自調脣、舌、腭、齒、喉為羽、徵、角、商、宮之
> 概,又調臍輪、鼻輪之折,攝為大宮商之概,勿泥鄉音,少所習熟,
> 然後可以知古今萬國之時宜矣。音有定,字無定,隨人填入耳。各
> 土各時有宜,貴知其故,依然從之,故以《洪武正韻》之稱謂為概。
> (《通雅·切韻聲源》,卷五十,頁 1)

> 古音之亡於沈韻,猶古文之亡於秦篆也。然沈約之功亦猶秦篆之
> 功。……,後人不能淹貫經史,旁考曲證,止便習熟而成編之易為
> 功也。遂守斯篆以論古聖制字之意,遵沈約以斥中原自然之聲,則
> 使人益痛李與沈之過矣。顏之推即歎小學依小篆是正為不通古今,

何況今日耶？吾故曰：音有定而字無定，切等既立，隨人填入耳。（《通
雅‧切韻聲源‧字韻論》，卷五十，頁 23～25）

是上古名物本有方言音轉之異，若爲便習熟而一以雅言爲正，雖易於爲功，卻
亦不得其情實。

　　就此而言，吾人可以得出一個小結，是方氏之聲轉，實存揚雄轉語之意。
只是仍須注意的是，這似乎並不只是謑語獨有的特徵，蓋「大約謑語亦雙聲也」
一句概括，顯示此特徵應爲謑語之同於雙聲者。以是如更擬分辨雙聲、謑語二
者，進一步比對方氏分別之例舉，恐怕是唯一的途逕了。

　　可想而知地，在這段短論中，方氏所舉之詞例其實不多，況謑語、雙聲二
者本有許多交集，以是純就詞條本身的比對，大約是不能見出差異的，事實上，
在雙聲、謑語各十二例中，盡可屬之聯綿詞。不過慶幸的是，方氏在每一詞例
下均附有小注，從小注的訓釋角度中，隱約呈現一個界限井然的現象，而此，
或者即是方氏分辨二者之異趣。

　　以下略舉數例明之：

　　（一）雙聲

　　「徜徉」之注：

　　　〈郊祀歌〉「常羊」；《楚辭》「相羊」；〈上林〉「儴佯」；李善本「襄
　　　羊」；柳作「倡佯」，亦通「仿佯」。（〈音韻通別不紊說〉，《通雅》卷
　　　首一）

　　「匍匐」之注：

　　　〈檀弓〉引《詩》「扶服」；〈霍去病〉「扶伏」、〈范雎傳〉「蒲服」、
　　　韓信「蒲伏胯下」；〈秦和鍾銘〉「匍百四方」。（同上）

　　（二）謑語

　　「昆侖」之注：

　　　言渾淪也。山作「崑崙」；人貌「渾侖」，亦稱「崑崙」，并通「混沌」、
　　　「坤屯」、「困敦」。（同上）

　　「泭漚」下注云：

　　　浮渤也。大釘曰「籤鏂」，似泡。又籤飾也；餢鏂，飽食也。（同上）

「屬婁」之注：

> 爲骨、爲劍，因以金、骨旁分。（同上）

「蕭爽」之注：

> 馬名。鳥名加旁，或作「鷫鷞裘」。（同上）

顯然，在雙聲中，方氏標示的是文字之異體，理論上形體各異，而詞義不變，至音之轉移與否，亦不爲方氏之所著眼。另一方面，在讔語內，方氏所強調者實爲諸名之同源，意者，如「昆侖」之訓「渾淪」，則山貌渾淪即名「崑崙」，人貌渾淪則謂「崐崙」，是諸事諸物之具備同一性狀者，皆得命之同名。雖然這裏並未全面徵引方氏小注，不過這種區別在其餘諸例實無例外。而就此以言，則方氏之讔語，恐與其後程瑤田果蠃之轉語亦有其同惜。

這樣的理解其實是頗具啓示性的。而如果以轉語之概念出發來理解讔語，則前述舊說的許多疑義似乎便可迎刃而解了。

首先，在「雙聲相轉」上，向者乃多以雙聲爲其上下二字之關係。這種理解自非無據，不過對於上下二字之「轉」，終究難以確實爲說。揆其因，大抵乃執於聯綿詞之概念，以是不能客觀解讀文本。事實上，即在同段敘述中，方氏之雙聲一詞便已不只出現一次，是在讔語定義之後，方氏緊接著對前說所做的批評：「升庵曾彙二字，楚望亦列雙聲，弱侯略記駢字。」其中「雙聲」乃明白與「二字」、「駢字」平列。吾人沒有特別理由去懷疑方氏可能在同一短論中，不做任何說明，而在「雙聲」的使用上有二種意義。因此，方氏所理解之「駢字」與夫其自作之「讔語」，實皆同爲「二字」之義，也就是今日所稱的雙音節語。依此，則「雙音相轉」之謂，實際上指的便是雙音節語的轉語。以是驗諸〈讔語〉諸卷，若以下諸例：

> 鉤剝即句駁；剝異即駁異。（《通雅·釋詁·讔語》，卷七，頁 19）

> 踵係即踵繼；卬系即仰繫。（同上，頁 27）

> 證繘即証向；徵詞即證詞。（同上，頁 27）

異詞並列，唯一字之交集，可知雙聲理應不會是上下二字。外此，有「汙隆」諸例：

> 汙隆，一作窊隆、窳隆……。窊、窳，皆與汙通聲。（同上，頁 13）

卉汩，一作卉潏、軋忽，一作軋汩、軋芴。……。智按：〈郊祀詩〉

用「卉汩」，則卉、歙一聲也。《史記》「瞑盼軋汩」，《漢書》作「繽

紛軋芴」。〈天馬歌〉作「軋忽」。此皆聲轉。汩卉、歙噏，皆聲也。

（同上，頁 16）

蕭索，通作蕭瑟，本作蕭索依《說文》當作蕭索，轉而爲蕭颯。謝靈

運「騷屑出冗風」、〈東京賦〉「飛流蘇之騷殺」、《莊子・知北遊》謂

衰颯，皆此聲之變也。（同上，卷六，頁 17）

閔勉、閔免、僶勉一也。轉爲密勿、蠠沒，又轉爲侔莫、文莫。（同

上，卷七，頁 4）

更顯然排列了諸多因聲、義之變而引起之異體與語轉。

這是〈釋詁・謰語〉中訓釋的常式，以與〈釋詁〉中綴集、古雋兩類相

較：

成相，助力之歌也。（《通雅・釋詁・綴集》，卷三）

偓詩，蓋譎諫之義也。（同上）

屏風格，詞頭式也。（同上）

淑離，言獨善也。（《通雅・釋詁・古雋》，卷五）

冰衿，猶言冷也。（同上）

登來，立至也。（同上）

一主轉語、一主義訓，其訓解角度之異致極其顯著。﹝註17﹞

順是而下，則所謂「謰謱」者，仍然可以是連綿之意，只是其所描述的主

體，恐怕不是上下二字之不可分，而在語轉現象之層出不窮。而此，正與前述

〈辨證說〉「旖旎十四變，逶迤三十二變」之用相合。以是方氏所謂「雙聲相轉

而語謰謱」，所表述者，應是指雙音節詞在語轉作用下，所造就的一詞之轉語相

因不絕的現象。因而《通雅》所列「謰語」一項，實在指稱的亦是一系列的轉

﹝註17﹞雖然在綴集、古雋二類中，偶亦雜有異體、轉語之溝通，如「擽攦，采獲也。或

作攦攦、柳拓、捋攦，通作捋拾。」（〈綴集〉，卷三）又如「鄭重，即珍重之轉。」

（〈古雋〉，卷五）不過這畢竟只是零星出現。反之，在謰語中，必然存在轉語之

溝通也。

語匯集，而非是單一語詞的性質與分類。關童曾謂：

> 方氏的"雙聲相轉"指的是謰語各轉語之間的聲音相轉變。（〈聯綿
> 詞名義再認識〉）

徐振邦亦稱：

> 因爲在方氏看來，"謰語者，雙聲相轉而語謰讀也。"與其他複音
> 詞比較，"謰語"結構更緊密。因聲轉而能形成詞群，不同的詞因
> 音近而義通。（《聯綿詞概論》，頁 11）

以「各轉語」、「詞群」描述謰語，似乎皆能覷破要點，惜乎二氏並未更有深
論。

　　而在此定義的理解下，對於舊說許多滯礙大約亦可有所疏通。若前述提及
賈生之「連語」者，一向見視與語言無涉，以是爲人所不重。自然，本文同樣
不認爲賈生之說指稱的是語言，這一點方氏並非不知，以是其增一「言」旁用
以形容語言。而如果吾人稍稍體會玩味，這何嘗不是一種轉語乎？是方氏之謰
語與賈生之連語應該在語言一事之外，別具其共同之屬性者。

　　按理來說，這條方氏自己提供的線索原本應該是個極有價值的依據，可惜
的是，方氏自身並未具體指出其所以援引之意，而後人對於賈生「連語」之理
解又曖昧分歧，甚至《新書》之作者是否爲賈誼都不無可疑，〔註18〕以是吾人
似乎也不能在此得到過於肯定的答案。

　　純就現象看來，「連語」一詞在《新書》中的用義主要有二。一是單獨做爲
篇名，一是與「事勢」、「雜事」並列，而做爲篇章的分類。爲篇目者，其內容
饒東原以爲：

> 中心在於說明君主必須守道愼行、寬厚仁愛、愼選左右。（〈連語‧
> 題解〉，《新譯新書讀本》，頁 255）

驗諸文本，可謂近之。只是從中實難意會與「連語」二字有何取義。而做爲分
類，則更爲籠統，蓋「事勢」、「連語」、「雜事」三者恐怕不爲同一標準之區隔，
王洲明、徐超以爲：

〔註18〕盧文弨〈書校本賈誼新書後〉：「《新書》非賈生所自爲也，乃習於賈生者萃其言以
　　　　成此書耳。」（《抱經堂文集》，卷十，頁 2）

> 大致綴以「事勢」者,是談對時政的意見;綴以「連語」者,是發
> 表禮制方面的見解;綴以「雜事」者,則是歷史故事的輯錄。(《賈
> 誼集校注》,頁1)

這自是就內容歸納的揣度,可惜的是,連語與禮制之聯繫,同樣無由覷見。

這樣的現象自是令人灰心,不過在這諸多推測間,卻也令人發現一個值得注意的解釋,此即饒東原之說者:

> 所謂「連語」大致是把古書有關的記載加以摘錄編輯成篇的意思。
> (〈傅職·題解〉,《新譯新書讀本》,頁227)

此說與李爾綱有其近似之處:

> "連語"的意思大約與"寓言"相近,只是"寓言"多用假托的故
> 事或自然物的擬人手法說明某種道理,而"連語"則更多引用古代
> 的禮法制度或實有的古人軼事來諷喻當今。(〈連語·題解〉,《新書
> 全譯》,頁236)

皆有借古論今之意,所不同者,饒氏更強調了「摘錄編輯」之形式,以此而「連語」二字可有其說。是連語者,乃串聯古事之謂。若此之說,正與方氏之匯集轉語有其同構,唯一繫古事、一輯雙聲,是方氏之「轉注」,乃加「言」字而別爲「讕」字。

在連語與讕語二端皆不能明白確定的狀況下,這裏的結論自然只是一個互相限定、甚至比附的推測,以是不能、也不敢說這樣的理解眞爲賈、方二氏之本旨,不過較之前說直接忽略的處理下,本文以爲如此的理會,至少爲二者找到了一個可能相應的聯繫。

其次,在「因聲求義」一事,蓋方氏之定義一段語末,曾揭示其匯集讕語之意圖:

> 然多鈔升庵,守以字學鈎鈲之說,惟郝公主通,然未免強合,故因
> 擿其支離,補其遺漏,前後見者,偶從部居,此舉成例,列於左方,
> 以便學者之因聲知義,知義而得聲也。

此說與方氏「以聲形容」、「各隨所讀」之語互相渲染下,自然容易得出聯綿詞是語言現象的概念。不過如前所述,「各隨所讀」旨在指出詞無定音,隨方音而

定。而「以聲形容」雖有字形無定之意，然重點亦在配合「各隨所讀」，不須拘泥於字形之正誤者，與聯綿詞合二音爲一詞、不可分訓之意並無直接的相涉。是三者的映襯實爲一種假象。

以是僅針對文本脈絡的呈現，則其一，方氏於前作之修正實爲強調系統與完整；其二，「以便因聲知義」者，乃得於「補其遺漏」、「偶從部居」，是其知義之所由不在單一語彙上，而在諸詞之並列。據此則方氏著眼之對象顯然只能在異體、轉語之溝通，而「因聲知義」之所指，因而亦不將是純就語言立場去理解單純雙音詞一事。

綜上所論而約言之，本文以爲方以智讔語之謂，實爲雙音節詞之語轉現象。至所謂轉者，乃同於爲揚（雄）、程（瑤田）轉語之義，不將指的是上下字的音韻聯繫。

五、〔民〕王國維〈古文學中聯綿字之研究（發題）〉

向來稱引王氏論聯綿詞之意見，主要皆在其應沈兼士之請，所提出四項研究題目之一：古文學中聯綿字之研究。若張壽林便據之曰：

> 海寧王氏〔國維〕，詮釋尤詳，其〈古文學中聯綿字發題〉云："聯綿字，合二字而成一語，其實猶一字也。"紬繹其義，則所謂連語者，實具二義；一語之成，必合二字，此其一；字雖駢疊，義不分歧，此其二。故張氏聯字，不拘聲韻；蓋雙聲疊韻，可爲連語，而未必皆屬連語。世之以聯綿字必雙聲疊韻者，誤會實多。不知聯綿字者，實指綴二字以成一語之複語而言也。（〈三百篇聯綿字研究〉）

以是，這「合二字而成一語，其實猶一字也」之謂便成了王氏聯綿字鮮明的認知與表述。

不過，該文畢竟只是研究主題的概述，以是王氏僅在表象上指出聯綿字的一般屬性而已，並未深入去理解與分析。而後人又僅截取其中一二話頭，便逕自比附、取義，殆不免顯得唐突了。事實上，王氏除該文外，又有《聯綿字譜》及〈肅霜滌場說〉二者，乃更具體地呈現了其在聯綿詞上的取捨與理解。而根據這些操作，對於王氏意見的理解，似乎又將引出許多曲折。

回到〈發題〉文本中，王氏表述聯綿字之特徵大抵乃有二端：

（一）二字一語

聯綿字，合二字而成一語，其實猶一字也。（〈古文學中聯綿字之研
究（發題）〉）

（二）同源變化

此等複語，其變化不可勝窮，然皆有其公共之源。如風曰霄發，泉
曰霄沸，跋扈曰畔援，廣大曰伴奐，分散曰判奐：字雖不同，其聲
與義各有其相通之處。（同上）

至其研究目的則在「窮變會通」也：

前人《駢雅》，《別雅》諸書，頗以義類部居聯綿字，然不以聲爲之
綱領；其書蓋去類書無幾耳。……。辭賦既興，造語尤夥，乃至重
疊用之，如離騷，須臾，相羊，見於一簡之中；〈上林賦〉"漏測泌
瀄，愴呀豁閜，"疊於一字之內，其實爲一語之變化也。若集此類
之字，經之以聲，而緯之以義，以窮其變化，而觀其會通，豈徒爲
文學之助，抑亦小學上未有之事業歟！（同上）

視其理解與意圖，實與方氏《通雅》不二，所不同者，譔語指涉者爲詞族，而
聯綿字針對的是語詞本身。這使得聯綿字似乎更進一步趨近現代之聯綿詞者。
不過，在具體探入《聯綿字譜》與〈肅霜滌場說〉後，其中的異同似乎可有一
二之浮現。

事實上，這些現象在陳瑞衡〈當今"聯綿字"：傳統名稱的"挪用"〉一
文中業已揭示的頗爲完整。首先，在聯綿字的認定上，陳氏指出在《聯綿字譜》
中實在收錄了不少一般的雙音節詞：

王國維《聯綿字譜》中確實收有很多二字分別無義的聯綿字：……
同時也收有眾多的二字分別有義的聯綿字：
踴躍　思索　施舍　和諧　炫耀　悠遠
……
這些聯綿字都是二字同義的，與王念孫的連語屬於同一類型：均爲
同義語素構成的聯合式合成詞。
值得注意的是王國維字譜中還收有下面這樣一些合成詞：
規矩　繩墨　風波　富強　聰明　寤寐　陟降　張弛　離合　先後

構成這些詞的兩個語素，有的屬於類義（"規矩"等詞），有的屬於
反義（"寤寐"等詞）。當然，它們也還是聯合式合成詞。

這些情況都說明王國維觀念中的聯綿字，同當今之所謂"聯綿字
（詞）"是有很大的差異的。（〈當今"聯綿字"〉）

同時又根據王氏之釋「滌場」所云：

《禮記‧郊特牲》「臭味未成，滌蕩其聲」。蕩，亦作盪。《說文》：「盪，
滌器也。」既滌盪則必清肅、必廣大，故又有廣大之義。（〈肅霜滌
場說〉，《觀堂集林》，卷一）

因謂：

這就很明顯地是說"滌場"二字分別有義。"滌場"猶言"滌
蕩"。"蕩"亦作"盪"。"盪"與"滌"同義。這訓釋方法與王
念孫的說連語是很相似的。（〈當今"聯綿字"〉）

因此陳氏以爲：

王國維說聯綿字"不可分別釋之"，其要義也只是指明應當把兩個
字作爲一個整體看待。至於這兩個字是分別有義還是無義，在他的
觀念是不怎麼在意的。（〈當今"聯綿字"〉）

大體而言，本文是贊同陳氏推論的，只是其中或者尚容有一二補充之處。這一
個線索主要來自於王氏〈與友人論《詩》、《書》中成語書〉一文中對「陟降」
的訓釋。「陟降」一詞，乃《聯綿字譜》中例，已可見前引陳氏之例舉，而王氏
釋此則云：

古又有「陟降」一語。古人言「陟降」，猶今人言「往來」，不必兼
「陟」與「降」二義。〈周頌〉「念茲皇祖，陟降庭止」〔〈閔于小子〉〕、
「陟降厥士，日監在茲」〔〈訪落〉〕，意以降爲主而兼言陟者也；〈大
雅〉「文王陟降，在帝左右」〔〈文王〉〕，此以陟爲主而兼言降者也。
古陟降者古之成語也。……。《書‧文侯之命》言「昭登于上」，《詩‧
大雅》言「昭假于下」〔〈烝民〉〕登與假相對爲文，是登假即陟降之
證也。《左傳》之「陟恪」、〈曲禮〉之「登假」、《墨子》之「登遐」，
皆謂登而不謂降，此又〈大雅〉之陟降不當分釋爲上下二義之證也。
（《觀堂集林》，卷二）

顯然王氏是將之視爲偏義複詞看待的，只是所偏之義，不定於上字或下字也。如此的理解，較之「滌場」一例，實又清楚許多，使王氏之聯綿字更與今日不能等視了。

而除此之外，吾人尚可注意者，是王氏乃力圖證明二字「不當分釋爲上下二義」也，此一性質與聯綿字約莫有合，而王氏於此乃謂之「成語」者。成語云云，王氏以爲皆複語也：

> 凡此成語，率爲複語，與當時分別之單語，意義頗異，必於較古之
> 言語中求之。（〈《詩》《書》中成語之研究（發題）〉）

又舉例解釋云：

> 古人頗用成語，其成語之意義與其中單語分別之意義又不同，……。
> 若但合其中之單語解之，未有不齟齬者。……。如不淑一語，其本
> 意謂不善也。不善或以性行言，或以遭際言，而不淑古多用爲遭際
> 不善之專名。（〈與友人論《詩》、《書》中成語書〉）

是知王氏之成語實指的是在用義上具有特殊之文化限定者，以是將與單語之義有所不同。依此，則或與朱謀埠《駢雅》中說有其合轍之處。

部份蒐例的交集以及定義的雷同，頗令人以爲成語與聯綿字二者恐怕不能沒有聯繫。不過本文尚且未敢直接等同二者，因爲，在詞例的交集中不難發現，聯綿詞中雖雜有成語，然而並非所有成語皆收入《聯綿字譜》，反之，在成語中則罕見聯綿詞的存在。同時，在王氏致沈兼士之中書共提出的四項研究題目，除上述聯綿字外，又有「《詩》《書》中成語之研究」、「古字母之研究」、「共和以前年代之研究」三者，以成語與聯綿字明白分列其二，則二者間或者仍有其區隔存在的。儘管如此，在保守的推測下，本文以爲以下二個理解應該仍是可以確定的。其一，在王氏的意見中，「合二字成一語」、不可分訓之謂，顯然不將直接指向單純雙音節語。其二，王氏既然極有意識地將部份成語歸爲聯綿字中，則其聯綿字與今有別又可添一新證了。

綜上所述，吾人可以清楚的看出，自張有之「聯綿字」在辨正雅俗、楊慎之「駢字」爲溝通異體、朱謀埠之《駢雅》解雙音成語、方以智之「謰語」繫雙音轉語，以迄王念孫「連語」之兩字語轉、上下同義，王國維「聯綿字」之二字會義、同源聲繫等。諸般後人據以論證聯綿詞發展淵源的文獻、學說，其

實在名稱與性質上皆不相同，而疊字之涵與不涵亦無有定準。正如李運富所謂：

> 經過這樣一而再、再而三的聯想，本來屬於不同層次、不同體系，出於不同目的、不同環境所說的話、所分的類、所立的名稱，由於種種表面上的相似相關，就全被等同起來了。於是"連語"成了"謰語"，成了"聯綿字"，成了"單純詞"，大家陳陳相因，以訛傳訛，甚至於積非成是，都不再去考察這些名稱的實際內容了。(〈是誤解不是"挪用"〉)

究其實，其真正之同者，只在雙音節詞一事而已。陳瑞衡曾謂：

> 傳統語文學家聯綿字觀念字觀念的提出及其發展情況表明，傳統語文學家的聯綿字研究，實際是從古漢語詞匯眾多的單音節詞中逐步發現和不斷積累雙音節詞，並初步感受到多音節詞的存在。也可以說，傳統觀念的聯綿字是一個與單音節詞相區別的詞匯系統。(〈當今"聯綿字"〉)

以單、雙音詞的對照做為區隔，大抵概括地符合了實情。不過，以「逐步發現」、「不斷積累」言其發展，似又以為其中存在一種線性脈絡。本文則以為，歷史的發展常常是離散的，那些看似循序漸進的脈絡，大抵是後人以現代聯綿詞的概念為準據，回溯歷史文獻中去檢尋諸多定義、內涵、外延相同相近的材料，而後先入為主地比附詮解、刻意系聯的結果。正如李運富之謂：

> 古代的聯綿字觀念應該說是明確的，為什麼長期以來會把它誤解為雙音節單純詞呢？……。筆者認為，這種誤解，與王念孫的"連語"和方以智"謰語"有十分密切的關係。因為"連語"按語義構成分，"凡連語之字，皆上下同義，不可分訓"；"謰語"按語音關係分，指"雙聲相轉而語謰謱"者。……。更重要的是王氏的"上下同義，不可分訓"的界說具有歧義，很容易使人聯想起現代"雙音單純詞"的共同表義性和不能拆分性，於是誤會產生了。(〈是誤解不是"挪用"〉)

正指出其中樞紐，蓋以聯綿詞為理解框架，而王、方之說可謂極為貼切而言簡意賅的。不意卻忽略了如果反以王、方之說為本，則其外延殆不能只限於聯綿

詞一端。這種曲解自然不限王、方，以是灑灑如貫珠，竟以「作」代「述」，勾勒出一片煞有介事的發展史。是脈絡雖然成形了，卻只是「各取所需」、斷章取義的虛構，嚴重忽略了諸般議論存在的語境與理論背景。

Bart Kosko 曾謂：

> 科學家想簡化事情，這是我們陷入二值的一大原因。科學家的第一個本能是將非線性世界套入線性模式中，這就引起了另一個不配合問題——數學模型學者的困境：線性數學，非線性世界。（《模糊思考》，頁 109）

究竟我們理解的是數學（理論）？還是世界？寧不值得後人深思。

上述這些理解表明了後人所據以為說之證據，其實皆不合實情。而在此基礎上推而廣之，文獻可稽之其他記載亦罕有過於是者，大抵不是另有所指，偶有交集，便是隻言片語，未敢遽論者。以連綿字而言，大抵可以歸納為兩種傾向，其一是疊字之謂。如：

（一）〔宋〕蔡正孫《詩林廣記》

> 〔葉夢得〕《石林詩話》云：「詩下雙字極難，……。唐人謂「水田飛白鷺，夏木囀黃鸝」為李嘉祐詩，摩詰竊取之，非也。此二句好處正在添「漠漠」、「陰陰」四字，此乃摩詰為嘉祐點化以自見其妙。（《詩林廣記》，卷五，頁 20）

又：

> 《雪浪齋日記》云：「古人下連綿字不虛發，如老杜『野日荒荒白，江流泯泯清。』退之云：『月吐窗囧囧』，皆造微入妙。」（《詩林廣記》，卷五，頁 21）〔註19〕

（二）〔元〕王構《修辭鑑衡》

> 七言得連綿字而精神，王維詩云「漠漠水田飛白鷺，陰陰夏木囀黃鸝」二句，以漠漠、陰陰二字喚起精神。又「無邊落木瀟瀟下，不盡長江滾滾來」二句，亦以瀟瀟、滾滾喚起精神。若曰「水田飛白鷺，夏木囀黃鸝。」「木葉無邊下，長江不盡來。」則絕無光彩矣。

〔註19〕〔宋〕何溪汶《竹莊詩話》卷五、〔宋〕胡仔《漁隱叢話‧前集》卷十五所引俱同。

見得連綿不是裝湊贅語。（誠齋）（卷一，頁 10～11）

（三）〔明〕葉盛《水東日記》

《石林》、《雪浪》論連綿字皆切。（卷三十六，頁 7）

視其例舉，一皆疊字。而《石林》、《雪浪》分以「雙字」、「連綿字」為稱，葉盛則以「連綿字」統攝二者。因此若非雙字、疊字、連綿字三者無別，即是以連綿字可以包涵雙字與疊字。

其二則強調二語共成一義，卻不論詞之如何構成者，如：

（一）〔宋〕陳大猷《書集傳或問》

夏氏謂「要囚」乃要勒拘囚之也。……。蓋夏氏只將「要囚」二字作連綿字說去，恐無所據。（卷下，頁 39～40）

（二）〔宋〕吳可《藏海詩話》

世傳「酒債尋常行處有，人生七十古來稀」，以謂「尋常」是數，所以對「七十」。老杜詩亦不拘此說，如「四十明朝是，飛騰暮景斜」。又云「羈棲愁裏見，二十四回明」，乃是以連綿字對連綿數也。（載《永樂大典》中，頁 3～4）

（三）〔元〕許謙《詩集傳名物鈔》

今《傳》作薄慢反，而云紲袢，束縛意。案：《說文》：「袢，博僈反」，而《傳》意袢字如絆字，意是紲絆為連綿字，共成束縛意也。（卷二，頁 32）

（四）〔元〕陳櫟《定宇集》

東坡〈韓公碑詩〉云：「滅沒倒影不可望。」不過只作連綿字用耳，謂韓子文章道德之尊，滅沒于日月倒影之上，不可得而仰望耳。與歷所謂滅沒不相關也。（卷四，頁 19～20）

（五）〔明〕蔡清《四書蒙引》

遠別二字猶連綿字，非遠乎別也，猶云辨別也。或云遠嫌別疑也，亦通。（頁 34）

（六）〔明〕徐官《六書精蘊音釋》

書中有「字聯綿」一項，收「即且」（蜈蚣）、「琲瑤」、「枇杷」三詞。

並於「即且」下謂：「字之聯綿者，類多假借。」（頁17）

此諸例者，若（一）、（三）、（四）於表面視之，皆屬同義複詞。（六）之訊息甚少，缺乏直接之定義與解說，實未足以據之而有所駁斥與驗證。至（二）、（五）之二例則在此基礎上又有值得玩味處。在《藏海詩話》中，除連綿字外，作者又有連綿數之謂。七十、四十、二十四實爲一般數字的基本表達，既可分訓，又無假借、轉注之異體，在構詞上實不見有任何異處。以之爲「連綿」者，勉強只能說三者結構較緊密，以二數字描述一特定數量耳。意者，就客體而言，數字表達者，實爲個體所合成一定數量的整體，以是，雖在個體上可以各自獨立，而做爲整體，卻是一個完整的概念。如七十歲，雖是70個年歲所合成，然言其整體者，卻只是一個70。以是所描述之客體（語義）只爲一件，而用詞不得不爲二，則亦緊密而「連綿」了。自然這也只是本文的推測，不過，若以此而論，則連綿字所強調者，恐怕亦可說是會合二字而表現單一概念者。以是單純雙音語自是典型，而同義複詞、偏義複詞可不罕見，甚至人名、地名、物名者則顯然也不能例外了。要之，其所著眼者只在二字表達一語（概念），至於語詞之如何構成、文字如何表現，並不是特別被看重的。

其次，在《四書蒙引》中，蔡氏之釋「遠別」一詞，以「辨別」、「遠嫌別疑」兩可，而獨斥「遠乎別也」之說。對照之下，似亦不使「遠」字另有其義，〔註20〕而欲與「別」字共表同一之概念。似此，則正與《藏海詩話》可以同例。

除此而外，又有《禮部韻略·韻略條式》值得特別注意。

（七）《禮部韻略·韻略條式》

黃積厚劄子論禮部韻多有闕謬。謂如連綿上下二兩字皆收者計一百一十七連，只收一字者計一百八十五連，欲乞上下二字皆收入韻。

本監今看詳，禮部韻內先收上下兩字一百一十七連，其間多是可以

〔註20〕 無上下文之限定，「遠乎別也」語義未明，以現代語法概念視之，似可理解爲動賓、動補或偏正結構。然不論何種結構，「遠」與「別」皆各自成義，會合而構成詞組者，與餘二者共表一義不同。緣於古人不有明確語法概念，此亦不刻意解之以語法也。

兩押，或可倒押者。且如兩字一義，如矇朧、喔咿、漣洏、哇咬之
類，其矇字、喔字、漣字、哇字自可別押。兩字一物，如駏驉、鴛
鴦、鶺鴒、瑚璉之類，其駏字、鴛字、鶺字、瑚字亦可別押。如玲
瓏二字，古人或押瓏玲；璠璵二字，古人或押璵璠。駿驤二字雖是
一物，內駿字又別有義，其餘類多如此，故韻略內兩字俱收。（《禮
部韻略‧韻略條式》，頁 48）

其事起因於黃積厚上書指正《韻略》之疏，中有連綿字一項，黃氏以爲上字宜
拼收入，故禮部看詳時因有是論而決其取捨。

　　從所述內容來看，「兩字一義」、「兩字一物」之說，以及上字不可別押之
意，確實又是一個容易令人混淆的表述。不過，在《藏海詩話》與《四書蒙引》
的理解後，吾人實不宜驟下斷語。如以《藏海詩話》之標準爲據，其範疇原即
大於現代聯綿詞，而看詳中的議論，本在斟酌《韻略》之收字宜否，以是所例
舉爲說者，自然傾向單字不成義之聯綿上字，這使得「兩字一義」、「兩字一物」
現象因而突出，然而這種突出實是條件限定下的結果，殆不能以爲凡連綿字盡
皆如此。「且如」二字實透露了如斯端倪。

　　在此懷疑下，吾人實在也不能肯定其連綿字與今無異。反之，在那未見明
舉的 117 連中，其實出現非現代聯綿字的機率是相對爲高的。可惜黃積厚之箚
子今不得見，而《韻略》之收字亦未標註連綿字，以是實在也不能貿然再去進
一步的肯否了。

　　在上述的論述中，本文並未會合諸說而力求「詳細」、「全面」地去塑造連
綿字的概念。這實是有鑑於過去任意混同前說所造成曲解的戒愼，而如果今日
諸多學者仍對現代聯綿詞之認知有所爭議，那麼便可意識到，即使在同一時
代，對同一學說、術語的認知，亦不盡然一致，以是吾人亦只能盡可能地先在
各家僅有的意見中去掌握各家的原旨了。不過，〈韻略條式〉這項資料的發現，
著實令人具備一定之理由而可彙整諸說矣。而這也正是本文以爲此項資料最重
要之處。

　　如前所述，過去之爲連綿字溯源者，多半始於宋代之張有，其後便直接下
及明代楊愼之駢字。而如果嚴格要求「連綿字」用語之全同，恐怕更要直至清
末民初的王國維了。這樣的現象似乎令人以爲聯綿字在古代是一個不甚普遍的
概念，然而在吾人蒐集的資料中，不僅元明兩代多有論述，即在宋代，至少已

有《雪夜齋日記》、蔡正孫、何溪汶、胡仔、陳大猷、吳可等諸書、諸人述、引及之，〔註21〕這種現象隱約令人感覺，連綿字在宋代恐怕已是個習見的用語。而今在〈韻略條式〉復見連綿字之討論，更加強這個可能性。蓋《禮部韻略》本為宋人科舉限定之韻書，連綿字之概念既出現於此，而應舉士子焉有不知之理？以是本文相信，宋代對連綿字的認知不僅應該普及，同時也不應出現太大的分歧。

因此，如果比較大膽地整合諸說，吾人所得到的「連綿字」概念，恐怕指的便是純從語義角度言，二字共表同一概念之詞者，其範疇大於單純雙音節語，而疊字自亦涵攝在內。

連綿字而外，吾人又可見到少數「連字」、「駢字」之說者，如明代吳元滿：

> 連字如「蒙龍」復加「月」、「迢嶢」復加「山」、「闌干」復加「木」、「屬玉」復加「鳥」，皆因假借不明，故文字冗贅而愈失其真也。(《六書總要・假借論》，卷一，頁3)

又如焦竑《俗書刊誤》中有〈略記駢字〉一項。然而吳氏之說僅見少數詞例，未有任何說明，所指供之訊息實無過於前述。至焦氏之書，自然不少聯綿詞，然而以下諸詞，則顯示其說亦不與他說有別也：

> 合昏，花朝放莫合故名，俗訛呼合歡。(《俗書刊誤》，卷六，頁2)
>
> 朝夕作潮汐，非。(同上)
>
> 武夫作砆砆，非。(同上)
>
> 星宿，下音夙，言星之次舍也。(同上，頁3)
>
> 俛卬即俯仰。〈晁錯傳〉「在俛卬之間。」(同上，頁4)

因是綜而言之，就目前可見之資料看來，古人論雙音節語之概念，大於聯綿詞者有之，多與聯綿詞交集者亦有之，然實無直指單純雙音節語者。以是嚴格說來，古來其實並沒有聯綿詞的研究。至於常見後人所引證系聯之諸說，多半皆是出於誤解。或許正由於誤解，後人在定義聯綿詞時，大抵不能精確分辨諸說

〔註21〕《石林詩話》雖為宋代葉夢得撰，不過葉氏只言「雙字」，而非「連綿字」故此不論列。

異同，更不能掌握據以認知聯綿詞的理據，遂使今日聯綿詞的外延駁雜紛亂，在眾說之中取其聯集，乃不能更辨其輕重而有所取捨。可怪的是，這種現象似乎也隱隱約約塑造出一個聯綿詞的模型，而成為一種潛在的「理據」。

第三節　聯綿詞認知之商榷

一、定　義

在上述的討論之後，吾人可以發現，聯綿詞的研究其實是於古無據的。而現代聯綿詞的概念因而是產生於王國維到王力之間的時期。事實上，如果僅就傳播、影響的角度而大膽的推測，王力恐怕便可謂是現代聯綿詞的濫觴。王力在早期《中國語法理論》中定義聯綿詞時曾經表示：「我們對於聯綿字所下的定義和前人不盡相同。」或許，王力在述作間亦有其某種自覺的存在。

在如此的理解下，再重新回到聯綿詞的界定，也許便將可以有一個更為明確的立場與認定。

首先，既定的現象是，至少在宋代以後，清代（含）以前，確實頗為普遍地存在著一種連綿字的概念，它雖然包含了現代聯綿詞在內，甚至以之為典型，不過它也自然地涵攝了許多其它類型的語詞，如同義複詞、偏義複詞、疊字等。稱之為連綿字者，主要固是由於其二字共表一義的現象，只是此二字共表一義，實包含了會合二字始成一義的單純雙音節語，以及二字雖各有其義，然在詞組或合成詞中的用法，或混言、或片面弱化，而共同表達同一語義者。至於這一類的詞彙之所以特別突顯的原因，除了其在文學上的使用便於節奏、形容，具有生動的修辭效果外，還在於其二字同語、多用借字的特殊性質，容易造成解讀的誤會。因此，可說這是出於一種實用的目的，同時也是一種較為表象的區隔。

至於今日的聯綿詞，則主要有二項改變。其一，在語法概念漸次明朗後，純就語詞之結構分析，以為聯綿詞乃二字一語，不可分訓之單純雙音節語者。外此，除疊字因重疊成詞、多用借字，故亦見列外，其餘可分析、分訓之詞組或合成詞皆不再附入。〔註 22〕其二，在語言、文字概念逐漸釐清後，聯綿詞被

〔註22〕王力在《漢語語法史》中曾將「處置」、「準備」等詞視為聯綿詞，這也許是受到過去連綿字的影響。不過，這個認知似乎沒有獲得普遍的認同。

視爲一種純粹語言現象，以是多不稱連綿字，而改稱聯綿詞，用以區別與正本。
自然，這兩項異處同樣是一種時代傾向，反映了現代語言學的基本概念。

　　儘管有著範圍的交集以及名目上的高度相似，然而在各自目的、意圖的迴
異下，古今聯綿字（詞）著實具備不同的定義與範疇。以是吾人可以說，此二
者根本就是同形異詞。因此任何以古律今、以今律古的做法，恐怕都是沒有立
場的。至於等同二者，引古爲據，將古聯綿字之定義、形容用以說明今之聯綿
詞者，則更不免相形見疏了。

　　在這種情況下，原本明確地區隔二者是最爲正本清源的做法。意者，古稱
二字同語者爲連綿字已是個既定的事實，站在歷史的角度上，實在沒有必要、
也沒有理由去改變這個名稱，或是內涵。反之，現代聯綿詞既然在語言學的理
論中已界定爲單純雙音節詞，則「聯綿字」之名目便應就此還給歷史，方可不
使兩相混淆。只是在誤解已深的現狀下，後人對連綿字的本義不甚了了，反而
根深蒂固地以爲連綿字即單純雙音節語，而王力在提出其新定義時，也仍然「沿
用」了這個舊名稱，不論其爲自覺的「挪用」，或是不自覺的「誤用」，〔註 23〕
似乎都爲此名實的配合造就了「依據」。以是，欲使之涇渭分明恐怕也不是一件
容易決斷之事。折衷之道，則或者可以分別稱之爲「古連綿字」與「今聯綿詞」，
既符一般習慣，又不離其情，唯須注意者，是二者切不得再直接等視。〔註 24〕
至於「連語」、「謰語」、「駢字」等詞，則差異甚遠，自應別其秦越，使井河不
犯。

　　擺脫了古今聯綿詞之糾葛，除了反映實情之外，更重要的其實還在於今聯
綿詞自此可不受古連綿字內涵、外延之影響，而能夠更純粹地在學術立場與目
的中去決定自身的定位。

　　略無疑義的，今聯綿詞的概念在單純雙音節語這一點是具有普遍共識的，

〔註 23〕陳瑞衡〈當今“聯綿字”：傳統名稱的“挪用”〉曾指出：「當今概念的『聯綿字
　　　　（詞）』，只是傳統觀念『聯綿字』的『挪用』，而不是繼承和發展。」而李運富則
　　　　進一步認爲「挪用」是有意識者，無自覺的「挪用」其實是誤解。見〈是誤解不
　　　　是“挪用”〉。

〔註 24〕本文雖以古、今做爲對舉，不過那只是因應時代的大致區隔，眞正的差異仍在於
　　　　定義與本質的不同也。以是約與王力同時，符定一在 1934 年成書的《聯綿字典》，
　　　　緣於內涵、收詞之近古，仍應屬之古連綿字系統也。

自然，此中強調的是二字一語、不可分訓，以聲為重、字無定形的特徵。不過這似乎仍有其一定的模糊性，以是落實在具體外延時，於其細節，仍具討論空間。這主要是聲音的條件要求，以及疊字、語詞的認定。

首先，在音韻條件上，許多學者以為聯綿詞之上下二字必須具有雙聲、疊韻或兼而有之的聯繫。固然，這確實是多數聯綿詞的特徵，然而說所有的聯綿詞都具有這項特徵，顯然又是不符實情的。或許，吾人可以自己加上這個限定，以為如此方為真正、狹義之聯綿詞，然則不可諱言地，目前對於聯綿詞的理解其實都是歸納而來的條件，在不能掌握其所有成因，理解其實際本質之前，這些限定其實是沒有學理依據的。況且，在此限定下，那些分明二字一語，卻毫無音聲聯繫，如王力所舉「淹留」、「葡萄」等，又將何以謂之？是以之為聯綿詞者，便生出例外，而不以之為聯綿詞者，又在單純雙音節語中要別出他項了。

追根究底，這種限定大抵是從王力而來的，只是王力此說其實只在其早期《中國語法理論》中出現過一次而已，其後雖曾多次論及聯綿詞，卻始終未再重提、要求此一限定，不料此未定之說竟被後來學者奉為圭臬，而不敢輕移。本文以為，今既以單純雙音語為定準，而此概念之成立實無涉於音聲之相繫，是此限定因而可以不須再有執著。

其次，對於疊字，多數學者皆毫無疑義地視為聯綿詞，因為就一般而言，疊字同是會合二音節以表達一個義素者，所不同者，疊字為一字之重疊，二字形音全然相同。然則本文對此卻始終存有疑義，因為如果就單字不成義，合二字始為一詞的標準來檢視之，大多數的疊字其實都是不能相符的。

如湯廷池，在〈漢語的「字」、「詞」、「語」與「語素」〉一文中，便直接以疊字為「重疊式複合詞」，並解釋謂：

「重疊式複合詞」（reduplicative compound）由語素的重疊出現而形成，……。重疊式複合詞包括充當名詞的‘星星、猩猩、爺爺、奶奶、寶寶；毛毛蟲’，充當代詞的‘某某、誰誰’，充當副詞的‘略略、時時、往往、通通、萬萬、每每；團團轉、聒聒叫；落落大方、依依不捨、井井有條’與充當形容詞或副詞的‘花花世界、好好先生、鼎鼎大名、洋洋大觀；雄赳赳、冷森森、直挺挺、眼巴巴、血淋淋、羞答答；（眼）淚汪汪、酒氣噴噴、得意揚揚、喜氣洋洋、興

致勃勃'等。（《漢語詞法句法三集》，頁41）

視其例舉，殆已全面地包含了一般認爲的疊字。同文中，湯氏對「複合詞」的
解釋是：

> 「複合詞」（compound word）由兩個或兩個以上的語素合成，但是
> 這幾個語素之間並無詞根（詞幹）與詞綴的區別，而所有語素都形
> 成詞根（詞幹）。（《漢語詞法句法三集》，頁31）

湯氏既以疊字爲包含「兩個或兩個以上的語素」的複合詞，則其不爲聯綿詞可
知矣。

如此的理解自然是簡單扼要的，不過其中的判定或許尚有斟酌處。若呂叔
湘之認知即見出入。在《中國文法要略》中，呂氏分疊字爲二類：

> 疊字就是前人所謂「重言」。這類複詞以形容詞爲最多，又可分成兩
> 類：不疊不能用的是一類，不疊也能用的又是一類。前一類的例子：
> 翩翩、盈盈、巍巍、纍纍、喋喋、津津、孜孜、喃喃、諾諾、諤諤、
> 熙熙、攘攘。……
>
> 第二類的例子：
>
> 老殘從鵲華橋往南，緩緩向小布政司街走去。（老殘）
>
> 卻有一叢蘆葦，密密遮住。（仝）（《中國文法要略》，頁8～9）

並解釋謂：

> 這一類〔第一類〕詞以模擬事物的容狀聲音爲主，單字的本身或是
> 無意義，或是另有意義，而用在此處卻純是標音的作用。第二類的
> 例子就不同了。單字原來有意義，重疊起來還是這個意義，所以要
> 重疊，爲的是要增多一個音綴，所以多數是白話獨有的用法，在文
> 言裏只用那些單字。（頁9）

據此，則第二類雖然語義未變，卻具疊詞的性質，〔註25〕可與湯說相合。至第
一類者，則顯然語素唯一，謂之複合，似有不妥。不過，本文並不以爲這便因
此可以謂之聯綿詞。針對這一點，吾人可以從以下二個方向來略做思考。

〔註25〕王力《中國現代語法》：「疊詞有時候也是疊字，因爲中國一個詞往往就是一個
字。」（頁393）

（一）擬聲與「擬狀」

首先，這一類的疊字多用於摹聲寫狀，在語法上有其一定的特殊性，而又不同於聯綿詞。如前引呂氏之所述，這一類的疊字本「以模擬事物的容狀聲音為主」，而張其昀更見具體地表述了其主要之二大作用：

> 一般說來，疊字比單字詠嘆的味兒充足。單字不足以詠嘆，於是就
> 用疊字。一則繪景，一則擬聲，使用了疊字，在詠嘆之中，能使人
> 強烈地感受到描寫的生動性。（〈《詩經》疊字三題〉）

從這樣的訊息中，實在已具備足夠的理由認為極多數的疊字其實可以是擬聲詞的一部分。而循此角度切入，不難發現，就構詞、語法立場而言，將此類疊字歸入擬聲詞似乎要比歸入聯綿詞適切的多。

涉乎擬音詞之特點，刑福義論之甚詳，在《漢語語法學》中，其有言曰：

> 詞類系統中，擬音詞又是一類特殊的成分詞。特殊之處，表現在它
> 具有不同於其他成分詞的三個特性。……。擬音詞是摹擬音響的
> 詞。比如："哈哈"、"哎呀"、"叮咚"、"轟隆"。這類詞，
> 具有獨用性、擬音性和非定型性。（頁 208）

以下，邢福義則更進一步說明此三項特性之具體意義：

> 首先，在語法功能上，擬音詞具有獨用性。擬音詞沒有否定形式，
> 不能受"不"的修飾。其基本功用，是充當句子的獨立成分。……。
> 其次，在同客觀事物的聯繫上，擬音詞具有擬音性。一方面，它們
> 只跟聲音相聯繫，不跟具體事物相聯繫。……。至於"呀"，它只
> 是摹擬一種感嘆聲，不表示具體事物，它才是擬音詞。另一方面，
> 既然是"擬音"，畢竟只是一種模仿，因此只能近似，跟客觀存在
> 的原來的聲音不會是完全相同的。……
>
> 再次，在詞的形式上，擬音詞具有非定型性。這主要表現在三個方
> 面：第一，擬音詞可以根據需要隨時造出來。比如，詞典上查不到
> "咚嘟嘟"，運用中卻可以自己造出一個"咚嘟嘟"，聽者或讀者
> 完全能夠理解。第二，擬音詞只有結構形式，卻沒有相應的結構關
> 係。比方，"A"、"AA"、"AB"、"ABB"、"AABB"、
> "ABAB"等形式（如"喲"、"喲喲"、"哎喲"、"哎喲喲"、

"哎哎喲喲"、"哎喲哎喲"），從單音到複音，都不過是聲音的複用，沒有構成聯合、定心、主謂之類結構關係。第三，擬音詞可以很短，只有一個音節，也可以比較長，包含好幾個音節，使用起來不像別的成分詞那樣受到限制。比如：唧！—唧唧！—唧唧唧！—唧唧唧唧唧！又如哈！—哈哈！—哈哈哈！哈哈哈哈哈！（頁 208～209）

此中，尤其需要注意的自然是第三項的非定型性，它表現出擬聲詞在構詞上的自由，抑或鬆散。一方面它使擬聲詞在「詞」的立場上呈現一種臨時狀態，脫離語境、文本以外則缺乏存在的獨立性；一方面它在字數上的自由增減，使得擬聲詞的結構幾乎不成結構。

本文以為，疊字之擬聲其實也具有同樣之性質，若雞鳴「喈喈」，更疊為「喈喈喈喈」；鹿鳴「呦呦」又疊為「呦呦呦呦」，除卻冗煩外，於理殆未嘗不可。反之，僅獨取一字，以為「喈兮雞鳴」、「呦兮鹿鳴」又何嘗不能擬聲乎？是其之所以常見為二字的表現形式，大抵乃取便於韻律節奏之習慣，非必構詞之條件所在。而這一種構詞的自由性大抵是與聯綿詞有別的，蓋聯綿詞合二字始成一語，儘管可能有三字、四字之聯綿，然一旦成詞，而其音節必然固定，若「葡萄」、「琵琶」、「窈窕」、「參差」，何能隨意去增減一字？

擬聲之外，此類疊字之另一大宗即為寫狀。寫狀之詞具有烘托氣氛之作用，既不有具體音聲可擬，又無從就字面得義，以是一般亦多視之為聯綿詞。然則其一，許多摹狀疊字並非全無道理可說，除卻少數誤釋之外，許多疊字在求本字、繫同源後，其實亦多為有義之重言。如上引呂氏所舉「翩翩」、「諤諤」之例，與「翩」、「諤」之單義並非無涉。〔註26〕又如張其昀整理分析《詩經》之疊字，而以為：

《詩經》363 個疊字之中，存在著這樣的現象：兩個疊字或多個疊字相互間有著特別的關係——它們語音相近、相同。意義也相貫通，

〔註26〕《說文》：「翩，疾飛也。」（四上，頁 10）《廣雅疏證》：「〈魯頌·泮水〉傳云：「翩，飛貌。」重言之則曰翩翩，〈小雅·四牡〉云：「翩翩者雛」（卷六上）；《玉篇》：「諤，正直之言也。」（卷九）《史記·商君列傳》：「千人之諾諾，不如一士之諤諤。」（卷六十八））「赳赳武夫」、「其葉蓁蓁」並同斯例。（《說文》一下：「蓁，艸盛貌。」（頁 17）；二上：「赳，輕勁有才力也。」（頁 17）

這是異詞同源的關係；其中有些其實是同一個詞的不同書寫形式，
這是異字同詞的關係。(〈《詩經》疊字三題〉)

如其比列「訏訏」、「甫甫」、「俣俣」三者，此在《毛傳》並訓為「大」，〔註27〕
張其昀以為同源，並謂：

"訏訏"又作"詡詡"、"潐潐"。"川澤訏訏"，馬通釋：訏音
義近芋。《說文》："芋，大也"，通作詡。……。《方言》："吳，
大也。"《說文》："吳，大言也。"俣從吳聲，故義亦為大。《說
文》："俣，大也。"(〈《詩經》疊字三題〉)

以其例視之，「俣」字本有「大」義，「訏」從「于」聲，亦見「大」義，至「甫」、
「詡」、「潐」三者，雖於形無所會意，與「俣」、「訏」比類，則可為同源之假
借。又「央央」、「英英」二者，張氏謂：

"央""英"均為陽部影母字。二疊字義亦相通，均含"鮮艷光明"
的意思。(〈《詩經》疊字三題〉)

《說文》：「英，艸榮而不實者。」(一下，頁15)「央，中央也。……。一曰久
也。」(五下，頁 10) 據此，則「央」字之形雖無可訓，而「英」之「艸榮」
實可理會「鮮艷光明」之義。本文以為如果因聲求義，論其源詞，則許多看似
單字無義之疊字，恐亦不如表象之所見。王力之論疊字，分「疊兩字共成一名
詞」、「疊兩字共成一動詞」、「疊兩字共成一形容詞」、「疊兩字共成一副詞」四
類，例舉皆為有義之相疊，不列「不疊不能用」一項，蓋亦有見於此乎？〔註28〕

　　其二，這些摹狀疊字，雖然沒有具體音響可依，而寫情繪景引發之生動意
象，往往與擬聲同趣，如劉勰所謂：

是以詩人感物，聯類不窮，流連萬象之際，沈吟視聽之區，寫氣圖
貌，既隨物以宛轉：屬采附聲，亦與心而徘徊。故灼灼狀桃花之鮮，
依依盡楊柳之貌，杲杲為日出之容，瀌瀌擬雨雪之狀，喈喈逐黃鳥
之聲，喓喓學草蟲之韻。皎日嘒星，一言窮理；參差沃若，兩字窮

〔註27〕張其昀所引出處分見〈大雅‧韓奕〉與〈邶風‧簡兮〉。前者有「川澤訏訏，魴鱮
甫甫」句，毛《傳》釋曰：「訏訏，大也；甫甫然，大也。」後者「碩人俣俣」，
毛《傳》以為：「俣俣，容貌大也。」

〔註28〕詳見《中國現代語法》，頁 390～393。

形。並以少總多，情貌無遺矣。（《文心雕龍・物色》）

是在通感作用下，果能以語言之聲，而能「寫氣圖貌」，不遺其情矣。以是，若斯類之詞，於其作用與性質，實可比諸擬聲而謂之為「擬狀詞」。而擬聲詞之許多語法特性，蓋亦大致相仿。

（二）自由與黏著

自由與黏著形式，是現代許多語法學家用以判定「詞」之成立要件，如湯廷池〈漢語的「字」、「詞」、「語」與「語素」〉即謂：

> 「語」或「語素」依其能否單獨出現或獨立活動而可以分為「自由語（素）」（free morph（eme））與「黏著語（素）」（bound morph（eme））。（《漢語詞法句法三集》，頁49）

而呂叔湘亦謂：

> 美國學派的語言學家很重視‘自由形式’和‘黏著形式’的區別，幾乎一致主張用‘最小的自由形式’來作為‘詞’的定義。……Bloomfield 在 1926 年發表的《為語言科學用的一套公設》裏說：「可以作為一句話來說的形式是自由形式。不是自由形式的形式是黏著形式。……一個最小的自由形式是一個詞。這樣，詞就是一個可以單獨說（並且有意義）但是不能分析成（全部）可以單獨說（並且有意義）的幾個部份的形式。」（〈說‘自由’與‘黏著’〉，《漢語語法論文集》，頁370）

呂氏並在該文引述了 Bloomfield 的定義，為所謂「自由」與「黏著」提供了基本的概念。更簡單地說，詞是句法中最小的意義單位，而「我們說某一個形式是自由的或是不自由的，應該是指它在正常的情況下能單獨說或是不能單獨說。」〔註29〕

自然，這是一個西方語言學的概念，施諸漢語上，或許仍將產生一些不相應處，若湯廷池即指出：

> 由於漢語裏「自由語（素）」與「黏著語（素）」的界限並不十分清楚，連帶地也影響到了「詞」的界定。本來「詞」的定義就是「自

〔註29〕見呂叔湘〈說‘自由’與‘黏著’〉，《漢語語法論文集》，頁371。

由語」，因為「詞」是可以單獨出現或獨立活動的最小的句法單元。
有些語（素）的自由性質相當明顯，我們可以判斷這些語（素）是
自由語（素），也就是詞。但是如上所述，有些語（素）的自由與否
並不容易確定，因而也就難以認定這些語（素）究竟是不是獨立的
詞。（〈漢語的「字」、「詞」、「語」與「語素」〉，《漢語詞法句法三集》，
頁 51～52）

不過，就其「典型」的一面而言，其實還是可以看出大致界限的，而聯綿詞與
擬聲、擬狀疊字，似乎便在此有所區隔矣。

不可否認，聯綿詞在構詞上是有其特殊之處的，只是這種特殊乃純就其音
節與語素的配合而言，至於其是否成詞，則從來不是一個議題。若葫蘆、徘徊、
綢繆、須臾，皆可直接歸為名、動、形、副之屬，毫無疑義地可以單獨出現。
至於擬聲、擬狀之疊字則不然耳。

首先，較典型者，是所謂 ANN 式之疊字部份，若傻呼呼、羞答答、冷森
森，其「呼呼」、「答答」、「森森」之疊，實無具體意義，在不與「傻」、「羞」、
「冷」等字相配的情況下，不僅不能表意，大抵也沒有存在的語境，正如方師
鐸先生所謂：

> 他們在修辭上的共同特點，是利用疊音的「後補成份」，來表示誇張
> 的手法。我們並不能說「臭哄哄」等於「臭」或「很臭」，「熱騰騰」
> 等於「熱」或「很熱」；「哄哄」和「騰騰」這些後補成份，並沒有
> 在意思上加添了甚麼，然而他卻把「臭」和「熱」的氣氛襯托了出
> 來。這就如同結婚典禮中的放鞭炮，撒紙屑兒一樣：對於結婚儀式
> 本身，並增加不了甚麼，可是在參觀婚禮的人看來，那樣子才顯得
> 熱鬧。如此而已。（《國語詞彙學》（構詞篇），頁 98）

本文以為這一類的疊字其實是沒有自由形式的。以此而擴及其餘擬聲、擬狀疊
字，又何嘗不然，若「彭彭」、「傍傍」之重，無「四牡」、「王事」為之詞幹，
何以見意？〔註30〕若「發發」、「習習」之疊，不有「鱣鮪」、「谷風」標示主語，
因何會意？〔註31〕這些例子皆表明這一類的疊字大抵具有較強的黏著性。甚

〔註30〕〈小雅・北山〉：「四牡彭彭，王事旁旁」。
〔註31〕〈衛風・碩人〉：「鱣鮪發發。」毛《傳》：「盛貌。」；〈邶風・谷風〉：「習習谷風。」

至，如「肅肅」之例，以言「在廟」而有「敬」意，以寫「宵征」而見疾行；以謂「鴻雁」而成羽聲也。〔註32〕又有「洋洋」之例，謂之「河水」，狀其「盛大」；言之「牧野」，摹其廣袤；屬之「聖謨」，稱其「美善」；繫之「萬舞」，擬其「眾多」；用之「祭祀」，寫其悠思，附之喜樂，則道其愉悅者矣。〔註33〕若此類者，大抵乃隨其語境之所從而生其意。換言之，此類疊字所形容者只是概括之意象，同一意象可有不同疊字之襯托，反之，同一疊字亦可襯托不同之意象。以是疊字眞正呈現之意象，乃在具體語境中始可得見，是疊字映襯主語，而主語亦使疊字見意。本文自是不敢斷言，所有的擬狀疊字都具有隨境生意的特徵，然而說擬狀疊字在意義上比較沒有具體所指的傾向，卻似乎是不無可能的。

因此不論就構詞、抑是意義而言，這些疊字相對皆缺乏獨立性，以是欲謂之「詞」，或許容有商榷。較之聯綿詞者，則顯然性質是迥異的。

綜而言之，本文以爲，疊字一類或許可如呂氏之分，有「不疊不能用」與「不疊也能用」之二類，後者不符聯綿之義，本不煩分辨。而前者除卻可由語源尋其本然，實亦「不疊也能用」者，餘者或爲擬聲、或爲擬狀，在構詞與表義上皆有其特殊性，是其處於「詞」與非「詞」的邊緣，在本質上實又不與聯綿詞一類。以是本文主張，疊字理應自成一類，不須再與聯綿詞合併相淆。

最後，尚須附帶一提者，是有「嗚呼」、「吁嗟」、「噫嘻」一類語氣之詞，向亦爲人視同聯綿詞者。不過，此類詞就表性質而言實亦擬聲、擬狀（意）一類也，所不同者，其形式非必重言，而所擬者爲人之嘆聲。因此在同樣的理由下，本文亦認爲應該要與聯綿詞有所區隔。

毛《傳》：「和舒貌。」

〔註32〕〈大雅・思齊〉：「肅肅在廟。」毛《傳》：「肅肅，敬也。」；〈召南・小星〉：「肅肅宵征。」毛《傳》：「肅肅，疾貌。」；〈小雅・鴻雁〉：「鴻雁于飛，肅肅其羽。」毛《傳》：「肅肅，羽聲也。」

〔註33〕〈衛風・碩人〉「河水洋洋。」毛《傳》：「洋洋，盛大也。」；〈大雅・大明〉：「牧野洋洋。」毛《傳》：「洋洋，廣也。」；〈商書・伊訓〉：「聖謨洋洋。」注：「洋洋，美善言甚明可法。」；〈魯頌・閟宮〉：「萬舞洋洋。」毛《傳》：「洋洋，眾多也。」；《中庸》：「使天下之人齊明盛服，以承祭祀，洋洋乎如在其上，如在其左右也。」注：「洋洋，人想思其傍偟之貌。」又《爾雅・釋訓》：「洋洋，思也。」；范仲淹〈岳陽樓記〉：「把酒臨風，其喜洋洋者矣。」

二、聯綿詞成因略商

「聯綿詞成因」。這看起來確實是個學術議題,而且,如果能夠清楚掌握,對訓詁工作或是詞義系統的理解都應該具有一定的價值與意義。然而,本文在此卻想誠實的表示,迄今的知識與技術實在還不足以解決這個問題。因爲,在現代的定義中,聯綿詞是個純粹的語言問題。並且,就後人所掌握的聯綿詞而言,多數的詞例早在上古便已存在,時代愈晚,而聯綿詞的造作反而難得。以是論及起源,恐怕是在前文字時代,〔註34〕視之形態,大抵亦呈現了漢語頗爲原始的面貌。〔註35〕這二項前提或許尚不足以證明聯綿詞是漢語始生一種自然狀態。然而至少應該意識到,原始聯綿詞的時代定位問題。

回溯到純語言時代,自然不免要充滿推測,與臆測的。在此情況下,或許沒有足夠的訊息去構擬具體的語言狀態,然而在單音詞與聯綿詞間做一個聯繫的假說似乎是可以允許的。意者,在此二端間,或者聯綿詞從單音詞衍生而出,或者單音詞由聯綿詞變化而來,否則便應是二者不相連屬,各有其生發的脈絡,或源流。〔註36〕外此,恐怕也很難再有其他的設想。而在此三種情況下,若說聯綿詞出於單音詞,則無疑在根源上否定了聯綿詞的概念,因爲一旦明其本然,始終是單音詞,可以「分訓」;而倘使聯綿詞與單音詞各有本末,那麼尋聯綿詞之起源實與一般語根無其不同;〔註37〕至若假使單音詞果由聯綿詞而來,則聯綿詞之起源,又更在一般語根之前了。

由是,以論聯綿詞之起源,要非取消聯綿詞,否則便與探究語根同爲一事。而語根之生成,目前在中國語源研究中的認定一般是「約定俗成」的:

> 以某種聲音代表某種意義,一物之名,或命之爲甲,或命之爲乙,
> 在最原始時,其實都是由於個人主觀地命名決定的,名與實之間,

〔註34〕若徐振邦《聯綿詞概論》即以爲:「在沒有文字之前,聯綿詞已經存在於人們的語言中,這是不用置疑的。」(頁1)

〔註35〕雖然王力在《漢語語法史》中曾謂:「連綿字是漢語構詞法之一種,歷代新詞的產生,也有許多連綿字。」(頁245)不過王力並未具體申論,僅就歷代文獻中摘舉爲例耳。固知文獻的出現非必文字之始作,而文字之出現又非語詞之初生,是其所例亦不足爲憑也。

〔註36〕本文自不否認其生成後的相互影響,不過此處乃純就其初生狀態爲言耳。

〔註37〕如以聯綿詞爲漢語的特殊現象,則一般論及語根實偏指單音詞一端也。

相互並沒有必然的關係。趙元任先生說：「語言跟語言所表達的事物的關係，完全是任意的，完全是約定俗成的關係，這是已然的事實，而沒有天然、必然的關係。」（〈語言學跟〔跟〕語言學有關係的〔一〕些問題〕）所以，音與義之間，在原始時，是沒有必然的因果關係的，聲近義通的現象，也只是語言發展後期的結果而已。（胡師楚生，《訓詁學大綱》，頁218）

這不啻表示，聯綿詞的起源同樣也在「任意」的「約定」中。也許，這還不足以斷然地排除「約定俗成」仍然存在進一步追究的可能性，然而至少到目前為止，吾人所能掌握的訊息，實在是微乎其微的。

在這個問題上，要期待出現新的「語言」資料，也許是渺不可得的，這自然是一個難以突破的局限，然而卻不能因此而以為能夠略無顧忌地以推測代替實證、以構擬取代事實。以是本文認為，在未能創造、設計出能夠彌補材料之不足，而切實、有效的研究方法前，任何地推測、議論，其實都是於事無補的。

在此概念下，本文以為既有的意見其實都不能具有太大的說服力。雖然本文對此亦無突破可言，然而對於常見的幾個舊說，也許仍然應該表示一點對待的態度。

（一）肖物發音說

胡師楚生曾以張壽林為例，以為主張「肖物發音」之說者。〔註38〕張氏〈三百篇聯綿字研究〉謂：

夫語言文字，皆所以表明事物之意象，故字音必與意象相符，此自然之理也。然一人之口齒喉舌，不能萬差，而天下之事物，則歷千數百萬而不能盡也。單音之用既窮，則聯綿之字生矣。蟋蟀所以狀其鳴聲，單文不足以表其德，乃別為謰語，用成其名。故此類謰語，名詞為多。……。凡此之類，變化實多，然稽其發生之始，則不出"自發""模倣"二途。

又：

〔註38〕見《訓詁學大綱》，頁63～64。

　　蓋凡音之起，由人心生焉，所謂自發之聯綿字者，全出人類主觀之
　　情感，象人意以製音。

又：

　　模倣之聯綿字者，蓋發乎理性，屬於客觀，象物音之所製也。

揆其大意，乃因人有所感，發爲嗟嘆，物有自鳴，聞而擬聲，故循「自發」、「模
倣」二途以爲語言，發爲單音，則爲單語，單音不足，則有聯綿。是其主張肖
音之說可以無疑。

　　象聲之詞，或擬音爲語，或因聲製名，本是論語言起源常見的一種認知。
若鴨、雀之例，頗得情實。推見雙音，則如：

　　蛙聲閣呱，名曰蝦蟆（蛤蟆），或名曰蛙。促織唧唧，名曰蟋蟀，俗
　　名蛐蛐。（齊佩瑢，《訓詁學概論》，頁 64）

殆亦不爲無徵。要之，二者皆因物之發音而擬爲其名，物之音單，則名爲單；
物聲聯綿，則語亦聯綿。以是只要能夠認同部份單音詞可由擬聲而來，那麼似
乎也就沒有理由反對聯綿詞可由象音而造了。

　　將聯綿詞之發生推至語言之初造時期，由物之發音決定了與義配合的音
節，以是在本質上可以確定其「不可分訓」的屬性。這是本文認同此項途徑的
最大理由。不過，一則由於這種生成方式不是聯綿詞之專有，本不能呈現聯綿
詞的獨特性；一則如齊佩瑢所謂：

　　此種象聲詞只是語言海中的一粟，佔著個極小的位置，我們不能因
　　爲它們的存在就誤認一切語言的音義關係都是必然的。（《訓詁學概
　　論》，頁 65）

是其能解釋之範疇亦著實有限。因此，它雖然交代了少數聯綿詞之構成，然而
不論對聯綿詞之一般構成，抑是對「聯綿詞成因」這個議題中所隱涵與單音詞
相對之特徵，這種解釋似乎便發揮不了太大的作用。

　　（二）複輔音說
　　此可見於孫德宣〈聯綿字淺說〉一文。蓋孫氏於該文論及聯綿詞起源之前
說中立「複輔音說」一項，並謂：

　　英人愛特金斯（Edkins）始創中國古有複輔音之說，瑞典高本漢

（Bernard Karlgren）於所著〈諧聲説〉中亦用其説，但皆就諧聲現象推論，無他證明。林語堂氏作〈古有複輔音説〉，乃立四證。

然則這裏必須指出，此三者乃純就複輔音一事論述耳，與聯綿詞不有必然之相涉，若林語堂更直謂：

> 但是疊韻字的發生歷史，不必盡與複輔音字有關係。倘是沒有明白複輔音的證據，我們不能單靠疊韻證明該語之原有複輔音。（〈古有複輔音説〉，《語言學論叢》，頁 4）

因此，以複輔音說聯綿詞之成因，只宜說是孫德宣個人的理解與主張。〔註39〕

複輔音說亦即複聲母之說也。在〈古有複輔音說〉中，林語堂解釋複輔音謂：

> 「複輔音」如西洋語言中 plan, plow, cloud 的 pl, cl。（《語言學論叢》，頁 1）

指的是一字之聲母可由二輔音構成者。在此前提下，林氏以爲古有一字聲轉爲二字，如「不來」之於「貍」乃「突欒」之於「團」者，皆爲複聲母之變：

> 以今日我們知道外國文的眼光看他，「突郎」〔螳螂〕「突欒」「不來」當是含著複輔音無疑，應拼作 tlang, tluan, blai（bli）（《語言學論叢》，頁 1）

推而廣之，林氏則由俗語、諧聲、讀音借音，以及印度支那對音之歸納，如「孔」之同於「窟籠」、「筆」之同於「不律」、「螳」之同於「突郎」者，爲古代漢語擬出了三種可能存在之複聲母：kl–（gl–）、Pl–（bl–）、tl–（dl–）。〔註40〕以「孔」爲例，林氏以爲具體的演化可以如下：

> 「孔」一語之外既有「窟籠」，又有「孔筬」，「孔籠」就是疊韻語。

〔註39〕孫氏文中於此説實表贊同與接受也。

〔註40〕林氏謂：「研究古有複輔音的途徑，大略可分四條：第一，尋求今日俗語中所保存複輔音的遺跡，或尋求書中所載古時俗語之遺跡。第二，由字之讀音或借用上推測。第三，由字之諧聲現象研究，如 p、t、k 母與 l 母的字互相得聲（如「路」以「各」得聲而讀如「路」）。第四，由印度支那系中的語言做比較的工夫，求能證實中原音聲也有複輔音的材料。」（《語言學論叢》，頁 2）餘更詳見〈古有複輔音説〉。

> 至於此疊韻語何自而來，逆測當是出於「窟籠」：由單音字歧分為雙
> 音字 Klung＞k'ulung＞k'unglung＞（durch Spaltung）（《語言學論
> 叢》，頁 2）

這裏清楚地交代了複輔音化為二個獨立音節的過程。便在此演化下，孫德宣因
以為：

> 因古有複聲之關係，本為一字之音，後遂轉變為二單音，寫為二字
> 矣。（〈聯綿字淺說〉）

而聯綿詞乃由是而生矣。

　　純就文字的變化看，複輔音分化之說與一字重音、複音詞分化者似無不
同，皆由一字衍為二字者。然究其本質，實有大異，蓋後二者之語言本身未嘗
有異，而複輔音則以語音之變，遂令文字因之而二分。這使得二者在文字與語
言二端上實有其異趣，未可一概而論。

　　同在此概念下，本文相信複輔音分化之說是比較能夠觸及聯綿詞本質的。
以林氏所舉「孔」字為例，在「孔」（Klung）衍為「窟籠」（k'unglung）的過程
中，除去文字不論，其語素仍舊為一，僅在音節上趨向漢語單音節之常態，使
複聲母中的二個輔音分別強化成獨立的二個音節。是本來的複聲母，以及後來
二音節，在與語義或語素的配合上，皆是一個（組）完整的「語音」，而不得任
意拆解。這的確符合了聯綿詞的本質與定義。因此，在如此的理解上，吾人可
以認同複聲母的分化確實可以是造就聯綿詞的成因之一。

　　只是，仍須著重指出的是，其一，這個說法大抵只能解釋極少數的聯綿詞
現象，緣於複聲母所構成之聯綿詞一般是疊韻者，少數亦可能出現既非雙聲，
又非疊韻者（如窟籠、突欒）。然而聲母既複，則雙聲聯綿詞殆不可能由此而
生。以是在接受這個說法時，吾人並不能過度誇大其解釋效力。

　　其次，本文所謂認同的態度，其實是必須建立在一個重要前提下的，這也
正是林語堂撰文之本旨：古有複輔音。不可否認，複輔音之說在今日幾已成為
學界之共識，以是對此仍抱持著疑慮，似乎要顯得多餘。然則首先必須說明的
是，本文在此的懷疑，並無意駁斥輔複音的存在，只是既然擬將結論建立在這
樣一個前提上，對於這個前提的掌握自然不能是人云亦云的。畢竟吾人對於前
文字時代的語言狀況著實知道得太少，以是任何的理解必然不能是全然的肯

定，如果囫圇地化約過程，直而接接受了結論，更以結論爲前提而演繹出更多的結論，可想而知，結論或者是有了，甚至可以振振有詞，而其內在則不免敗絮。以是儘管迫不得已，吾人必須在僅有的訊息中做成結論，大抵也必須清楚地掌握其中的權衡，或是取便。因此本文必須補充，如果複輔音之說不爲眞，而其衍成聯綿詞之過程自亦不得爲眞。

自然，本文的疑慮也並不是無的放矢的。這個問題也許可以不出在複輔音的一端上，而是如果認同了聯綿詞與複輔音的牽繫而逆推古漢語狀態，某些情況似乎又顯得不盡合理。意者，若複聲母之語言如何形成，如果不是特殊情況，那麼如何解釋目前所見之複聲母只是少數？反之，若假設複聲母爲古漢語之常態，則因而形成之聯綿詞何以於今又不能多見？這似乎是個兩相矛盾的問題，固然吾人可以說，並不是所有的複聲母在分化後都將變成聯綿詞，如命、令二字恐怕即爲 ml–複聲母所化成，﹝註41﹞然則同樣的單聲母化，何以又有二音節與二語，甚至其他不同途徑之演變？種種疑慮，問題或者在於複輔音之說本身，又或者在於其分化爲聯綿詞的推論上，要之，如果不能盡釋其疑，則此說法終將難成定論。

（三）古有複音詞說

這裏，本文合併了一般所謂「複音詞分化說」、「一字重音說」與「方音口語記錄說」爲一類，緣其所言發展不同，而語言現象實爲一事。

「複音詞分化說」可說是孫德宣歸納的前說，其所指稱、根據者則爲魏建功《古音系研究》中的二段文字：

> 世人都說中國語是單音的，其實現在的活語言以及古書記載的文字中間存留不少複合的詞。這些複合的詞的音的組織還沒有系統的整理，也許最初是"字單而音複"，孳乳變化形成"字多而音單"。字單而音複是異音同義的原因。字多而音單是異字同義的原因。這兩種事實固然還有其他的關係造成，不過由複音的詞分化卻是一個重要來源。（頁70）

> 複聲未分離前，連綿詞少：連綿詞發達是複聲以及多音綴的詞的消

﹝註41﹞此高本漢之說，轉述自方師鐸先生〈中國上古音裏的複聲母問題〉，《方師鐸文史叢稿》（專論下篇），頁54。

失變化，文字成爲一音一字的現象。（頁 167）

看起來這似乎交代了聯綿詞發生的原因。不過如果仔細端詳，這其中也並不是沒有蹊蹺的。

如果簡要地歸納魏氏之說，大抵以爲中國語言中本來存在複音詞，早期或者「字單而音複」，以一「字」表示複音。其後則變化爲「字多而音單」，以一「字」表一音（音單），故二音以上之詞，便須寫爲二「字」以上，因而使得「字多」。故魏氏乃更繼續強調：

> 但是既拆散以後，兩聲所代表的音只有一部分是兩字一義相通，而不得說兩字一音通轉無別。因爲聲音只能講到轉變的關係，不能說是通轉無別，一通轉就是以甲爲乙，並不是甲乙相等；而複聲乃是甲乙合成一個作用，甲乙不能偏用，分離以後各得其一部而已。（《古音系研究》，頁 167）

在分化之後，二「字」共同承擔一詞之音節，不得獨用。這是魏氏「聯綿」之意。

然而本文以爲魏氏所解釋的部份，其實只是語言與文字的配合問題而已，與聯綿詞之生成大抵無涉。蓋就語言而謂，魏氏所謂之「複音詞」者自始至終皆未嘗有異，所「分化」者其實只是表音作用的「文字」由一而二的變化。因此這只能說明聯綿詞上下二「字」不能分別對待的原因，卻不能解釋爲何有會合二音以表一義的現象。前者所論爲「語言的記錄」，實屬文字問題，至後者方涉乎音、義之結合，乃可視爲語言之概念。目前論諸聯綿詞者，大抵皆強調一個純語言現象，是以魏氏之說而論聯綿詞之成因，似乎只能說，魏氏「假定」了複音詞爲漢語所「本有」一事而已，外此則毫無著落了。

其次，又有章太炎的「一字重音說」，這同樣可見於孫德宣的「牽合」中，〔註 42〕蓋章氏〈一字重音說〉原不用以論諸聯綿詞，此實爲孫氏自爲因果的連屬。

章氏之說已見前述，此不更爲詳析，茲略舉其說之片羽以爲提示耳：

> 中夏文字率一字一音，亦有一字二音者，此軼出常軌者也。（〈一字重音說〉）

〔註42〕見〈聯綿字淺說〉。

> 大抵古文以一字兼二音，既非常例，故後人旁駙本字，增注借音，
> 久則遂以二字并書，亦猶「越」稱「於越」，「邾」稱「邾婁」，在彼
> 以一字讀二音，自魯史書之，則自增注「於」字、「婁」字于其上下
> 也。（〈一字重音說〉）
>
> 如黽勉之勉，本字也，黽則借音字，則知勉字兼有黽勉二音也；詰
> 詘之詘，本字也，詰則借音字，則知詘字兼有詰詘二音也。（〈一字
> 重音說〉）

就其演變而言，可謂與魏氏「字單而音複」轉爲「字多而音單」者如出一轍。

最後，方音口語紀錄之說則可能是孫氏在此二者基礎上的發揮，孫氏謂：

> 考聯綿字率爲二字組成，而方言中之複詞，則不限此數。……。古
> 代之複音詞蓋甚繁多，惜載籍以其鄙俚，不加收錄，遂致湮沒，聯
> 綿字之一部，或即由此蛻變耳。又疑聯綿字之增加，殆亦受方音及
> 域外民族語言之影響，如《左傳》言楚人謂虎曰「於菟」，躲舌之音，
> 方言自殊。漢通西域，如橐駝，流離，蒲陶等名，皆非中國固有，
> 而皆吸收之，故聯綿字愈至後愈多矣。（〈聯綿字淺說〉）

依此，雖然孫氏沒有特別強調變化，不過將認識重點置於文字記錄語言一事似亦與魏、章者同，是語言之音節爲二，而文字亦因之而不可分別了。

因此，嚴格說來，魏、章二者，一則混淆了語言、文字概念，一則本與聯綿詞不有相涉之意圖，故其正面之論述實未足以解釋聯綿詞之成因。只是，如果站在旁觀者的立場，主動地去發掘其中可能的訊息，似乎也可以發現一個與聯綿詞成因相涉的前提：古來本有複音之詞。而此亦正是孫氏的立論基礎。

如前所述，本文以爲在古來即有複音詞的前提下，也許可以說明聯綿詞存在的「現象」，只此在此現象下，如果進一步追溯其「成因」，其實即不外乎語根之問題，雖然這可以是個值得繼續探究的學術議題，然而迄今畢竟仍虛無縹緲。而逕以之爲聯綿「詞」之成因，大抵則不免要混淆語言、文字之問題了。

（四）其他

上述三大類，儘管在解釋上有效力、範疇的局限，甚至容有部份的誤解，然論之聯綿詞，尚可不違本質，以爲思考的線索、探究的起點，可不致南轅北轍。外此，又有餘音添注說、比類合誼之論，雖有學者言之、述之，然究其

實，大約皆不得其情。或者，反過來說，果有語詞確定眞由此構成者，適正確定了它不該是個聯綿詞。

餘音添注本爲章氏所提出，而孫德宣又逕以之爲章氏對聯綿詞之解釋。〈聯綿字淺說〉中，孫氏曰：

> 章氏又有餘音之說，《新方言‧釋器》第六云：『《說文》：匫，古器也。呼骨切。今人謂古器爲「骨董」，相承已久，其實骨即匫字，董乃餘音，凡術物等部字多以東部字爲餘音，如窟言窟籠，其例也。』……」是章氏以爲聯綿字之成立，由於一字餘音，增加語尾而複爲二字也。

孫氏在「接受章說」後，並進一步提出說明理由，提出「由於單字之發聲及延長轉變爲二字」之解釋：

> 蓋言有疾徐，氣有緩急，何休注《公羊》已有長言短言之別。長言則一字可申爲二字，短言則二字縮爲一音。……。凡此因語緩所加之發聲詞或餘音，自無意義可言，如勾吳之勾，於越之於，及河北人於語詞下所加之兒字，是也。（〈聯綿字淺說〉）

章氏之說，本文在第六章已曾提及，蓋餘音乃近乎詞綴，爲可有可無之成份，實則該詞之詞義，已足於詞幹之一字，較之複聲母，其「聯綿」之程度著實有異。因此，遑論其能否解釋聯綿詞，其所施用者，本亦不在聯綿詞上。章氏之說既只如此，而孫氏在此前提上所做的衍伸與解釋，恐怕也不能爲眞了。

至比類合誼之論，則疑乎孫氏自發之論。在〈聯綿字淺說〉一文中，孫氏評述前說後，歸納、整理「聯綿字成立之我見」一節，共指出成因有四：（1）「由於單字之發聲及延長轉變爲二字」、（2）「由於比類合誼整齊爲美」、（3）「由於方音口語之記錄」、（4）「由於古有複輔音之關係」。〔註43〕其中（1）、（3）、（4）三項實與「餘音添注」、「古有複音詞」、「古有複輔音」等前說多有同近，唯「比類合誼」者，雖與「肖物發音」有涉，論其主旨，實有轉移，故本文不以之同類，而別爲另說。

所謂「比類合誼」，孫氏解釋謂：

〔註43〕詳見〈聯綿字淺說〉。

> 凡擬物形肖物聲之字,單字不足以盡象,則以複詞為之,以求其似。
> 且吾國文字以整齊為美,故其趨勢,自然有連屬音義相近之字以為
> 詞之現象,讀之則聲調和諧,便於諷誦矣。又古人行文,往往疊用
> 數同義字以足語氣,而不嫌其重複。……。凡此類字皆以其聲義相
> 近,連文並舉,故稱之曰比類合誼也。(〈聯綿字淺説〉)

視此,則知孫氏之説實有三端,除肖物發音外,又有整齊為美、完足語氣者,
而孫氏乃總其名曰「由於比類合誼整齊為美」。是在此概念下,肖物發音之所
重,似不在肖物,乃專在比類。

　　顯然,在此説中,「連屬音義相近之字以為詞」、「疊用數同義字」者乃為孫
氏頗強調之構詞方式,若所舉「華離」之例:

> 《周禮夏官形方氏》云:「無有華離之地。」按華離聯語,華亦有離
> 意。……。華有離析義,故華離連文。(〈聯綿字淺説〉)

「朱儒」之例:

> 又朱儒亦疊韻連語,……。《廣雅釋詁二》:「侏儒,短也。」朱儒二
> 字俱有短意,朱𡵁聲近,《方言》《廣雅》均訓𡵁為短。《釋名》:「棳
> 儒,梁上短柱也。棳儒猶朱儒,故以名之也。」儒從需聲,需聲字
> 有短意,如短衣為襦。(《説文》:襦,短衣也)(〈聯綿字淺説〉)

皆以二字同義,連袂成詞者。是其構造既與今聯綿詞無涉,而其成因之然否自
不待更去深論矣。

三、分訓與字面為訓之限度

　　向者處理聯綿詞,實多半傾向「集其大成」,將歷來聯綿字、連語、駢字等
概念的諸般特徵紛亂錯雜地聚合在聯綿詞這個術語上。其結果雖然可以説是非
常詳盡的了,而終究不免要失之於籠統、曖昧。本文以為,這大約導因於對聯
綿詞的一知半解,以致不能掌握本質,只在歸納特徵,從而缺乏其判斷的依
據。現在,吾人既然在前説的理解、整理下,對聯綿詞的定義可以有一個較為
具體的掌握(或是主張),因此,對於駁雜的前説,或者可以有所取捨;對於實
際的操作,大抵也能夠較為靈活地應變了。

　　這裏,本文所針對的,主要在於一般強烈主張的聯綿詞不可分訓與不得就

字面爲訓二端。

不可否認，純就學理而言，這二項特徵確是聯綿詞的核心概念，以是吾人實無必要、更無理由可以去否定它。事實上，在前面的討論中，本文也並不曾有違乎此。然而本文卻同時必須指出，這二個原則其實都是就其本質、生成面而言的，換句話說，這只是聯綿詞的本然狀態。一旦聯綿詞生成以後，隨著語言文字的歷時變化，以及約定俗成的社會作用，這個本質是否能夠一直保持，卻是可以懷疑的。

首先，就「字面爲訓」一項言，這一點主要源於「聯綿字以音爲主，字形常不固定」的特徵。〔註44〕其中「以音爲主」，顯示其字形純爲表音，「字形常不固定」又呈現了表音之字不爲常態。以是可以說聯綿之文字實在假借、通假間。蓋「假借者，本無其字，依聲託事。」〔註45〕龍師字純以爲：

> 凡不曾爲某一語言製造專字，只就已有文字擇其音同音近者兼代使
> 用，便是假借。（《中國文字學》，頁95）

然假借所造成之字，實有固定性，若將原字視爲音符，而所造成之字亦只音符，殆可視爲表音方式之造字，或化字法。〔註46〕至於通假，胡師楚生以爲：

> 那是既經約定俗成以某詞表某義之後而仍然不按常規使用的一些錯
> 別字。……，便是所謂倉卒之間無其字，而代之以音同音近之字，
> 便是所謂「本有其字依聲託事」了。（《訓詁學大綱》，頁23）

聯綿詞既無本字，不盡爲通假；而用字不定，又不全屬假借，故只可謂在其間耳。這種現象在漢語中確實極爲奇特，是其不定性能否一直維持，本來便是個值得懷疑的問題。

在此，擬先約略表示本文對於「造字」所持之態度。其一，正如胡師楚生所謂：

〔註44〕見周法高先生〈聯綿字通說〉。

〔註45〕見許慎《說文解字・敘》。

〔註46〕龍師字純謂：「假借相當於表音。」（《中國文字學》，頁128）又以「假借雖等於造爲表音文字，究竟形體不異，字數未增，不過變化現有文字以供使用，與造字必增字數實有不同。只是視假借僅爲用字，不承認其等於製造表音文字之本質，然後乃爲可議。」（《中國文字學》，頁135）因別命之「化」字。

　　凡意義與本形相應合的，便是本義。（《訓詁學大綱》，頁 18）

在這種概念下，所謂假借義，其實即爲假借字之本義，否則，則假借義便無本義之可言。其二，「造字」一詞似乎透露著較強的主體性與主動性，以是論及造字，多半帶有個人、刻意賦予的意味。然則本文以爲不應忽略約定俗成的社會性，意者，雖然假借是一種無本字的造字法，而所謂「本無其字」者實可具有歷史事實的一面，亦可具有主觀認知的一面。前者自是一般認定的絕無本字，至於後者，倘通假之字久借固定，致原有本字湮沒，不可復得，則不啻具有造字之實，亦可直接歸之爲假借。雖然此在動機上與假借正例存在有意無意之別，然正視文字之社會性，此自然可以說是文字在約定俗成中的一種「造成」或「化成」。〔註47〕

　　在如此的「造字」概念下，本文以爲聯綿詞其實有從通假（用字）走向假借（造字），甚而造成專字的趨勢。以下，可以先檢視幾個例子：

（一）第一組

鴛鴦、螳螂、猩猩、蟋蟀、珊瑚、薜荔、憔悴、蝴蝶（胡蝶）。

（二）第二組

1. 蕭森：蕭蔘、挈參、箾蔘、欇槮。〔註48〕

2. 混沌：渾敦、坤屯、困敦、倱伅。〔註49〕

3. 從容：縱臾、將養、慫慂、傱勇、從諛。〔註50〕

4. 盤桓：磐桓、畔桓、洀桓、般桓、伴奐、半漢。〔註51〕

〔註47〕這裏認同聯綿詞的後續變化可以構成新詞、新字，無疑是強調了語言發展的作用。以此逆推，對於那些由單音詞變化而來的「聯綿詞」，似乎也應該同樣獲得承認，若此，則將與本文前面否定「餘音添注」之說可爲聯綿詞成因的意見出現了矛盾。然而本文仍以爲此二者不能相提並論，蓋由單音詞變化而來的「聯綿詞」，其二字之主從竟有別，結構並不緊密，而在推源本始後，該詞可以分訓，甚至必須分訓，可以說從未構成眞正之聯綿詞。反之，由聯綿詞變化之新字與單音節詞，既然可以在句中出現、使用，則其獨立的地位是應該可以認可的。

〔註48〕見《通雅》，卷六，頁 20。

〔註49〕見《通雅》，卷六，頁 25。

〔註50〕見《通雅》，卷六，頁 28。

〔註51〕見《通雅》，卷六，頁 19。

5. 委蛇：逶迤、蜲蛇、逶蛇、委佗、遺蛇、委它、倭遲、倭夷、威夷、威
　　遲、郁夷、褘隋、邁池、褘隋、褘它、倭他、委移、歸邪、隄陭、委陀、
　　逶俀、委維、委壇、靡匜、逶池、委阼、蟜虵、蛾虵、蹤跎、逶迱、委
　　池。〔註52〕

　　在第一組字中，如果不是專家學者、如果不刻意搜索，也許不容易發現這
些詞彙容有其它字形，而「蝴蝶」雖偶見做「胡蝶」者，二者使用頻率亦相距
甚大。這種現象在第二組字中則更爲明顯。「蕭森」、「混沌」、「從容」、「盤桓」、
委蛇」諸形幾爲「標準字形」。換言之，儘管聯綿字在字形上確有多種寫法，然
而不能否認的，這些字形的穩定性並不相等，有些字形的使用頻率極高，有些
字形則偶一出現。〔註53〕一般而言，人的思維常是以簡御繁的，在各詞的諸多
字形中，很難相信它們會同時並行而不發生排擠效應，換句話說，在實際的使
用過程中，有些字形或字形組合理應在社會的淘選中漸漸成爲僻字，或竟消失
不用，〔註54〕這從今人只「用」「蝴蝶」、「蟋蟀」，而不「用」其它字形可以略
窺一般。〔註55〕而一旦某些字形在諸多異體的競爭中漸次突顯，以至於固定的
時候，則通假也就轉成了假借。此事裘錫圭早亦留意及之，若其言「婀娜」：

> 形容姿態柔美的雙音詞〔婀娜〕……，古代或借《説文》訓爲「犗
> 犬」（閹割之犬）的「猗」字和《説文》訓爲「行有節」的「儺」字
> 表示……、或借「猗」字和《説文》訓爲「西夷國」的「那」字表
> 示……，或借《説文》訓爲「大陵」的「阿」字和「那」字表示……。
> 上一字做「猗」或「阿」，下一字作「儺」或「那」。……。「婀娜」

〔註52〕見《通雅》，卷六，頁 2。又《通雅》以「逶迤」標首。

〔註53〕雖然本文並未全面檢討諸詞之各字形在歷代、各代使用頻率的高低、變化，而暫
　　　且以現代之使用略爲推估，這在證據力上自是顯得不足。然而從張有、楊慎、方
　　　以智以來，多有羅列及乎聯綿詞而爲之辨明正俗者，這裏的這個假設應該是可以
　　　成立的。

〔註54〕此僅謂不做某特定聯綿詞之字形而言。

〔註55〕我們不能否認，教科書或政府力量的介入可能造成有意的淘選，不過這些力量只
　　　是刻意，而且具有較大的競爭優勢耳，一般並不另外造字、強力頒行，同時這些
　　　力量本身也不外於社會。又，此處例舉，雖有涉專造字者，卻不妨礙本文之論述，
　　　蓋即使專造字，也必須在約定俗成的過程中，與其他假借字形一同競爭。

是個詞的後起本字。現在﹛婀娜﹜這個詞基本上只存在於書面語中，寫法已統一於「婀娜」。(《文字學概要》，頁 218～219)

又言「猶豫」：

《說文》訓「猶」爲「玃屬」，訓「豫」爲「象之大者」。這兩個字都是假借來記錄雙音詞﹛猶豫﹜的……。這個詞在古書裏還有「猶預」……、「猶與」……、「由豫」……、「由與」……等寫法，上一字借「猶」或「由」，下一字借「豫」、「預」或「與」。現在只用「猶豫」一種寫法。(《文字學概要》，頁 219)

雖然裘氏認同某些假借字可爲個別聯綿詞之固定、唯一寫法，但仍只稱爲「準本字」，未能正視其已然具備完整且「專責」地用於表達個別雙音節詞的文字功能：

在一個沒有本字的詞所用的不同假借字裏，一般總有一個字（對雙音節詞、多音節詞來說是一組字）是比較爲人所熟悉的。人們往往把其他假借字看作這種假借字的通假字，就跟把有本字的假借字看作本字的通假字一樣。我們可以把這種假借字稱爲準本字。(《文字學概要》，頁 219)

如是之理由，乃純就頻率爲言，恐怕缺乏理據，且易將此類文字置於一種曖昧狀態。本文則認爲，社會的使用頻率實際上已得視爲一種自然的票選過程，直到某一組字形全然取代其它字形時，則聯綿詞之字形業已被社會所決定而自然「造成」（或「化成」）了。是聯綿詞之文字造成得以符合六書之則，而不得字面爲訓之例亦不免鬆動矣。

　　進而言之，中國人對漢字特徵的掌握，其實在極大的程度上是仰賴表義一端的，所以即使六書中存在純粹表音的假借一途，數量畢竟不多，其中更有部份因即形不能見義而添注了偏旁，成了龍師宇純所謂之轉注字。〔註 56〕在《中國文字學》中，龍師曾指出造字有「因文字假借而兼表意」者，其言謂：

────────────

〔註 56〕此裘錫圭以形聲字稱之，其言謂：「爲雙音節語素造的形聲字，往往是通過加偏旁或改偏旁等辦法，由假借字改造而成。例如上面舉過的「倘佯」，就是由假借字「尚羊」（也作「常羊」）改造而成的。」(《文字學概說》，頁 24)六書歸納雖有不同，其生成過程則屬一致也。

此類文字原用純粹表音法，即利用同音字兼代，後爲別於其字之本
義而加注表意之一體，於是形成音意文字。……。如説文：「祼，灌
祭也。從示，果聲。」「媒，一曰女侍曰媒。從女，果聲。」二字之
所以並從果爲聲，顯係源於其先本用果字表灌祭和女侍義，前者見
周禮小宗伯的「以待果將」，後者見盡子盡心下的「二女果」，其後
分別加注示或女旁，於是形成祼媒二字。（頁 124～125）

又主張「轉注相當於音意。」〔註 57〕視爲六書之一。

　　事實上，這種顧「名」（文字）思義的現象在日常中實不罕見，且其心態
又不限於形符之增益，即令既成之形聲字與轉注字也常因時代、觀念的改易，
甚至是在一種想當然爾的意會中而調換了偏旁，正如方師鐸先生之説「裝
潢」：

今又有人將「裝潢」寫作「裝璜」，並擴大其語義，及於一切裝飾，
這也是很自然的現象。裝飾之最富麗者，莫如「金」「玉」，改「水」
爲「玉」，有何不可？總有一天，「裝潢」會改寫作「裝鑽」，那就更
達到「拜金」的目的了。（〈「表背」、「裱褙」與「裝潢」〉，《方師鐸
文史叢稿》（雜著篇），頁 359）

又如「家具」之作「傢具」、「傢俱」；「身分」之作「身份」，亦同斯例。似乎，
對於那些不能直接與字義相應的字形，總是令人比較難以適應。大抵可以説，
這樣的概念是深烙在中國人的思維裏的。以是而返顧聯綿詞之字形時，固亦不
難發現，即使聯綿詞之字形不定，然在不定之中，其實亦有其定處，雖然，有
些定處還在發展中。

　　質實而言，聯綿詞字形的變化問題也並不是沒有人注意過，周法高先生〈聯
綿字通説〉一文述及聯綿詞特徵時，便曾指出：

上字和下字的偏旁往往有互相同化的趨勢。經義述聞通説下頁四十
「上下相因而誤」條云：經典之字多有因上下文而誤寫偏旁者，如
堯典「在璿機玉衡」，機字本從木，因璿字而從玉作璣。此本有偏旁
而誤易之者也。盤庚「烏呼」，烏字因呼字而誤加口。周南關雎「展
轉反側」，展字因轉字而誤加車。魏風伐檀「河水清且漣猗」，猗字

〔註 57〕《中國文字學》，頁 128。

因連字而誤加水。小雅采薇「玁允之故」，允字因玁字而誤加犬。……

此本無旁而誤加之者。（《中國語文論叢》，頁138～139）

自然，周先生於此強調的是其偏旁同化的「現象」，然而本文以爲更可注意者卻是其偏旁同化的「取向」。如上引「烏呼」二字，若只是同化，何不尚簡而改「呼」爲「乎」，反而趨繁而以「烏」爲「嗚」？揆其因，大抵乃因「烏呼」本爲嘆詞，故從「口」而易於會意；同例，若漣「猗」易爲漣「漪」、玁「允」易爲玁「犾」，何嘗不因漣漪爲水紋，而玁犾爲蠻夷之故？伯申以之爲「誤」，固不若以其爲漢字「取義」之社會傾向與常態發展。似此，則對於聯綿詞中，上下二字偏旁俱變者，亦可有所理會了。

這個現象，甘大昕亦曾在〈雙聲疊韻聯綿字研究〉一文明白指出：

聯綿字中之分別文尤多，已成其爲特定之專字，如：

忸怩　叮嚀　襤褸　篹篦　屋屚　琴甂　崔嵬　靉靆　岭嵉　揶揄

旖旎　徘徊　慫恿　寋窣　繾綣　嫋娜　爐尬　朦朧　歎歔　潋灩

趑趄　逗遛　酩酊　跼躇　琤瑽　晻曖　氤氳　荏苒等是。……。

又「憔悴」一辭，形況人之精神枯槁貌作「憔悴」，顏色枯槁貌則作「醮顇」或「顦顇」，病體枯槁貌則作「瘲瘁」，而形況花木枯槁貌則又作「蕉萃」。「委蛇」一辭，分別亦多，於歷遠貌之作「逶迤」，於歷險貌則作「陒陵」，於蛇行貌則作「蜲蛇」，於雍容貌則作「遹迤」，其餘因引申異義而成之分別文，所在多有，於此不可勝舉。

（《國文月刊》第十五期）

裘錫圭以爲：

使用漢字的人往往喜歡把記錄雙音節詞的文字改成具有同樣的偏旁。這也就是說，他們希望記錄一個雙音節詞的兩個字之間具有明顯的形式上的聯繫。（《文字學概要》，頁266）

又徐振邦亦謂：

但漢人的思維方式所確定的由形及義的認字方式，頑強地滲透到對聯綿詞的處理上，那就是將那些由音取義的聯綿詞加上相應的形符，給人們一個認知的範圍。（《聯綿詞概論》，頁165）

這裏不僅消極地呈現聯綿詞之用字在選擇上取義，更積極地呈現某些字形實因

聯綿詞而專造者，〔註58〕所謂「分別文」，自是因施用對象的不同，而於原字增加形符以為專指之字。

這些專字，一經約定俗成，殆不可否認其已為正式之漢字了。同時諸字大抵因聯綿詞而有，若「徘」、「徊」、「爨」、「釁」、「踟」、「躕」等字，除卻「徘徊」、「爨釁」、「踟躕」等詞亦不作他用，以龍師宇純轉注之造字原則視之，〔註59〕其「本義」正是聯綿詞之詞義。聯綿詞既然可以有專字，而其專字復有本義，是聯綿詞何以全然不得就字面為訓？

唯此尚需略為申明者，其一，涉乎聯綿詞之字形，本文固認為這些聯綿詞之字形是正式的漢字，並且理應可以形訓，然則並不將等視於一般漢字。此在裘錫圭亦略見此意，故其雖以之歸於假借、形聲二端：

> 漢字記錄具有兩個以上音節的語素，有用假借字和造專用字這兩種方法。〔註60〕

又：

> 造專用字的辦法通常只用於雙音節語素。所造的字絕大多數採用形聲結構，例如古代的「螮蝀」（虹的別名）、「徜徉」，現代的「咖啡」、「噻唑」（一種有機化合物）。非形聲結構的如「乒乓」、「旮旯」（ㄍㄚㄌㄚ ga lá，角落）之類，極為少見。（《文字學概要》，頁24）

唯此歸類畢竟不甚典型，故又有言謂：

> 那些用來記錄漢語固有的單音節語素的假借字，其實同樣具有表示音節結構的作用。只不過在一個語素只包含一個音節的情況下，語素和音節之間的層次界線容易被忽略而已。作為字符來看，假借來

〔註58〕甘氏並未區別用字與造字二者，然其中「茬」字（《說文》：「桂茬也。」）「蕉」、「萃」、「委」、「蛇」等字，宜為通假而來。又例中「逗遛」是否可為聯綿詞，猶可商榷。

〔註59〕其中同一聯綿詞因引申使用之專指而構成之分別文，在過程上實亦可視為龍師「音意文字」（轉注字）之另外一類「因語言孳生而兼表意」者。（詳見《中國文字學》，頁119～124）唯龍師此類之轉注，其「右文」實為原字，不得相異，而聯綿詞之轉注，則「右文」不必有定也。以是權且仍視之為假借。

〔註60〕見《文字學概要》，頁24。又，裘氏所謂「兩個以上音節的語素」大抵包括音譯詞與聯綿詞。

表示動詞〔花〕的「花」跟「達魯花赤」的「花」，其本質並無不同，二者都是表示 hua 這個音節的符號。它們的不同在於前者單獨用來表示一個單音節語素的音，後者則只表示一個多音節語素裏的一個音節。「花」作爲假借字所使用的字符看，只有表音節的作用；但是作爲記錄動詞〔花〕的假借字來看，則既有音也有義（即「花」字的假借義）。「達魯花赤」這四個字必須連在一起才能表示出一定的意義，其中每一個字都只能看作一個沒有意義的表音節的符號。如果不是按照一般習慣，以「書寫的基本單位」當作「字」的定義；而是以「語素或詞的符號」當作「字」的定義的話，只有「達魯花赤」這個整體才有資格稱爲假借字。〔註61〕

又：

爲雙音節語素造的字，跟記錄雙音節語素的假借字一樣，也必須兩個字合在一起作爲一個整體才有意義。而且，記錄具有兩個以上音節的語素的一組假借字，分開來之後每個字尚有它本來固有的字義；爲雙音節語素造的字，單個地看連這種字義也沒有。這是它們不同於一般漢字的一個特點。

如果不受一字一音節原則的拘束，「徜徉」、「蜈蚣」（或「蜈公」）、「鶬鶊」（或「倉鶊」）之類記錄雙音節語素的字，本來完全可以寫成「徉」、「蚣」、「鶊」這樣的形式。（《文字學概要》，頁 25）

然則受限於「書寫的基本單位」，裘氏未敢直謂之文字；而在二字共表一詞的狀態下，又以爲單字絕無意義。是裘氏相對忽略了「以"語素或詞的符號"當作"字"的定義」的語言原則，又未更深究其假設合寫後可以表義的「專造字」，倘若分寫而全無意義，則「專造」云云，卻將何說？是此類文字之定位因而仍顯得模糊。

相對於裘氏之認知，本文以爲，一般所謂形式原則，理應就客體之實際狀

〔註61〕見《文字學概要》，頁 22。又「達魯花赤」爲「蒙古語的官名」，「本來意義是統治者、掌印者」（俱見該書，頁 17）此雖爲音譯詞，然在此項特性認知上，裘氏又謂：「記錄漢語裏固有的雙音節語素的假借字，如「倉庚」（鳥名）、「猶豫」……之類，表示音節結構的作用也很明顯。」（頁 22）蓋不於聯綿詞與音譯詞上有別。

態歸納而來，倘原則不備，當是歸納之疏，卻不應要求吾人必須配合歸納的局限去看待客體。何況此諸原則亦非絕不見於他例，若「瓩」，讀 qiān wǎ 二音節，「圕」者，讀 tú shū guǎn 三音節；而沒有意義的「字」形，稱之爲「字」，何嘗不違一般「習慣」認知？

或者也由於某些既定習慣之影響，裘氏看待聯綿詞之字形，似乎較不著眼於其獨特屬性。以是在假借字不表義，以及雙音節語素之單一音節不成義的概念下，裘氏逕謂「其中每一個字都只能看作一個沒有意義的表音節的符號」、「單個地看連這種字義也沒有」。然則誠如上述，本文既在約定俗成的「造字」概念，以及不作他用之聯綿詞專字的存在中肯定了這些文字的獨立地位，這些語氣絕對的說法，如今看來似乎有待斟酌。

由是，暫置習慣框架，考量語言本身屬性，並衡諸其與一般文字之異同，本文以爲，此類文字或可謂之「聯綿半字」。

倘就聯綿詞之本質視之，本即合二音節以成一詞之謂，其記錄爲字形，殆亦會合二字始成其音義。就一般概念而言，方其會合，二字共構詞義，各表音節之一；於其獨立，則無以表達該聯綿詞之完整音義。是前項之認知，可略無疑義，然謂其分別時，二字絕無表義功能，似亦可商。畢竟，若「蝴」、「螳」、「鶺」等專字，對「蝴蝶」、「螳螂」、「鶺鴒」之字形仍將引起一定提示，同時對其語義之聯想，也並非全無作用，謂其絕無表義功能，恐不允妥。因此，本文以爲，這仍可以視爲一種不完全的漢字。以其所負載之語言（音與義）爲一般漢字之半，[註62] 實可命之曰「半字」。復因「半字」一詞已有其他用法，[註63] 且爲呈現聯綿詞之特殊屬性，本文姑且增其限定，而別謂之「聯綿半字」。

突顯聯綿半字的存在，無疑是在漢字體系中別出一項特殊類別，這也許是

〔註62〕 此處所謂之「半」，恐怕只能視爲概稱。雖然就聯綿詞之構成原則而言，其上下二字共表語言，各自功能理應均等，唯就實際論之，有時在詞義的承載與提示上似乎略見輕重，若「蝴蝶」中，「蝶」字多見獨用，而「蝴」字罕見；又「蟋蟀」中，「蟋」字亦尟見獨用之例。且不論其原因若何，爲其二字對整體詞義之表現與提示程度有別，則所謂之「半」，或者並不能如此絕對。

〔註63〕 如黃侃便以「文」之合體、渻變、兼聲、複重爲半字，謂其由文成字，而又不盡成字之階段也。詳見〈說文略說〉，《黃侃論學雜著》，頁 3～4。

個較爲大膽的做法，然而如果因而可以正視其獨立的文字地位，〔註64〕對於許多的文字現象，可能造成不同的理解，則其突顯，也將存在一定的功能。如「仿佛」之「佛」與「佛佗」之「佛」，由此看來宜視爲同形異字，蓋前者爲轉注而來的聯綿半字，而後者則爲音譯之形聲字。又上引甘氏所舉「蕉萃」二字亦同斯例，其與「巴蕉」、「薈萃」之詞義可以無涉，在構形上也不再歸入形聲，而同爲轉注構成之聯綿半字。反之，倘不具體指出其與一般漢字之區隔，對於「螳螂」、「鷦鷯」這些專爲聯綿詞而有之字，是亦無從定位了。就此而言，本文其實只是強調出既有之現象，而予以命名而已。不可否認，這可能還有待進一步的深化與商榷。然則如果這個現象確實存在，其後續之商榷，亦可能引發諸多應有的疑義，是現時的標舉，殆可不爲過度躁進。其二，若甘大昕氏之言曰：

> 雖或分析過繁，不便實用者有之，昔人已視爲冷字，今人且目之爲死字矣；然當時用新語造新辭之史跡，則吾人捨此而莫可求也。（〈雙聲疊韻聯綿字研究〉）

這種聯綿半字雖然在造成上並不全面，同時在俗成上又不必然獲得認同，然而這並不能否定其曾經存在、部份存在的事實。而只要這些半字曾經使用，吾人便有足夠理由主張，部份的聯綿詞其實是可以形訓的。

其次，復論所謂「分訓」。一般說來，「分訓」與「形訓」可爲一體兩面之事，前文所述，本文以爲聯綿（半）字的造成，得有二項來源，其一，在通假中逐漸形成專用的假借，其間並容有「取義」的傾向；其二，則是在轉注過程中，直接造就了新字。〔註65〕其中，後者所造成的是半字，雖可形訓，然分訓

〔註64〕這裏所謂「獨立的文字地位」並不是說它可以單獨使用、音義俱足，而只是強調其字形必須被認可爲一種既成，且業已獲得認同、使用之文字符號。

〔註65〕此處所論來源，就其表面視之，可與裘錫圭不二。然其內在意義容有異同。大抵裘氏之論，在範疇上只謂用以表示聯綿詞之字，故包含多數未成定型之通假字，同時其「假借」實指爲「通假」，不真視爲專字，故其尚謂「『用』假借字與『造』專用字」，「用」、「造」自是有別。而本文所謂，著重範疇則在已然固定之「聯綿半字」，且將約定俗成之通假視爲「造字」而入於狹義之假借，二項皆具實質文字學意義。是尚在游移之通假字形，可不包括。而本文所論「分訓」、「形訓」者，正須使具文字學意義方得有說。

之後畢竟音義不完；至前者，如若借字僅求音之同近，固如一般之假借字，字面略無可說；然則如果借字過程亦復求其義近，而借字詞義與該聯綿詞義真可見其語言意義之同、近，則其與聯綿詞之整體不啻互為同、近義詞，雖然這只是一種配合干係，不過透過同義詞聯繫而得以分別從上下二字理解聯綿詞義，其實已造就了一種間接分訓的可能。

不可否認，這種自然的配合有其現實條件的限制，既無嚴格、強制的規定，其音同之同義詞又不必然可以信手拈來，以是在配合上不免容有間隙，或者意義稍隔，如「荏苒」、「委蛇」；或者僅得單字同義，如「窟籠」、「芙渠」；又或者音韻條件稍有異同，如「嫌疑」、「狐疑」等。這必然使得「分訓」的工作可能出現誤差，甚至指鹿為馬。然而在語言的自然演化中，聯綿詞其實也可能出現分化、單用之情況，而使半字成為全字。若此，則部份聯綿詞實可由單純雙音節詞轉而近乎同義複詞矣。

聯綿詞時見單用之情況，質實而言也並不是本文的發現。黃建中在其《訓詁學教程》中便曾提出如此意見：

> 連綿字不可分訓，但可分用。……。連綿字單用，還是以連綿字對
> 待，不可望形成訓。（頁 215）

只是黃氏在此不以其為獨立之文字，故仍主張「不可望形生訓」耳。然而本文既然強調了聯綿半字的合理性，也強調了約定俗成的社會性，那麼「分用」與「分訓」便不能如此界限井然了。

大抵而言，本文指出的聯綿半字是就其理論、生成面而言的。以是這種現象儘管存在，而且迄今在聯綿詞中還頗為普遍，然而畢竟仍與漢字的常態規律有隔，因此倘若考慮實際用字的心理、狀態，恐怕也很難相信其上下二字的分工可以一直不有動搖。特別是在吾人批評古人常因不明聯綿詞之本質而擅加分訓的狀況下，實在讓人更有理由去推測，確實有部份的古人、確實有部份的聯綿詞，其上下二字是有意、且「合理」的「被」使用著的。是儘管誤解、儘管「錯用」，而一旦積非成是、相因成習，吾人也只能正視它是個歷史事實，而承認其單用時，確實也是一個完整的語言、文字狀態。以下姑舉數例略窺一般。

首先如「窈窕」者。一般有二個主要義項：一，幽閒美好；二，深也。前

者如《詩・關雎》「窈窕淑女」，毛傳：「窈窕，幽閒也。」又《楚辭・山鬼》：「既含睇兮又宜笑，子慕予兮善窈窕。」朱熹釋曰：「窈窕，好貌。」陳第亦云：「窈窕，好貌。」後者則有王延壽〈魯靈光殿賦〉「旋室娟娟以窈窕，洞房叫窱而幽邃。」張銑注謂：「窈窕，深也。」（《文選》，卷十一）而「窈」、「窕」二字亦分別有此義。「窈」字作「美」者，如《方言》：「秦晉之間美貌謂之娥；美狀爲窕；美色爲艷；美心爲窈。」（卷二，頁 1）作「深」解者，則有《說文》：「窈，深遠也。」（七下，頁 23），而〔宋〕陳亮〈重建紫霄觀記〉「大較清邃窈深，與人異趣」；〔明〕蔣一葵《長安客話・惡峪》「豈似人心更險巇？機穽窈深難揣摸」等句即其用例。至「窕」者，《爾雅・釋言》：「窕，閒也。」（卷三）《經義述聞》「窕，閒也」：「家大人曰：……。窕爲幽閒之閒，又爲閒暇之閒。」（卷二十七）爲窕有「幽閒」之義釋，而〔清〕吳光〈泊湘口二妃廟是瀟湘二水會處〉：「月華臨夜空，青山窕多姿。」則爲其單用之例。其做「深」解者，有《說文》：「窕，深肆極也。」（七下，頁 22）《爾雅・釋言》：「窕，肆也。」（卷三）《經義述聞》謂：「予謂窕、肆皆謂深之極也。」（卷二十七）據此，則「窈窕」二字之分用、合用，殆可無異。

其次，若「猶豫」一詞，屈原〈惜頌〉「壹心而不豫兮，羌不可保也。」王逸以爲：「豫，猶豫也。」此「豫」字之獨用例。又「蝴蝶」一詞，詞牌名「蝶戀花」、成語「莊生夢蝶」，亦「蝶」字之單用例。其餘則如「蠐螬」可作「螬」；「蟋蟀」可作「蟀」；「蝦蟆」可作「蟆」等等詞例亦不外是。〔註66〕這些例子儘管上下二字單用之頻率並不對等，然而大抵不能否認其單用時與合用實在無別。

自然，本文也不認爲所有的聯綿半字都能單獨使用，那不免又將矯枉過正，以是大量分析聯綿詞的必要性並不如此迫切。重點在於，這也並不是一個以多寡決定絕對是非的問題，而只是有與無的問題。意者，只要能夠肯定存在一定數量的聯綿半字可以獨立使用，而且負載的是整個聯綿詞的詞義，那麼對於「不可分訓」的這條原則，恐怕便不能一味地執著了。

〔註66〕 「螬」、「蟀」、「蟆」三例之單用，如《孟子・滕文公下》：「井上有李，螬食實者過半矣」；徐陵〈司空徐州刺史便安都德政碑〉：「秋蟀載吟，竟鳴機杼」；蘇軾〈蝦蟆詩〉：「蟆背似覆盂，蟆頤似偃月，謂是月中蟆，開口吐月液」。詳見《王力古漢語字典》各字條下，頁 1174。

　　提出這些現象，本文並無意去全盤否定舊有理解聯綿詞的方式。過去的認識大抵是就聯綿詞之成因與學理而論的，這一點並沒有錯誤。只是語言文字畢竟是社會的產物，在社會群體的運作中，語言有其活絡的機制，不能就發生狀態，或是一成不變的學理與規則去要求與限定。本文以為，做為一個研究者或是觀察者，必須站在客觀的立場上去理解現象，尋究發展之規律，卻不應執其原始，非其現狀，欲將其框架在自己的理解模式中，如此只會造成偏見，而與事實相距愈遠。儘管那也可能自成格局、自圓其說，卻也可能已是另一個虛擬的世界了。

　　綜合上述，本文以為現代聯綿詞的研究，嚴格說來是於古無涉的。自張有聯綿字以下，若駢字、駢詞、讔語、連語等諸多概念，或辨正異體，或申明轉語，大抵都是因應傳統文字、訓詁之需要而對某些特定的雙音節詞所做的一種分析。至於現代聯綿詞之概念，則是就語言學立場所下的一種定義：單純雙音節語。本來這二個概念涇渭分明，各自發展，也不致於產生太大的問題。卻因為後人在許多表相的雷同中找到了系聯的基礎，致使諸多概念在現代聯綿詞的定義下，勾勒出了一條聯綿詞的發展脈絡。這不僅誤解了古代種種概念，同時也造成今聯綿詞的諸般爭議。以是一方面批評著古代語言概念的不成熟，導致收詞、分析上的疏忽。一方面卻又不能落實語言學立場，精確地去離析、取捨古今概念的異同與菁蕪，遂使今聯綿詞的內涵中仍混雜了不少古代許多概念的限制條例。

　　本文以為，這大抵皆在訓詁學「自以為是」的轉型耳。以是內涵上是傳統的訓詁思維，表面上卻又操作著現代的語言學詞彙。定位既不明，概念亦復模糊，而許多糾葛、爭議便在其中生成。在糾葛、爭議中，聯綿詞研究之發展自是裹足不前矣。

第九章　反訓研究

　　做爲一種「條例」，「反訓」時見於古代的訓詁工作中。然則做爲一種理論，「反訓」卻一向不是個太受重視的問題，此一則表現在諸家對此甚少特意申辯；一則表現在其中偶有及之者，彼此之概念亦不見太大的異同。一般說來，反訓在清末以前恐怕沒有被視爲一個過於特殊的現象，因此也沒有特別標舉與解釋的必要。若上編中所提到的王氏父子與章太炎，是一般以爲曾經言及反訓概念的，然而，倘若由其各自的立場去理解其在郭璞注語以及類似議題上的認識，則王氏大抵視爲轉語，章氏則歸爲引申、假借，不僅沒有使用「反訓」一詞，所言也盡是語言發展的常態。直至今日，反訓突然受到矚目，研究的論文時時可見。看起來，反訓的現象似乎可以因此得到進一步的釐清與深化。可惜的是，在一陣的討論與爭議後，贊成、反對的意見或者因而明顯，然而對於反訓的認識，較之清人，恐怕也沒有太多的進展。這個結果不禁令人懷疑，現代語言學的介入對於問題的解決究竟起了什麼作用？而如果吾人並不能得到更好的解釋與理解，那麼對於前說的批評是否可以理直氣壯？

第一節　古代反訓研究論析

　　反訓現象之發生，以及爲人覺知之時代，已甚難追溯。至於明確揭示此一現象者，一般咸以爲東晉之郭璞，如龍師宇純所謂：

這一觀念從何時便已開始，很難說定。譬如前引說文祀下言祭無巳，倘如段王等所說，是東漢的許慎已有此意念。但是東晉的郭璞則是明白揭出此說的第一人。（〈論反訓〉）

又如葉鍵得在例舉齊佩瑢等十三位現代學者之表述，亦謂：

> 由以上所舉，諸家以為字義反訓之說，始自晉代郭璞。郭璞之說，則見其注《爾雅》與《方言》，由其注中舉例與用語，遂引起歷代學者之討論，故謂反訓觀念源自郭璞，殆無可議。（《古漢語字義反訓探微》，頁51）

自然，如此的認知是就文獻所見而言的。至郭璞而外，其先之者與同時者是否亦有此認知，殆已不得而知矣。不過這似乎已經不是太重要的問題，蓋就傳播、影響之立場以言，引起後世對反訓之重視與夫論述之據依，無疑皆指向郭璞一人，以是即使早於郭璞更有其他論述，或許只能將反訓意識之時代更往上提，對於後來反訓理論之既成發展與演進似可不發生影響。外此尚可注意者，如上引葉氏之語，郭璞反訓之言論，乃出現於其注《爾雅》、《方言》之語。果其反訓之例可信，則反訓之現象固已存在於代漢，甚至戰國之前了。

反訓之概念既源起於郭璞，則返諸檢視其本旨固為必要之事。一般以為，郭璞明顯提示反訓之意者約有三處：

> 苦而為快者，猶以臭為香，治為亂，徂為存，此訓義之反覆用之是也。（《方言注》，卷二「逞、苦、了，快也。自山而東或曰逞，楚曰苦，秦曰了」條下）

> 肆既為故，又為今。今亦為故，故亦為今。此義相反而兼通者，事例在下，而皆見《詩》。（《爾雅注》，〈釋詁下〉「肆、故，今也」條下，卷二）

> 以徂為存，猶以亂為治，以曩為曏，以故為今。此皆詁訓義有反覆旁通，美惡不嫌同名。（《爾雅注》，〈釋詁下〉「徂、在，存也」條下，卷二）〔註1〕

〔註1〕周祖謨《校箋》謂：「『亂為治』原作『治為亂』。盧〔文弨〕本據爾雅釋詁『徂在存也』下郭注改為『亂為治』是也。今據改。」本文此依盧、周之改。

然而《方言》卷十二「藣、蒙，覆也。藣，戴也」一條下，[註2] 其實又有一段比較常爲人忽略的表述：

> 此義之反覆兩通者，字或作燽，[註3] 音俱波濤也。

據此四條，可知郭氏之概念表現爲「(訓)義之反覆用之」、「義相反而兼通」、「詁訓義有反覆旁通，美惡不嫌同名」以及「義之反覆兩通」等諸語。而例舉則在「以徂爲存」、「以亂爲治」、「以曩爲䫂」、「以故爲今」、「以臭爲香」、「苦而爲快」以及「藣，戴也」等七者。

首先就郭氏之概念而言。所謂「美惡不嫌同名」者，本於《公羊傳・隱公七年》：

> 滕侯卒，何以不名？微國也。微國則其稱侯何？不嫌也。《春秋》貴
> 賤不嫌同號，美惡不嫌同辭。

然郭氏所用純爲斷章取義，乃與「義有反覆旁通」者同義而足成其語氣者，實與《公羊》之義可不相涉，此龍師宇純與胡師楚生俱已論之甚詳，[註4] 本文不更冗言。餘四語中，有三者意義、語法極其雷同：

> 義 相反而兼通
> (詁訓) 義有反覆 旁通
> 義之反覆 兩通

〔註2〕 此條〔宋〕李孟傳刻本原分爲二條。然周祖謨《方言校箋・凡例》謂：「《方言》的體例，凡是訓釋相同的詞，或事類相近的詞，都作爲一條來作解釋；……。但是宋本內有當爲一條而分寫爲兩條的，有當爲兩條而連寫爲一條的。……『藣、蒙，覆也』，又說『藣，戴也。』原書也分寫爲兩條。依照郭璞在『戴也』一條下所注的『此義之反覆兩通者』一句話來看，這也是應當連寫爲一條的。」確實，在《方言》一書中，此現象並不少見，如卷十二：「搖、祖，上也」、「祖，搖也」、「祖，轉也」，宋本亦列爲三條，然以郭注於末條所云：「互相釋也，動搖即轉矣。」顯然乃會合三條言之者，故戴震《方言疏證》中亦只作一條矣。據此，則周氏之說信可從也。又，此條宋本下「藣」字從竹而爲「籌」，本文則依戴本而易爲「藣」字。蓋以郭注視之，二字不宜爲二也。

〔註3〕 〔宋〕李孟傳刻本作「壽」，戴震《方言疏證》作「燽」，依郭注直音作「濤」，宜乎戴氏之爲正。

〔註4〕 詳見龍師宇純〈論反論〉與胡師楚生《訓詁學大綱》，頁107～109。

並列視之，可知「反覆」可爲「相反」、〔註5〕「旁通」則同於「兼通」與「兩通」。是全句之義可爲：（一詞）正反意義之兩行、兩可，而與美惡同名之不嫌可相呼應。

正反意義之兩行，一般傾向於現象的表述，用今人常用語言之，可謂「一詞兼有正反兩義」者。〔註6〕於是在此基礎上，可以更返顧餘下「（訓）義之反覆用之」一句。

此句較之前三者，略有動詞之意味，特別是如果把「訓義」視爲「詁訓義」，則不啻爲今所謂釋詞之意義。是釋詞意義之相反爲用，而反訓殆可解爲「用反義詞來解釋詞義」者。〔註7〕然而倘若約略參考郭氏其他文例以言，則或可有不同理解。如《方言》卷五：

> 刈鉤，江淮陳楚之間謂之鉊，或謂之鐲。自關而西或謂之鉤，或謂之鎌，或謂之鍥薄。宋魏陳楚江淮之間謂之苗，或謂之麴。

郭注乃云：

> 此直語楚聲轉也。

又《方言》卷十二「鋪、脾，止也。」下，郭注云：

> 義有不同，故異訓之。鋪，妨孤反。

蓋此條與下條：「攘、掩，止也。」同以「止」字爲訓，而分爲二條，故郭璞以爲其義不同，而揚雄乃「異訓之」也。視此，固可知郭氏之注《方言》，本有及乎揚雄之意旨、義例者，而其中「直語」、「異訓」云云，宜做動詞解，而以揚雄爲其主語。

〔註5〕葉鍵得以爲：「可知「覆」、「復」通用，「反覆」通「反復」，乃「往來」之意。「往來」爲「往而仍來」之意。則郭璞《方言》注中「苦而爲快」之例，即「苦」可往「快」，又「快」可往「苦」，彼此可「往而仍來」，此即郭璞「訓義之反覆用之」之義。「反覆」非一般所謂「重複」之意。」（頁55）以此看來不免迂曲，蓋「覆」本有「反」之義，《說文》：「反，覆也。」（三下，頁9）「反」、「覆」可爲同義複詞，而以「反」字限定「覆」之用義也。若郭璞注《方言》卷一「宋楚之間謂之倢」而云「便倢也」；卷二「木細枝謂之杪」而謂「杪梢也」。分以同義之「便」字、「梢」字托出「倢」、「杪」之義，與此可以互參。

〔註6〕見王松木，〈經籍訓解上的悖論〉。

〔註7〕如郭在貽，見《訓詁學》，頁78。

在此前提下，返顧郭注之全文：

　苦而爲快者，猶以臭爲香，治爲亂，徂爲存，此訓義之反覆用之是也。

則「訓」之爲義，可爲揚雄訓解之行爲，直譯之則爲：這裏〔揚雄〕解釋的，
是詞以反義使用〔的情形〕。若此，則所謂「反覆」所指，表現的仍爲一詞之兼
含二義，而非指訓解的動作。

　　因此可以說，針對郭璞之陳述而言，其所提出者僅在詞義之正反兼攝，並
不涉及訓詁的方式。

　　其次，則是郭璞所提示之七例。事實上，此七例並非全在《爾雅》、《方言》
中，爲免擅自牽繫而多附己意，以下姑先列出二書之所見：

1. 「曩、塵、佇、淹、留，久也。」（《爾雅・釋詁下》，卷二）

　「曩，㬅也。」（《爾雅・釋言》，卷三）

2. 「治、肆、古，故也。」（《爾雅・釋詁下》，卷二）

　「肆、故，今也。」（《爾雅・釋詁下》，卷二）

3. 「逞、苦、了，快也。自山而東或曰逞，楚曰苦，秦曰了。」（《方言》，
　卷二）

　「逞、曉、恔、苦，快也。自關而東，或曰曉，或曰逞；江淮陳楚之間
　曰逞；宋鄭周洛韓魏之間曰苦；東齊海岱之間曰恔；自關而西曰快。」
　（《方言》，卷三）

4. 「幬、蒙，覆也。幬，戴也」（《方言》，卷十二）

諸例中，郭璞並未多言，只在「肆、故，今也」條下略有解說，此即前引
所謂：

　肆既爲故，又爲今；今亦爲故；故亦爲今。此義相反而兼通者。

這些大概即是目前掌握郭璞所言現象的較爲原始、也僅有的資料了。

　　在這些資料中，大約可分爲二類，其一，在一、二（肆）、四例中，這是明
顯地一詞兼正反二義之現象，蓋此三例均並列二條爲一而有反訓產生。正似郭
璞所言「肆既爲故，又爲今」，以「肆」涵攝「故」、「今」之二義。同例，則「曩」
即爲「久」，又爲「不久」〔註8〕；「幬」既爲「蒙」，又爲「戴」也。其二，則

〔註8〕《説文》卷七上：「曩，㬅也。」又：「㬅，不久也。」（頁3）

是二（故、今）、三例。這裏直接以「快」訓「苦」、以「今」訓「故」，看來不無反義為訓之可能。不過，如果仔細斟酌郭璞說釋之語，「今亦為故；故亦為今」二句乃直承「肆既為故，又為今」而下，則其所表意旨或者不二。蓋「亦」者「又」也，「今亦為故」者乃承上而省，以謂「今」既為「今」，又為「故」，而「亦」字乃有可說。同理，「故亦為今」亦然。復以此推之「苦而為快」，大抵正因「苦」既為「苦」，又有反義之「快」，而語末方有「義之反覆用之」之語，蓋以「苦」為主語，謂其反用，非以訓釋者為主語，言其反訓也。因此，則在「故，今也」、「苦，快也」等反義為訓之型態下，而郭璞所著重指出者，亦只是兼涵正反二義的內涵。

最後，在郭璞的意見中尚可附帶指出的一點是，「苦」、「快」之例在《方言》中的呈現，原即楚與關東之語，郭璞如果不以之為轉語，則繫聯二地方言以為反訓，似不有其理；反之，倘若郭璞以之為轉語，則其在反訓之生成上似亦不避假借。不避假借，除了顯示郭璞所謂只在字面為說，並未能釐清文字、語言之現象，蓋本義與假借義實為同形異詞。更重要的是，既有可說，則「反訓」之現象殆不能是毫無理由地正反皆通，而據之擴展之反義為訓亦由是而更無根柢了。

自郭璞而後，涉乎反訓之論述，一般認為是不多見的，若葉鍵得即謂：

> 郭璞以後對於字義反訓之論說，唐、宋、元、明諸代只有少數學者，至清代則逐漸蓬勃。不僅人數達十二家增多，使用名稱並為豐富，授例亦明顯增多，惟未有系統之理論辨析。（《古漢語字義反訓探微》，頁 179）

而董璠之作〈反訓纂例〉大約亦感於後世之輕忽者：

> 獨是意義相反以對待為訓者，後世既多存而不論，抑且習為故常，鮮究本氏者矣。（〈反訓纂例〉）

具體而言，在葉氏的統計中，直至章太炎左近，論者不過二十三家耳，計為唐代孔穎達；宋代邢昺、賈昌朝、洪邁；元代李治；明代楊慎、焦竑；清代劉淇、錢大昕、段玉裁、桂馥、王念孫、孔廣森、郝懿行、鄧廷楨、陳奐、朱駿聲、俞樾、陳玉澍；以及民初之章太炎、陳獨秀、劉師培、黃侃等。〔註9〕

〔註9〕見《古漢語字義反訓探微》，頁 141～153。又，據葉氏所計，王寧〈「反訓」析疑〉

　　倘依葉氏之統計，則千五百年來唯見二十三家之說，其數果不能爲多。不過依常理言，如此現象卻不無可疑。蓋郭璞之說乃出現於《爾雅》、《方言》之注，《爾雅》所蒐自是諸經注解，而郭氏之注亦非乏人問津，則研經讀注之士，即使不對《爾雅》「故」「今」之訓產生懷疑，恐怕亦不能避免在《左傳》、《論語》「亂臣十人」中有所斟酌也。特別是《孟子》有謂「孔子成《春秋》，而亂臣賊子懼」，所言「亂臣」竟與《春秋》之「亂臣」義適正相反；特別是《春秋》乃一字褒貶，寓孔子微言大義之書。而士人於此矛盾豈能忽略不顧？〔註10〕以是本文在王、葉二氏之基礎上，更循線翻檢，又得宋代以下林之奇、褚伯秀等九家。〔註11〕除此之外，又如龍師宇純所例舉之謂：

> 說文：「祀，祭無巳也。從示，巳聲。」段氏注云：「祀從巳而釋爲無巳，此如治曰亂，徂曰存，終則有始之義也。」桂氏義證云：「祭無巳也者，祀巳聲相近。」王氏句讀云：「巳部說曰巳也，與無巳義合。」且不管許氏祭無巳之說有無此等涵義，三家〔段玉裁、桂馥、王筠〕都是巳即無巳的意思，也顯然是反訓觀念的發揮。（〈論反訓〉）

其中除段氏有所說明外，而桂、王之表述則大抵是一種不言而喻的操作了。〔註12〕本文相信，類此之態度、表述應不在少數。而如果知悉、運用者眾，其議論、懷疑之數卻又不成正比，則逕以爲「存而不論」似乎太過冒昧，反之，董璠另外指出「習爲故常」的態度或許值得進一步追究。

　　自然，董氏「習爲故常」之本旨，相對於「存而不論」，甚且帶有不見疑義

一文已表列清代以前之十一家，葉氏則在此基礎上又增九家，加上民初之四家，計爲二十四家。唯其中元代李治實重複計數，故實計爲二十三家。

〔註10〕「亂臣」一詞於十三經中凡五見，計《尚書·泰誓中》「予有亂臣十人」、《左傳·襄公二十八年》「武王有亂臣十人」、《左傳·昭公二十四年》「余有亂臣十人」、《論語·泰伯》「武王曰：予有亂臣十人」以及《孟子·滕文公下》「孔子成《春秋》，而亂臣賊子懼」。前四者同出一事，皆謂武王，或記武王語，其「亂」者，並「治」之義也。而後者則爲「亂」之常義。

〔註11〕計宋代林之奇；明代胡應麟；清代黃生、倪濤、張尚瑗、陳啓源、閻若璩、惠棟；民初楊樹達等九家。

〔註12〕桂馥他處自有明白指出反訓概念者，本文此處所謂純就表述之方式耳。

之意味。不過,本文卻以爲,清儒之「習爲故常」,未必不是「知爲故常」而後自覺形成之態度。

事實上,反訓之現象自郭璞之標舉後,一般是以文例的型態而爲後世所操作的,只是由前述計三十二家的實踐看來,﹝註13﹞其中仍有態度積極、消極之不同。大體而言,其對反訓之看待約可分爲以下六類:

一、用爲文例

「用爲文例」之所謂,乃未有任何申論,而或引郭注「以亂爲治」諸語爲說,或者不引便逕以反義之訓爲常者。

(一)邢昺

《爾雅・釋詁下》:「徂、在,存也。」郭《注》下,邢《疏》云:

> 上云:「徂,往也。」往則非存,故郭氏引類以曉人也。

明彥按:視此,則邢昺只依郭注之意爲意,不更有申論或旁證。雖則其下又有言曰:

> 云美惡不嫌同名者,案隱公七年《公羊傳》云:「貴賤不嫌同號,美惡不嫌同辭。」何休云:「若繼體君亦稱即位,繼弒君亦稱即位,皆有起文,美惡不嫌同辭是也。」若此篇往也、死也亦稱徂,是惡也;存也亦稱徂,是美也。各首其義,故云美惡不嫌同名。

唯此雖強調一詞可兼正反二義,然終是以郭說爲其前提。

﹝註13﹞葉氏歸納爲二十三家,本文又檢出九家,復以龍師所舉之王筠爲葉氏所未列者,合計本有三十三家。然其中俞樾《古書疑義舉例》所謂「美惡同辭例」者,實本《公羊》爲褒貶之説,與反訓可無涉,故只得三十二家。又,本文不敢說此三十二家可爲郭璞以下反訓表述之全體,不過意見表示較明確者已大致羅列,以此而歸納歷來反訓之認知,或可不有太大遺漏也。至於意思隱約,或未見表示者,多數可如董氏所謂「存而不論」、「習爲故常」者,探其肯否,大多直接用爲文例;論其意見,則其説既不明顯,吾人也不宜擅自爲之揣測。因此以下所論暫且即以此三十二家做爲分析基礎。再者,本文將清末民初之章(太炎)、陳(獨秀)、劉(師培)、楊(樹達)、黃(侃)五家與清代以前諸家並置,在時代上頗不合一般慣例。唯本文在此實著重研究發展與方法之分界耳,蓋章、陳諸人之論反訓仍多止於現象、條例之歸納,未見刻意深究其理,而現代研究則專在原理之辨析也。且也,與前此諸家相較,章、陳諸家雖有少數異見,實亦未能眞正越出藩籬也。

（二）胡應麟

《少室山房筆叢》卷十一：

> 余謂名家言雖極無謂，要未可盡非者。古人以臭爲香、以亂爲治，
> 今尚用之。至草可名木，木可名草；禽可名獸，獸可名禽，蓋紛然
> 不勝舉。第如莊周之齊物則得之，〔公孫〕龍欲正名，適以亂名耳，
> 惡能治天下國家？

明彥按：此雖謂名家多有謬說，唯「以臭爲香、以亂爲治」乃用以辨白名家之
言有「未可盡非者」，可爲正面之引述。

（三）惠棟

《惠氏春秋左傳補注》卷二釋「廢六關」云：

> 《家語》云：「置六關。」……。棟案：廢與置古字通。《公羊傳》
> 曰：「去其有聲者，廢其無聲者。」鄭志答張逸曰：「廢，置也。」
> 以廢爲置，猶以亂爲治、徂爲存、故爲今、囊爲曏、苦爲快、臭爲
> 香、藏爲去。郭璞所謂詁訓義有反覆旁通，美惡不嫌同名也。

明彥按：惠棟蓋逕引郭說爲證，而未有具體之解釋。

（四）桂馥

《說文》卷一：「祀，祭無已也。從示，巳聲。」桂馥《義證》逕謂：「祭
無已者，祀巳聲相近。」

　明彥按：龍師宇純〈論反訓〉以爲：

> 〔段玉裁、桂馥、王筠〕三家都是巳即無巳的意思，也顯然是反訓
> 觀念的發揮。

（五）王筠

同上例，王筠《句讀》以爲：「巳部說曰巳也，與無巳義合。」〔註14〕

（六）陳奐

《詩·小雅·四牡》「王事靡盬」句，毛傳謂：「盬，不堅固也。」陳奐《詩
毛詩傳疏》則云：「盬、固皆古聲，故以不堅固詁盬，固亦堅也。」

〔註14〕詳見龍師宇純〈論反訓〉。

明彥按：龍師宇純〈論反訓〉謂：

> 案陳氏的意思：固義爲堅，鹽固聲同，義得相通，鹽字因而也有堅
> 意；所以毛傳說鹽就是不堅固。……。但是在陳氏，因爲用了反訓
> 的觀念，故亦覺其順理成章，不以爲怪。

二、正反同詞

「正反同詞」者，以爲一詞兼有正反二義之現象。

（一）李冶

《敬齋古今黈》卷二：

> 爽之一字，既爲明，又爲昏，所以精爽爲魂魄之主。介之一字，既
> 爲大，又爲小，所以「儐介成賓主之歡」、「貴介公子」，則介爲大；
> 「憂悔吝者存乎介」，則介爲小。「亂臣十人」則爲治，「亂邦不居」
> 則亂爲危。……

明彥按：李冶此處僅列舉諸多義兼正反之詞，而未有任何的論述。

（二）閻若璩

《四書釋地續》：

> 蓋從來訓義有反覆用之者，如以臭爲香、亂爲治、擾爲安、苦爲快。
> 則湍爲縈水，何妨兩義並存。

明彥按：引「以臭爲香」諸語而云「兩義並存」，明是贊同正反二義之可兼攝。

（三）錢大昕

《潛研堂文集》卷四〈答問一〉：

> 「窒」本訓「塞」，反訓爲「空」，猶「亂」之訓「治」，「徂」之訓
> 「存」也。《列子・黃帝篇》：「至人潛行不空。」注云：一本「空」
> 作「窒」。《莊子・達生篇》引此文亦作「窒」。是「窒」有「空」義
> 也。

明彥按：姚榮松〈反訓界說及其類型之商榷〉：

> 根據王寧〈「反訓」析疑〉一文，首先使用「反訓」一詞的人是錢
> 大昕，《錢〔潛〕研堂答問》：「窒本〔訓〕塞，反訓爲空。」但是

首先提出「反訓」現象的爲晉代的郭璞，而把一大堆「不是同類

現象的語例」用「反訓」一詞來概括，則出於近代訓詁學者的移花

接木。

視此，則姚氏似以爲此「反訓」爲「反義爲訓」之固定短語或術語。倘如是，
則不免有誤讀原文之嫌，蓋據姚氏所引，「窒本訓塞」乃漏一「訓」字，而使「反
訓」二字可有術語化之傾向。倘復其原貌，則「本訓」、「反訓」相對，前者既
非術語，「反」字亦只是一般副詞，未嘗與「訓」字構成短語或合成詞者。更由
錢氏其後引證《列》、《莊》之語，知錢氏實以爲「窒」字亦有「空」義也。
〔註15〕王寧原文雖指出：

錢大昕在行文中用了"反訓"，但他只是用來敍述一個例子，並不

是歸納出來的術語。〔註16〕

然而脫離語境，單獨抽離「反訓」二字，已未必合於錢氏原意。

〔註15〕本文所引「窒本訓塞，反訓爲空。」見《潛研堂文集》，卷四；王寧、姚榮松所引
「窒本塞」，則謂自《潛研堂答問》來。齊佩瑢所引亦同。該書陳文和以爲係《潛
研堂文集》之部份單行，並謂：「此書今未見。按《潛研堂文集》，有〈答問〉十
二卷。」（《嘉定錢大昕文集・前言》）今《潛研堂文集》前有段玉裁〈序〉謂：「《集》
凡五十卷，分爲十四類者，先生所手定也。」「答問」即其中一類。又《販書偶記》
卷十一亦云：「此書版心及每卷首行皆刻潛研堂文集卷等字，……。至其書名見每
卷首頁第三行，刻有答問第數等字。」視其「潛研堂文集卷」諸字以及「答問第
數」之與《文集》書法類同，則陳氏之言似可從。《偶記》成於 1936 年，又據天
津圖書館編《稿本中國古籍善本書目書名索引》云，今上海圖書館實藏有《答問》
嘉慶刊本，是齊氏、王氏或者猶得見及、據引。要之，吾人既未見得原書，亦未
敢妄論其所見之是非。唯以《答問》爲《文集》之別行，據《偶記》（卷十一、十
六）及其續編（卷十一）所推、所見，《答問》宜有乾隆、光緒二本，合上引天津
圖書館云，則又有嘉慶一本；《文集》則爲嘉慶丙寅年所刊，是不論板刻抑或修訂，
錢氏手訂之《文集》宜較乾隆本爲善，而嘉慶本或者即與《文集》同。至光緒本
既刊於錢氏身後，在板本上自又遜於三者，以是不管齊、王二氏可能見者爲何本
之《答問》，視之《文集》，似不能更爲善本也。
〔註16〕見〈論"反訓"〉，《訓詁學原理》，頁 117。又，姚氏所據〈「反訓」析疑〉一文見
北京師範大學中文系編《學術之聲》第三集，依王寧自言，該文收入《訓詁學原
理》復有修訂，而爲〈論"反訓"〉也。詳見《訓詁原理》，頁 356。

（四）鄧廷楨

《雙硯齋筆記》卷四：

> 又有一字兼兩義者。臭兼香、殠，《左傳》：「一薰一蕕，十年尚猶有
> 臭」是也。祥兼祥、祲，《說文》：「祲，精氣感祥」，《周禮》「悉祲」
> 注：「陰陽相侵，氣漸成祥」者是也。

（五）陳獨秀

《字義類例・反訓第四》：

> 《說文》田部曰：「暘，不生也。」又用爲暢茂之義；乙部曰：「亂，
> 治也。」《論語》「亂臣十人」是也，又用爲不治之義。

明彥按：陳氏「反訓」一節中，列舉例證不下數十，雖未明確定義，而陳述中或引辭書訓解，或引經籍用例，所重亦應在字義之兼有正反。

（六）劉師培

《古書疑義舉例補》有「二義相反而一字之中兼具其義之例」條：

> 《方言》云：「苦，快也。」郭注云：「苦而爲快者，猶以臭爲香、
> 以亂爲治、以徂爲存，此訓義之反覆用之是也。

又：

> 《爾雅》：「介，大也。」……。而芥爲小草，骱骭爲小骨，礚砎爲
> 小石，則介又有小義。是介字兼有大小二義也。字有異訓類此者甚
> 多。

明彥按：劉氏又有《小學發微補》謂此類例爲「同一字而字義相反」以與「正名詞同於反名詞」對舉者，並以爲皆「言文合一」之所致。唯該原因用言後者尙有可會，以論前者則實有費解。大抵劉氏實未詳析其理，其論述所重亦只在強調現象之存在。故本文除歸之爲「古人用字」一項外，亦別見乎此，略示其態度之兩可。

三、統言析言

與「正反同詞」微別者，統言析言雖亦一詞兼有正反二義，唯其中可有上位下位之不同，若香臭爲二對立之概念，而臭又可爲氣味之總名，故統言曰臭，

可涵香氣，而析言稱臭者，則僅指穢氣。〔註17〕

（一）孔穎達

《尚書・盤庚中》：「若乘舟，汝弗濟，臭厥載。」《正義》曰：

> 臭是氣之別名，古者香氣、穢氣皆名爲臭。《易》云：「其臭如蘭」，
> 謂香氣爲臭也。《晉語》云：「惠公改葬申生，臭徹於外」，謂穢氣爲
> 臭也。下文覆述此意云：「無起穢以自臭」，則此臭謂穢氣也。

明彥按：孔氏於此解「臭厥載」一語之「臭」，而特別指出古之「臭」字爲氣味
總名，兼含香、臭二義，理應受到郭注之影響，因此可以把他視爲是對反訓的
一種態度表示。不過此中尚可注意者是，如果只是特意地去突顯香、臭二氣，
自然容易造成反訓之聯想，然而孔氏之釋，乃表明香、臭爲臨境之實指，臭之
詞義實只爲氣味而已，是不論所指爲香、臭、酸、腐，以「臭」名之，只泛稱
之爲「氣味」，則在「氣味」義上，孔氏似不以爲反訓是存在的。

（二）段玉裁

《說文解字》一篇上：「祥，福也。」段注：

> 凡統言，則災亦謂之祥。析言則善者謂之祥。

又，一篇下：「毒，厚也。」段注：

> 毒兼善惡之辭，猶祥兼吉凶，臭兼香臭也。

明彥按：由統言析言分，則段氏乃以祥、毒、臭者可爲較大範疇之概念，至析
言之，災祥、毒厚、臭香又分別爲其對立之下位概念。

（三）郝懿行

《爾雅義疏・釋詁上》卷上之二「逆，迎也」下：

> 高誘注：「逆，拒也。」拒與迎義相反者，逆對順言，故有拒意；逆
> 以迎言，故有逢遇之意。詁訓有相反而相同者，此類是也。

明彥按：此以一事之兩面而言義可兼涵正反。

〔註17〕今以「臭」爲「嗅」之古字，故有引申之異，而不爲上下之別。此依古人之理解
　　　爲說也。

（四）楊樹達

《古書疑義舉例續補》「施受同辭例」：

> 乃同一事也，一為主事，一為受事，且又同時連用，此宜有別白矣，而古人亦不加區別，讀者往住以此迷惑。……與授受同例者，有買賣二字，《說文》六下出部：「賣，出物貨也，從出從買。」《韻會》作「從買聲」是也。今本《說文》誤耳。今二字聲讀亦相同，徐音《說文》：「買，莫蟹切。」「賣，莫邂切。」四聲上去不同，古人固無此差別也，此可知古人語言，買賣二字，本無差別。……。授受、買賣、糶糴，本各兩事也，古人語言且混合二分，則無怪同一事之主受兩面，混淆不分矣。

明彥按：「一事」者可為之統言，而「主受」兩面，則可視為分從主、受二端為其立場之析言。

四、古人用字

「古人用字」為語用之反，非詞兼二義，亦非訓詁之反。

（一）洪邁

《容齋三筆》卷十一有「五經字義相反」一條：

> 治之與亂，順之與擾，定之與荒，香之與臭，遂之與潰，皆美惡相對之字。然五經用之或相反，如「亂臣十人」、「亂越我家」、「惟以亂民」、「亂為四方新辟」、「亂為四輔」、「厥亂明我新造邦」、「丕乃俾亂」之類，以亂訓治也。……。自為異同如此。

（二）楊慎

《丹鉛餘錄》卷四：

> 古文多倒語，如亂之為治、擾之為順、荒之為定、臭之為香、潰之為遂、孽之為祥、結之為解，皆美惡相對之字而反其義以用之。如「亂臣十人」、「亂越我家」、「惟以亂民」、「亂為四方新辟」、「亂為四輔」、「厥亂明我新造邦」、「丕乃俾亂」之類，以亂訓治也。

明彥按：對照洪邁之言，蓋同出一轍。

（三）焦竑

《焦氏筆乘》卷六「古文多倒語」一條：

> 古文多倒語，如息之爲長、亂之爲治、擾之爲順、荒之爲定、臭之爲香、潰之爲遂、釁之爲祥、結之爲解、坐之爲跪、浮之爲沈、面之爲背、糞之爲除，皆美惡相對之字而反其義以用之。如「天地盈虛，與時消息」，以息訓長也；「亂臣十人」、「亂越我家」、「惟以亂民」、「亂爲四方新辟」、「亂爲四輔」、「厥亂明我新造邦」、「丕乃俾亂」之類，以亂訓治也。

明彥按：此蓋引述洪、楊之說而增益其例者。

（四）李冶

《敬齋古今黈》卷二：

> 古人文字有極致之辭。若以不敢爲敢，以敢爲不敢，以不顯爲顯，以無念爲念，以無寧爲寧，皆極致之辭也。世俗以可愛爲可憎，以無賴爲賴，以病差爲愈，亦極致之辭。

明彥按：「極致之詞」者實不知何謂，然依其文氣、例舉，似與倒語類同。

（五）張尚瑗

《三傳折諸‧左傳折諸》卷九「魯人以爲敏」條：

> 敏者，不敏也。無故而揚其先人之惡也。劉知幾曰：「以鈍爲敏也。」古人多反詞爲義。「亂臣十人」，是以亂爲治也。「水火相息」，是以息爲生也。「其臭如蘭」，是以臭爲香也。……。近時俚俗乃有呼墜爲陞、名選爲放者，亦從此類推。

（六）鄧廷楨

《雙硯齋筆記》卷四：

> 古人用字往往以相反爲義。如毒可爲安、爲厚。《周易》：「以此毒天下，而民從之。」《廣雅》：「毒，安也。」《說文》：「毒，厚也。」是也。亂可爲治，《周書‧泰誓》：「予有亂臣十人」是也。……」

（七）劉師培

《小學發微補》：

中國言文最難解者有二例，一曰同一字而字義相反；一曰正名詞同於反名詞。如廢訓爲置、亂訓爲治、故訓爲今、苦訓爲甘、臭訓爲香、徂訓爲存，皆同一字而字義相反者也。以不如爲如、以見伐爲伐、以不敢爲敢，皆正名詞同於反名詞者也。蓋古代之時，言文合一，故方言俗語有急讀、緩讀之不同，咸著於文詞、傳於書冊，非通古今之言詞，孰能釋古今之疑義哉？

明彥按：此二例一主一詞兼正反兩義，一主一義有正反兩詞，而劉氏皆歸之「言文合一」之所致。蓋「方言俗語」本應屬之假借、轉注，唯其語言、文字不異，則劉氏所論似不在此。視其「通古今之言詞」云云，則劉氏實未深入所由，所重宜只在雅俗間一詞一義之使用、表述可能適正相反。

五、引申所致

顧名思義，此蓋以爲反訓之現象可由引申而來者，若前述之王念孫、章太炎二者執此，而段玉裁、孔廣森、黃侃亦有此見。

（一）段玉裁

《說文解字》五下「旡，小食也。」段注：

引伸之義爲盡也、已也。」如《春秋》「日有食之旡」、〈周本紀〉「東西周皆入於秦，周旡不祀」，正與小食相反。此如亂訓治、徂訓存，旡者終也，終則有始，小食則必盡，盡則必生。

《說文解字》十二上「擾，煩也。」段注：

煩者，熱頭痛也。引申爲煩亂之偁。訓馴之字，依許作擾，而古書多作擾。蓋擾得訓馴，猶亂得訓治、徂得訓存、苦得訓快，皆窮則變，變則通之理也。《周禮注》云：「擾猶馴也，言猶者，字本不訓馴。

《說文解字》八篇上：「偭，鄉也。」段注：

鄉，今人所用之向字也。……。偭訓鄉，亦訓背，此窮則變，變則通之理，如廢置、徂存、苦快之例。

《說文解字》九篇上：「面，顏前也。」段注：

顏者，兩眉之中閒也。顏前者，謂自此而前，則爲目、爲鼻、爲目

下、爲煩之閒，乃正鄉人者，故與背爲反對之偁。引伸之爲相鄉之
偁，又引伸之爲相背之偁。《易》：「窮則變，變則通也。」凡言面縛
者，謂反背而縛之。

明彥按：段屢言《易》「窮則變，變則通」之理，依「既」、「面」例視之，宜指
的是反面的引申。

（二）孔廣森

《經學卮言・爾雅》「落」字條下：

物終乃落，而以爲始，何也？嘗考落之爲始，大氐施於終始相嬗之
際，如宮室考成謂之落成，言營治之終，而居處之始也。……。古
人用字必有意義，類如此。

明彥按：孔氏以爲「古人用字必有意義」，蓋以爲反義所由必不無端，是有聯繫
之衍成，自屬之引申也。

（三）黃侃

《文字聲韻訓詁筆記》：

凡人之心理循環不一，而語義亦流轉不居，故當造字時，已多有相
反爲義者。余前撰〈說文形聲字有相反爲義說〉，歷舉「祀」訓「祭
無已」而從「巳」聲，……。至於一字兩訓，而反覆旁通者，尤難
悉數。如《爾雅・釋詁》「徂，存也。」郭注云：「以徂爲存，猶以
亂爲治、以曩爲𩦠、以故爲今，此皆訓詁義有反覆旁通，美惡不嫌
同名。又如《廣雅・釋詁》斂訓欲而又爲與，乞匄爲求而又爲與，
貸爲借而又爲與，稟爲受而又爲與。……。皆一字兩訓，義相反而
實相因者。……。若夫祖，始也：而殂訓死。落，始也：而落訓死。
一，數之始也，而殪訓死。胎，生之始也，而殆訓危。故知死生相
反，而循環無窮，古人常言已明其義矣。（頁229～230）

明彥按：黃氏由聲近義通之理，列舉諧聲偏旁、一字二訓，乃至同源詞族諸例，
言其義雖相反，而不離「相因」、「循環」之理。既有理說，則宜乎歸爲引申。

六、相反爲訓

與「正反同詞」者不同，「相反爲訓」所指爲訓解之動作或原則。

（一）劉淇〔註18〕

《助字辨略》卷二：

> 張平子〈南都賦〉：「方今天地之睢剌，帝亂其政，豺虎肆虐，眞人革命之秋也。」李善云：「《漢書音義》云：『方，向也。』謂高祖之時，〈倉頡篇〉云：『今，時辭也。』謂光武。」愚按，方今，猶云向時，不必以向屬高，以今屬光，方今得爲向時，反訓也。《爾雅》訓肆爲故、今，訓徂爲在、存，郭注云：「肆既爲故，又爲今，今亦爲故，故亦爲今，此義相反而兼通。」又云：「以徂爲存，猶以亂爲治、以曩爲曏、以故爲今，此皆詁訓義有反覆旁通，美惡不嫌同名也。」

明彥按：劉淇《助字辨略·序》敘其條例有「正訓」、「反訓」、「通訓」、「借訓」、「互訓」、「轉訓」等六項，又於「反訓」下謂：「如故訓今、方訓向是也」，則其使用「反訓」一詞宜有方法義。

（二）陳啟源

《毛詩稽古編》卷十八：

> 〈大雅〉、〈周頌〉多言「不顯」，皆反訓爲「顯」。惟〈抑詩〉「無曰不顯」連「莫予云遘」成文，明是正言「不顯」，與特言「不顯」者自別，不可以例此詩〔〈大雅·思齊〉〕也。

明彥按：此「反訓」連用，作訓詁動作言，唯不能確定其爲一般短語或是術語，姑且置此。

（三）陳玉澍

《爾雅釋例》卷二「相反爲訓例」：

> 〈釋詁〉：「徂、在，存也。」注云：「以徂爲存，猶以亂爲治、以曩爲曏、以故爲今，此皆訓詁義有反覆旁通，美惡不嫌同名。」蒙案此謂相反爲訓，〈釋詁〉、〈釋言〉、〈釋訓〉篇此類尚多，郭注所舉未盡。如「哉，始也」、「在，終也」，在即哉也，始、終相反爲義。

〔註18〕劉淇生卒年不詳，據富金壁說，《助字辨略》始刻於康熙五十年（西元1711年）。見《訓詁學說略》，頁334。

明彥按：此「相反爲訓」雖有方法義，然其基礎實亦在「相反爲義」上。

七、假借虛繫

此假借者實爲通假，蓋清人已知破字爲說，故通假所造成之反訓只是虛繫之假象。

（一）郝懿行

《爾雅義疏・釋詁上》卷上之一「恙、寫、悝、盱、繇、慘、恤、罹，憂也。」下：

> 繇者亦假音也。《廣韻》引《詩》「我歌且繇」，繇蓋訓憂，郭云繇役亦爲憂愁，此望文生義耳。下文又云「繇，喜也。」二義相反。凡借聲之字不必借義，皆此例也。繇蓋愮之假借，《方言》云：「愮，憂也。」

明彥按：此以假借爲說，而否認繇之有憂喜二義是爲反訓。

（二）朱駿聲

《說文通訓定聲》壯部第十八「詳」字下：

> 按祼祥字猶禍福善惡，豈宜通稱，必是假借，如經傳亂借爲敵、完借爲髡、仇借爲述、暘借爲矑、顛借爲蹎，更借爲賡，《方言》苦即借爲快、羊即借爲蠅，非本字有兩誼相反也。

明彥按：此同以假借而否認「亂、敵」、「苦、快」等例之可爲反訓。

八、誤說謬成

此蓋不以反訓爲然，以爲必由種種誤謬造成。

（一）賈昌朝

《群經音辨》卷七：

> 經典大抵以亂爲不理，亦或爲理。夫理、亂之義善惡相反，而以理訓亂，可惑焉。若以古文《尚書》考之，以乿、亂字別而體近，豈隸古之初傳寫訛謬，合爲一字而作治、亂二訓，後之諸儒遂不復辨之與？（頁4）

明彥按：此以傳抄形訛而誤合二反義詞爲同形，故造成反訓之假象。

（二）林之奇

《尚書全解》卷三十一：

> 賈文公曰：「……。經典大抵以亂爲不理，亦或爲理。夫理、亂之義善惡相反，而以理訓亂，可惑焉。若以古文《禹〔尚〕書》考之，似〔以〕乿、亂字別而體近，豈隸古之初傳寫訛謬，合爲一字而作治、亂二訓，後之諸儒遂不復辨之歟？（頁27）

明彥按：此全引賈昌朝語爲說，不有異見。

（三）黃生

《義府》卷上「少艾」條：

> 古外與艾同音，故謂美男爲少艾。……。又《曲禮》：「五十曰艾」；《方言》：「東齊魯衛之間，凡尊老謂之俊，或謂之艾。」則艾本老稱，今反訓美好，思之似誤。

《義府》卷下「面縛」條：

> 或謂古人多反語，故謂背爲面，如治之爲亂、馴之爲擾、香之爲臭，其例可見。此蓋昧于字義之俗說。古治字本作乿；馴擾之字本作㧓；臭爲香氣之總名，其臭腐之字本作殠，後人傳寫訛謬如此，豈古人之意哉？若面之訓背，乃偭字耳。

明彥按：「少艾」條僅謂其似誤，而未究其原因。「面縛」條則迳以爲形訛所致。

（四）閻若璩

《尚書古文疏證》卷四：

> 魏博士張揖《廣雅》十卷，以爲補《爾雅》未備，曰：「陶，喜也、憂也。」從來訓義之反覆用之者，惟以臭爲香、亂爲治、擾爲安、苦爲快，未聞以喜爲憂。如陶字此訓義，竊恐亦因王〔逸〕註而誤，大抵魏時已然。

明彥按：《疏證》卷四又謂：

> 王逸註〈九辯〉「豈不鬱陶而思君兮」，曰：「憤念蓄積胸臆也。」不知……，惟鬱陶思君乃喜而思見之辭，故曰「豈不鬱陶而思君兮」。

是以「鬱陶」本爲「喜」義，作「憂」者，爲王逸之誤解。後人因之，遂又使「鬱陶」謬成「憂」、「喜」之反訓矣。

（五）倪濤

《六藝之一錄》卷二四六：

> 經典大抵以亂爲不理，亦或爲理。夫理、亂之義善惡相反，而以理訓亂，可惑焉。若以古文《尚書》考之，以乿、亂字別而體近，豈隸古之初傳寫訛謬，合爲一字而作治、亂二訓，後之諸儒遂不復辨之與？（頁 28）

明彥按：此摘錄賈昌朝語，唯並未注明出處。

大體而言，此八項認知又略可分爲四項態度，其一，「用爲文例」與「正反同詞」二者乃直承郭說，而略無申論；其二，「古人用字」、「統言析言」與「引申所致」三者涉及原因之解釋；其三，「相反爲訓」者則有動詞性之用法；其四，「假借虛繫」與「誤說謬成」二者則不以爲反訓。就表面視之，吾人似可因而認爲古人對於反訓，可能表現爲習以爲常、推究原由、用爲訓詁以及直接否定等四種相異之態度，並且在此四種態度下產生種種爭議。不過如果略略窺入諸家實際表述，殆不難發現如此認知不免小覷了古人，蓋古人之理解反訓並非毫無批判地逕依郭說，乃在個例之分析中依其具體情況而有所取捨的。

在上述三十二家以與八項認知之歸納中，吾人可以發覺，若李、閻、段、郝、鄧等六人乃所持非一，而重複歸類者：

1. 李冶：「正反同詞」、「古人用字」
2. 閻若璩：「正反同詞」、「誤說謬成」
3. 段玉裁：「統言析言」、「引申所致」
4. 郝懿行：「統言析言」、「假借虛繫」
5. 鄧廷楨：「正反同詞」、「古人用字」
6. 劉師培：「正反同詞」、「古人用字」

其中李、段、鄧、劉四人係未曾反對反訓者。段氏所言二項，與夫李、鄧、劉氏之「古人用字」一項，乃皆由原因立說。這自然可以推想，潛藏在「用爲文例」、「正反同詞」下，古人對於郭說並不是略無批判地照本宣科的。而更重要的是，閻、郝二氏分別在「正反同詞」、「統言析言」上略無疑義地接受了反

訓，卻分別在「誤說謬成」、「假借虛繫」上否定了反訓的成立，更透露出古人在反訓上恐怕不是含糊籠統地全盤肯定或是否定，而是針對個別例證的分析有其不同之去取。以是，如果換個角度，不以人為單位，而轉由諸家之認知、態度做為觀察，則不難見出，基本上由「古人用字」、「統言析言」、「引申所致」等三者而來的反訓現象，是為古人表示認同的。除此之外，「假借虛繫」、「誤說謬成」（含形訛、舊註誤導等）則一般不視為反訓。只是其中如郝懿行、閻若璩二氏顯然反對的只是個例之不應歸為反訓，並不是反訓的本身。至於賈昌朝、林之奇、倪濤三者同出一源，所駁斥者只在「治亂」一例，只有朱駿聲、黃生二氏似乎較為直接地否定了反訓的存在。然則不論肯否，諸家一般皆有其理，以視「用為文例」、「正反同詞」者，雖然並未直陳其理，然則李、閻、郝、鄧、劉五氏亦足以令人推想，其餘諸人在接受、引用郭說的背後，恐怕也不將是渾渾噩噩的。

因此，應該可以說，反訓的概念自郭璞提出後，除了獲得普遍的接受外，多半已能析其理據，而有所取捨。〔註19〕如上所述，本文認為郭璞的本旨大體是在「正反同詞」的，迄至民初楊樹達以前，這個內涵基本上是沒有改變的，「用為文例」自不待言，若「古人用字」、「統言析言」、「引申所致」三者所解釋者在於是，而「誤說謬成」、「假借虛繫」二者所反對者亦在於是，以視「相反為訓」一項，雖已做訓詁方式言，然如劉淇、陳玉澍仍直引郭注「義有反覆旁通」之語，是不外同在「正反同詞」之基礎上而得「相反為訓」，若此，則「相反為訓」之本質可不在毫無理由地逕以反義詞做解釋，而是在一詞兼有正反二義的情況下，該詞在某些語境的使用恰為反義，故訓解者亦不得不以反義去為之訓釋了。

約而言之，古人反訓之所指，可說只在一詞兼正反二義之現象，至其成因則在古人措詞之反用、修辭之渾言與夫詞義自然之引申諸端。外此，如假借、形訛以及種種誤謬產生正反同詞之假象，則一般是不被視為反訓的。

〔註19〕從上述的整理來看，「古人用字」、「引申所致」、「統言析言」、「誤說謬成」以及「假借虛繫」等五項原因面似乎較集中在明、清以後。不過緣於明代以前直陳反訓之材料本少，復以「統言析言」有唐代孔穎達、「誤說謬成」中有宋代賈昌朝、林之奇，因此本文未敢遽下斷言，認為這些原理的分析是明清以後才發生的事。同時，這也正是本文未依時代言其流變之因。

　　且不論其研究之眾寡，反訓之概念發展至此殆已頗見完備，是如董璠之言其「存而不論」者，恐不爲確；而謂其「習爲故常」雖不盡虛言，唯習則習也，卻非不知所以然，乃眞以爲可視爲故常也。

第二節　現代反訓研究論析

　　現代反訓研究的提起，一般可以董璠爲之起點。若姚榮松所謂：

> 「反訓」初亦不爲訓詁學者重視，隨著徐世榮（1980）〈反訓探原〉，
> 徐朝華（1981）〈反訓成因初探〉二文的出現，討論者竟如雨後春筍。
> （〈反訓界說及其類型之商榷〉）

其中徐世榮即自董璠而出者，故葉鍵得則直云：

> 年來，有關字義反訓之研究，頗爲熱絡，先有 1937 年董璠氏發表〈反
> 訓纂例〉，再有 1980 年，其學生徐世榮發表〈反訓探原〉後，引發
> 學者研究之興趣，此類研究乃蓬勃發展，如雨後春筍，不僅廣爲訓
> 詁學者專論所討論，亦爲語言學者論著所重視。（《古漢語字義反訓
> 探微》，頁 19）

然而固不知董璠之據依若何，〈反訓纂例〉一入手，其內涵便與前此大異。若其破題即謂：

> 古人訓解文字之例，以形義爲訓，以聲讀爲訓，以聲義相近譬況爲
> 訓，以蘊義相反對待爲訓，其例咸自《爾雅》、《說文》。

將反訓與形訓、義訓、聲訓並列而涵於「訓解文字之例」中，不免造成將反訓視爲一種訓詁方式的假象。其後分析反訓成因之大略，又云：

> 夫意寄於聲，聲托於字；聲從義起，形依聲定。形具而音寄其中，
> 而義寄其中。古人因聲音而制文字，藉文字而通訓詁，訓詁者，以
> 今語譯通古語。時有古今，地判秦越，音別弇侈，一名或且破爲多
> 音，一聲或亦孳乳數字。求之經籍，其例斯在。反訓之字，諒亦同
> 科。義有本義，有引申之義，有假借之義；音有正讀，有轉讀，有
> 假讀之音。……反訓之起，實亦原此。覈其大較，或由意義引申，
> 或由音變假借。假借本取聲近。諸反訓之字，或元無本字，或各具

本字，倉卒施用，讀音不異，而字義相違。（〈反訓纂例〉）

以引申、假借做為反訓構成之二途，雖然透顯做為一種「訓詁方式」，反訓其實仍奠基在「正反同詞」的現象上的。不過前人所一致駁斥的假借，在此卻成為董氏合理的原因。其後董氏更謂：

考反覆旁通相因互生之訓，經籍相承，所在皆是。至于方言俚諺，例證亦多。案反訓，惟以轉注假借迤變演生，綜其大別，約得兩類：曰字同義反；曰聲同義反二者而已。雖然，審其條目，猶有十焉：一曰同字同聲反訓；二曰同字異讀反訓；三曰從聲反訓；四曰易形反訓；五曰表德反訓；六曰彰用反訓；七曰省語反訓；八曰增字反訓；九曰謔諱反訓；十曰疊詞反訓。（〈反訓纂例〉）

顯然董氏執郭注之話頭，將反訓擴大解為「反覆旁通相因互生之訓」，以是除了一般以為「字同義反」之訓外，又增加「聲同義反」一項，使得反訓由「正反同詞」偷換成了「正反同源詞」之概念。

董氏既不曾明確表示，吾人也很難確定這種異同究竟來自有意的擴展，或是無意的誤解。而如果就學理而言，其所指出的原因殆無有超越古人，而其去取之標準甚至遠遜於古人。蓋引申本為詞義演變之常態，古人既明於此，自亦習為故常，唯以其易啟疑竇，故時有約略提示者。而假借，以及其他因訛誤所產生之反訓，既得糾謬而復為原貌，則反訓之構成自是瓦解。至於同源之反訓者，一則實為二詞，一則同源意義之變化實亦同為引申之作用，以為反訓，不僅在現象上有所牽強，論其原因亦不能增益對反訓的理解。是認知體系容有質疑，而其細分之十類反訓亦不待更去深論了。

董氏而後，又有齊佩瑢者持相反之論，申言反訓之不應成說。其言曰：

我曾作相反為訓辨一文，旨在闡明反訓只是語義的變遷現象而非訓詁之法則，對舊說之謬誤者加以辨正。[註20]

此中自是表達了二項訊息，其一，齊氏以為反訓是一種「語義的變遷現象」；其二，齊氏只是反對將「反訓」用為「訓詁之法則」。就前者而言，齊氏以為反訓可有五類：「授受同詞之例」、「古今同辭之例」、「廢置同詞之例」、「美惡同詞之

〔註20〕見《訓詁學概論》，頁 178。又〈相反為訓辨〉實未見之，不過據齊氏自言，其要者已摘入《訓詁學概論》，本文即據此以述其意見。

例」、「虛實同詞之例」。〔註21〕然同時又否定了五項誤認之反訓：「不曉同音通假而誤以爲反訓者」、「不達反訓原理而強以爲反訓者」、「不識古字而誤以爲反訓者」、「不知句調爲表意方法之一而誤以爲反訓者」、「不明詞類活用現象而誤以爲反訓者」。〔註22〕就後者而言，齊氏主要指的其實只是顧名思義地將反訓視爲訓詁的方式，故齊氏又曰：

> 語義演變的恰成相反者，自不得叫做反訓。嚴格地講，「反訓」這個名詞根本就不能成立，訓詁是解釋古字古言，基於相反的原則而去訓釋古語，才可以叫做反訓；現在既知這些例子不過是語義演變現象中的一小部份，那麼，就不應再名爲反訓而認爲訓原則了。（《訓詁學概論》，頁191）

因此質實而言，齊氏之概念與古人並無不同，只在「反訓」一詞的適用性上有所歧異而已。不過齊氏似乎並沒有意識到這個共相，以是同樣以爲自郭璞而下的反訓概念說的都是方法義：

> 漢人傳注雖知臭訓爲香，但尚無反訓之名：……。至郭璞注爾雅方言始有其說。……。自此以後，一般小學家輒誤以爲訓詁之原則，且有以爲訓詁之方法者，於是凡相反者皆可相訓矣。流弊所及，漫無涯涘，作俑者始於郭氏，推衍啓自清人，不得不加分辨也。（《訓詁學概論》，頁178）

從董、齊二家的論述中，可以看到二個端倪：

1. 且不論如何理解反訓，「反訓」一詞幾已取代「美惡不嫌同詞」、「義有反覆旁通」、「倒語」、「相反爲訓」等描述，而成爲此類現象之固定用語。

2. 誤解古人反訓之認知與操作，並直接認定其概念之不成熟，而不能更詳爲探究。

同時也可以看到其間可能的三項爭論之處：

1. 反訓定義之不一。

---

2. 反訓成因。

3. 反訓之肯否。

　　而此三者雖表現爲三項異議，究其實亦環環相扣者。蓋不論肯否之二方，諸家有志一同地訴諸成因以爲判定之根據。而定義之不同，又影響成因之追溯與夫態度之肯否。若董氏之反訓只針對表象之義兼正反，以是不論出於引申、孳生，抑或假借、誤謬，只要最後造成一字或同源詞中出現義兼正反者，皆得稱之爲反訓。而齊氏之反訓則嚴格限定在無端之反義同詞，以及反義爲訓，以是只要得其聯繫，則一切現象皆不爲反訓。是所持定義不一，僅管所見或同，而竟亦態度判然了。

　　董、齊而後，果如姚、葉二氏所說，討論反訓之文章時有所見，然討論雖多，爭議卻依然存在，甚至更大膽地說，在數十年來現代、科學的分析後，其對反訓的理解亦不能逾越清人藩籬。具體而言，反訓的定義仍然莫衷一是，在眾說紛紜的定義下，反對、肯定者仍大有其人；而所歸納的反訓成因在原理上實與前說無異。

　　董、齊之後的研究，在葉鍵得《古漢語字義反訓探微》一書中已彙整得頗爲詳細，茲就其中論之較爲具體者，併增益本文另見之三家，可得二十三家（其中明確否定反訓之成立者五家）。以爲此時期之觀察基礎。自然，這並不將是鉅細靡遺的全盤，不過，謂一般常見、主要之意見皆在其中，或者也不爲過了。爲免疊床架屋，又虛增篇幅，以下不擬更一一分析，僅依著作發表先後列表如下，明其意見之大要，至其原始論述，則可參酌本章之附錄。

	定義		成			因	
	現象義	方法義	引申所致（一般）	引申所致（對立）①	引申所致（使動）	引申所致（轉品）	引申所致（同源）
林　尹（陳新雄同）	一字兼具正反面的意義		義本相因，引申之始相反者			音轉關係（詞性轉變）	音轉關係
徐世榮	義兼正反		引申反訓				破讀反訓
徐朝華②	一個詞含有相反兩義的現象	用反義詞來解釋詞義的方法	〔遠引申、近引申〕③			〔動作行為轉為動作對象〕	
李萬福		對字義的相反訓釋					
蔣紹愚	一詞具有兩種相反的意義		詞義的引申〔肯定〕④		一個詞有兩種"反向"的意義〔使動；肯定〕		
周　何	義有正反	相反為訓					
王玉鼎	一詞含有相反兩個義項		詞義引申			語法作用（名詞作動詞用）	
余大光	同一詞形兼有正反二義的詞		引申反訓				
趙克勤	一個詞具有兩個相反的意義		詞義的引申〔主因〕				
段家旺	一個詞有正反兩個對立的意思		反正引申（不同角度）	反正引申（對比聯想）	使動轉義		
姚榮松	反義同詞、反義共字		引申反訓				同源反訓（破讀反訓）
王松木		以反義詞解釋詞義的訓詁方式	引申反訓因果反訓		施受反訓⑤	轉化反訓	
毛遠明		以反義相訓		反向引申〔肯定〕			
楊志賢	一詞而義兼正反的語言現象		本義蘊含事態發展的兩可性	對立思維的作用			
葉鍵得	反義共詞		引申反訓	引申反訓（反向引申）			
龍師宇純⑥	一個詞具有正反兩面的意義⑦	凡遇一字不能按其常義解釋，便用反面的意義去說	語義的演變⑧義的引申			某事某物謂之某，除去某事某物亦謂之某	
胡師楚生		基於相反的原則去訓釋	引申演變			詞性的變異	
王　寧⑨	反義同詞⑩	相反為訓⑪		反正的引申			
應裕康（竺家寧同）		反義訓釋	詞義的變遷			詞性的變異	
余雄杰	同形反義詞⑫		詞義引申詞義演變⑬			詞類活用	

	成		因				
	統言析言（上下義位）	統言析言（一體二面）	古人用字（異俗）	古人用字（殊方）	古人用字（省語）	古人用字（隱諱）	假借（假借）⑭
林尹（陳新雄同）					語變關係（緩讀急讀）		假借關係
徐世榮	適應反訓	內含反訓	異俗反訓	殊方反訓	省語反訓	隱諱反訓	假借反訓
徐朝華	美惡同辭	施受同辭					同音假借⑮
李萬福	別名釋共名						
蔣紹愚	一個詞具有兩個相對立的下位義〔否定〕	一個詞有兩種"反向"的意義〔肯定〕	不同時期中褒貶意義的變化〔否定〕			修辭上的反用〔肯定〕	
周何		一體兩面、同時存在、相輔相成					
王玉鼎	上下位概念	因動作涉及雙方而形成反義同詞⑯					
余大光		內含反訓					假借反訓
趙克勤	詞義的分化	詞本身就隱含著方向性					
段家旺	原義分化〔上下義位〕	原義分化（施受取予同詞）					假借反訓（本無其字）
姚榮松		正反同詞（內含反訓、施受同詞）					假借反訓
王松木	內含反訓		異俗反訓	殊方反訓		隱諱反訓	假借反訓⑰
毛遠明	上下義位〔否定〕	一詞有反向二義，相反而相因〔肯定〕					文字假借〔否定〕
楊志賢	在上義位下，具有兩個意義相對或相反的下位義	施受角度不同	褒貶變化〔否定〕			反語〔否定〕	假借〔否定〕
葉鍵得		正反同詞					
龍師宇純		一事的二面					假借
胡師楚生				聲音的轉移			
王寧		施受同詞〔否定〕⑱	褒貶義共中性詞〔否定〕			修辭的倒反格〔否定〕	
應裕康（竺家寧同）				方言的不同			
余雄杰		造字之初內含正反施受兩義	因禮儀褒貶詞義的感情色彩			修辭上，或反語或比喻或忌諱，往往而正義反用	假借通假（假借）

	成因				
	假借（通假）	訛誤（形訛）	訛誤（同形異字）	訛誤（其他）	其　他
林　尹（陳新雄同）					
徐世榮		混同反訓		訛誤反訓	否定反訓 互換反訓⑪
徐朝華					
李萬福					望文生訓〔解意不解詞〕 訓詁家見解相反
蔣紹愚			一字兼相反兩義，而不是一詞兼相反兩義〔否定〕	沒有區分字和詞而產生的一種錯覺〔誤植義項；否定〕	
周　何					
王玉鼎					其他原因
余大光					
趙克勤					
段家旺	假借反訓（本有其字）				詞義感應
姚榮松					
王松木		混同反訓			
毛遠明			沒有分清字和詞〔否定〕		
楊志賢		〔形訛；否定〕			
葉鍵得					
龍師宇純				〔誤解詞義〕	〔感知不同〕 其他
胡師楚生	同音的通假			句法的形式變化	其他
王　寧				反問句〔否定〕	
應裕康（竺家寧同）	同音的通假	形近的誤寫		句式的變化	
余雄杰	假借通假（通假）				

說明：

① 「對立引申」乃強調直接引申出對立面之意義者，而「一般引申」只泛論引申耳。

② 本文撰作時，徐朝華、李萬福、應裕康諸作及王寧〈反訓析疑〉一文未及閱見，以下所列各家意見，大抵根據姚榮松〈反訓界說及其類型之商榷〉（以下簡稱「姚文」）與葉鍵得《古漢語字義反訓探》（以下簡「葉書」）之引述。

③ 表中意見盡可能援引作者原文，唯部分作者（若徐朝華者）陳述較長，則只概括其意，而以〔 〕別之。

④ 部份學者雖多方歸納「反訓」成因，然其中或有肯否之不同，亦以〔 〕附註於後，如蔣紹愚、毛遠明是。

⑤ 一般云施受同辭者，皆以為事物內含兩向之義，唯王松木以使動視之，故置於此，與他者不同。

⑥ 龍師該文主要分析郭璞六例以為駁斥反訓之基礎，故未全面歸納所謂「反訓」之所有成因也。

⑦ 基本上，龍師認同一個可能兼有正反兩義，只是現象的形成不能是無端的。〈論反訓〉有語謂：「果然一個字具有正反兩面的意義，必然有道理可說，有途徑尋；絕不是隨便反覆其義而用的。」

⑧ 「語義的演變」，似即引申之謂也。然龍師之言此者，乃由郭璞「以臭為香」之例而來也。龍師以為：「原來臭字本來只是氣味的總稱，……至於後來臭為惡腐之氣，顯然是語義的演變。」並謂：「而且我們還可以從臭字演變到腐惡之氣，其作氣味解的本義即不復存在一點看，更顯見其為語義的演變，並不是甚麼反訓。」似與一般引申又有些微之不同，蓋引申義與本義原無排擠效應，而龍師所謂「演變」，則是一義的先後變化耳，並不別出另一引申義也。據此，本應將二者分別對待，唯因不論引申義有無別出，而新義之變化、生成，皆不能外於本義之聯想，是就其動因言，仍不妨與引申並列也。

⑨ 本表歸納王寧之意見主要依據〈談比較互證的訓詁方法〉(《訓詁與訓詁學》)及〈論"反訓"〉(《訓詁學原理》)二項資料。前者依王氏書中自序,乃多爲陸宗達之意見而由王氏筆述者,是本宜二家並列也。唯該書論及反訓者,只在「施受的引申」與「反正的引申」二端,實較後者爲略,且攝於後者也。故此且不列陸氏,而略作説明如斯。

⑩ 王寧之態度與龍師略異,蓋龍師以其「有道理可説」,不必別稱之「反訓」。而王寧雖棄「反訓」之名,固又以爲「反義同詞」、「反義共詞」可爲表述也。

⑪ 此又細分爲兩種情況:「一種是反義詞互訓」,「另一種是同一個詞可以用一對反義詞來分別訓釋」。詳見《訓詁與訓詁學》,頁117。

⑫ 此與王寧態度相近,皆以「反訓」一詞易致混亂,故主張定位爲「同形反義詞」。

⑬ 余雄杰「詞義引申」爲一般引申,與「詞義演變」別爲二項,意不甚明,唯後者所舉僅「落、始」一例,在解釋上與王松木之因果引申頗同,姑比類視之。

⑭ 假借與通假之分合,爲諸家所不一致者,從分者,表中列爲二項,至從合者,則一概置於假借(假借)欄,蓋於訓詁學中泛言假借者,多包含通假也。

⑮ 此又分二項,其一爲本義或基本義與假借義相反;其一爲兩假借義相反。見葉書,頁197。

⑯ 項下王氏又曰:「包括施受同詞、買賣同詞、借貸同詞和求與同詞等四小類。」(〈反義同詞的產生、發展和消亡〉)

⑰ 項下又分爲二類,王氏曰:「同音假借可分成以下二類情形:(1)本義與假借義具有相反關係,如乖、愉。(2)相同的字形具有兩個語義相反的假借義,如龢。」(〈經籍訓解上的悖論〉)大抵同於徐朝華之所分。

⑱ 王寧不以爲「反義共詞」者,計「施受同詞」、「褒貶義共中性詞」、「修辭的倒反格」、「反問句的句面義與實際意義的相反」等四端,俱見姚文引述之〈反訓析疑〉一文。至〈談比較互證的訓詁方法〉中只見「施受的引申」一項,亦不與反訓並論也。

⑲ 「互換反訓」下徐氏所舉二例者,一爲「攘」、「讓」之互換:「『攘、讓』二字混用已久,是『古今字』,是兩字互換。於是兩字都各有正反二訓。」一爲「逆」之代「屰」:「『逆』字本來只作爲迎受之義。……依錢〔坫〕氏所證,秦以後才以『逆』代『屰』,經書作『逆』,是秦漢以後所寫。由這個古今變化,使『逆』字產生正反兩訓。這是一字兼代另一字,一身二任,與前條『攘、讓』互換又稍不同。」一般而言,「攘、讓」、「迎、逆」二例多以施受同詞(源)解,唯視徐氏之所釋,意實不在此。蓋不論二字淵源是非,徐氏所強調者,只在相異二字之混用一節耳。故本文不以歸諸同源、一體二面或形訛,而別入「其他」也。

　　表中自林尹至葉鍵得等十六氏是對反訓持肯定或不表反對者;至龍師以下六氏則在態度上較爲直接地反對反訓之標舉。在贊成、反對二項下,主要則依其意見發表之先後爲序。

　　自然,乍見此表,確實令人感覺眾說紛紜。從反訓的名稱、定義,乃至於種種成因的發掘、表述,似乎皆是各執一詞的自是其是。這或者便是一般以爲反訓研究的層出不窮,以及日見的「蓬勃」。然而如果僅就其大者,自其論述目的與理路視之,則其中之共相殆亦不難見出。

　　誠如上述所言,反訓的爭議主要可謂集中於密切相繫的定義、成因與態度之肯否三件事情上,而其中的又以成因一項最爲核心。因此,以下的討論擬以成因的理解爲主,做爲釐清諸家議論的基礎。

　　針對反訓成因一事,本文以爲首先應該先行指出的是諸家討論反訓的心態,或是局限。具體而言,如果暫且將重心移出反訓的各項成因,而略爲斟酌諸家提出成因的語氣,其實不難見出,儘管在極多數的論述中,各家或者執簡御繁、或者鉅細靡遺,對反訓歸納出了許多主要次要、內在外在的條例與現象,不過卻罕有學者能夠肯定、或以爲反訓的成因已經可以被全盤掌握。以是表中可見態度較爲謹慎,如王玉鼎者,便見列有其他一項。至於分類最細、取材最廣的徐世榮,其十三項成因也只能是據其所蒐集 505 個反訓例中歸納出的結

果，不能保證反訓再不能溢乎其外。事實上，郭璞所指七例中，《方言》卷十二「幬、蒙，覆也。幬，戴也」一條即未見列。〔註23〕以是，諸家多半只能執其要者言其大概，而不得不仍保持一種保留與多元的心態。

是諸家既知條例之不完，其所言條例一般而言，殆亦只在確定反訓的肯否而已。是否定者執其要項以爲反訓是爲常態，毋需標舉；而肯定者亦以其要項欲證反訓之必然存在也。循此意圖，對於反訓成因的掌握或者便可以找到一個較爲明確而有效率的立場與層次，不必漫無節制地周旋在參差零亂的具體細節上了。

這裏，或者不妨仍以上面歸納古人的架構先做一個基本掌握，一則古人的理解實已頗爲扼要，一則亦可從中見出其古今之異同。以是，如同表上所列，現代學者之意見大抵皆可攝於古人所謂「引申所致」、「統言析言」、「古人用字」、「假借」與「訛誤」等五項中，〔註24〕甚至在許多細項上亦同於古人，甚至直承古人者，具體而言，可如下述：

1. 「引申所致」（一般）：有王（念孫）、段（玉裁）、孔（廣森）、章（太炎）、黃（侃）等人及之。

2. 「引申所致」（對立）：同段玉裁「窮則變，變則通」之理。

3. 「引申所致」（轉品）：王念孫所謂：「枉謂之匡，故正枉亦謂之匡」即見此理。而林尹之所述，實即直引劉師培《小學發微補》之意而來。

4. 「引申所致」（同源）：亦林尹所直承章、黃之意者。

5. 「統言析言」（上下義位）：孔穎達釋《尚書・盤庚》中「臭厥載」之「臭」即此意。

6. 「統言析言」（一體兩面）：王念孫云：「斂爲欲而又爲與，乞、匃爲求而又爲與，貸爲借而又爲與，稟爲受而又爲與，義有相反而實相因者，皆此類也。」已見乎此；郝懿行「逆迎」之說、楊樹達「施受同辭例」

〔註23〕要之，這畢竟只是「歸納」的結果，而歸納法的最主要局限便是歸納的條例只能就其已見的樣本言其現象耳，儘管仍然可以得出若干條例，然而一則不能直接以條例爲原理，一則更不能逕以擴及其它未見樣本也。以是即使徐氏欲言其全面，殆亦無由置信也。

〔註24〕這裏將「假借」、「訛誤」二項去其「虛繫」、「謬成」字眼，主要是因爲現代學者所見成因不二，卻有不以爲非者。

則更爲明白的指出。

7. 「古人用字」（殊方）、（省語）：同爲林尹據劉師培《小學發微補》之
意所述。

8. 「古人用字」（隱諱）：李冶《敬齋古今黈》所謂：「世俗以可愛爲可憎」；
張尚瑗《左傳折諸》言「魯人以爲敏」者得見此意。

9. 「假借」（含通假）：郝（懿行）之釋「緣」；朱之釋「亂」、「苦」等皆
屬之。

10. 「訛誤」（形訛）：可見賈昌朝《群經音辨》釋「亂」之說。

執與古人相較，大抵皆可攝入「引申所致」、「古人用字」、「統言析言」、「假
借」、「訛誤」五項。其中只有「使動」、「異俗」二項是古人所未明確指出的。
然則雖未指出，此增益之項目仍可納入「引申所致」與「古人用字」之二類。
以是就其大體而言，現代學者在反訓成因之認識較之古人，實亦不見有太大的
擴展。

進而言之，誠如姚榮松所指出的：

既然反訓一名的界說至今莫衷一是，因此從各家對材料所做的分
類，就可以透視其分類標準，這些標準正是各家界定反訓的主要依
據。我們認爲這些異說及不同標準是具有層次性的。試析如下：

（一）依反訓稱述法作爲分類依據……

（二）按相反兩義之間的關係爲分類的標準……

（三）以反訓產生的原因或來源作依據（〈反訓界說及其類型之商
榷〉）

雖然其具體分類並不見得能令人完全贊同，不過辨明諸家反訓認知不在同一層
次基本上卻是不錯的。這種現象不僅今人如此，古人自亦不異，不可諱言，通
常由異時、異地的許多古人綜合而來的分類系統，儘管已略加整理，大約仍不
免駁雜，以是如果統一層次，更就其原理言之，則上述五項成因可更統整爲四
端。具體言之：

（一）「引申」、「假借」、「訛誤」二項可維持不變。蓋引申爲語義變化之基
本規則，本爲一般共識，得不有疑義。「訛誤」則泛指諸多因爲錯誤而造成之現
象，以其多溢出語言文字範疇，難以常理衡之，且可因糾繆而返回常態，故宜

別爲一項。至假借者，如依前人之理解，本應歸爲「訛誤」中，唯因其在現代之理解多肯定爲反訓形成之一途，又在取捨間造成反訓定義的不同內涵，故亦單獨成其一項。

（二）「統言析言」一項，其中包含「一體兩面」與「上下義位」兩個細項。原本統言者只是使用者用了概括的語詞去指稱某一外延，唯因不同語境中的外延被兜攏並視，才使得「義兼正反」的現象被突顯出來。事實上，絕大多數的語詞，其外延都不只一個，以是如果把諸多外延可能造成相反相對的語詞都視爲反訓，那麼幾乎所有的詞彙都是反訓詞，譬如「人」者可有「男人」、「女人」；「顏色」可有「黑色」、「白色」；「動物」可有「草食」、「肉食」。然則卻不見有人將「人」、「顏色」、「動物」三詞稱爲反訓詞。可見單純的統言析言不能稱之反訓詞，而一般謂之反訓之統言析言也不在於此。因此，如果更爲仔細地去斟酌各家表述，其實不難發現，普遍被認同爲反訓詞的統言析言，大抵不只是一個義位的上下問題。如「一體兩面」者，首先由於其下位義常被分別爲對立的二端，以是正反的意味容易被突顯出來。表面上看來，這裏的反訓是同一件事在相對兩端的看待。不過質實而言，由於該詞多只被使用在相對的兩個下位義，以是久而久之，其外延也就漸次形成了兩個相反相對的集合。隨著使用的頻繁，該詞也就看似形成了兩個對立的「義項」，如段家旺便以「原義分化」稱之，而毛遠明亦謂之「一詞有反向兩義，相反而相因」，至王松木者，雖然理解的角度不同，然指出其具有「衍生」的過程卻是不二：

> 「施受同詞」的主要成因在於——古代漢語透過零形派生（zero
> derivation）的方式衍生出使役語義，根詞與派生詞的表層語音形式
> 毫無差別，如此便不難明瞭爲何「自動」、「使動」能爲相同的字形
> 所承載，從而產生「相反爲訓」的假象了。（〈經籍訓解上的悖論〉）

以是可以推想，各家或者自覺、或者不自覺，其所視爲反訓的眞正狀態、所贊同爲反訓的眞正理由，其實不在原貌，而在於「分化」的傾向與現象。就此而言，殆亦可歸爲引申之發用。

同理，本文以爲「上下義位」一項亦應等視，如段家旺即合爲「原義分化」一項。只是其下位義較爲多元，義項不易形成，分化的傾向也不容易看出而已。而儘管如此，趙克勤「詞義的分化」所見有此，而王松木的描述則更爲

明顯：

> 上古漢語「臭」的詞典義爲氣味，香氣、穢氣兩個下位義項通常只
> 在具體語境方才突顯出來；而後隨著規約性增強，香氣、穢氣凝固
> 成爲獨立義項與氣味等同並存，「臭」因而逐漸演化成具多義詞；此
> 後，穢氣、香氣兩義詞分別獨立成詞，使得「臭」具有歧義性而不
> 利於語言交際，於是爲了區分不同的詞義起見，便在字形上的產生
> 分化：穢氣佔據本有的載體──臭，香氣則另以香字表示。（〈經籍
> 訓解上的悖論〉）

自然，不能否認的是，有少數的學者如蔣紹愚、毛遠明諸人，於後者只著重其
涵攝的狀態，故於「一體二面」表示肯定，卻於「上下義位」中表現了否定的
態度。不過這是具體情狀的理解不同，與原理的肯否殆可無涉。

　　因此，這裏姑且依一般學者之認知，將「統言析言」置於「引申」一項。
至略有分歧之「上下義位」又別立一欄，以爲存眞，避免在籠統的彙整下，抹
殺了少數學者的認知差異。

　　（三）「古人用字」則可別爲二端，若其使用者之無意，則應如古人一般之
理解，是語言現象本即如此。自然，這並不能做爲解釋。具體而言，此類即「異
俗」、「殊方」二項，前者爲詞義演變，後者爲方言變化，乍然會合比較，可能
因其相對相反而感到突兀，然而究其源流，則一詞一語之異時異地變化，殆亦
只在引申、假借之間。至其有意者，則有「隱諱」、「省語」二項，以其說者顯
然知其詞義之本來，而故意移做他用，以爲諷、諱之表現，抑或語氣之強調，
是於本質上不與詞義之變化相涉，故亦得謂之爲「語用」。

　　（四）「其他」項中，情形較爲駁雜。首先是徐世榮之「互換反訓」與「否
定反訓」。前者指的是正反二字的交替使用。後者則以爲「矛盾的兩項」。徐氏
謂：

> 互換反訓：本爲兩字，字義一正一反，後世兩字交互爲用，或用一
> 字兼代另一字，於是任何一字都有正反兩義了。（《古漢語反訓集
> 釋》，頁 6）

又：

> 否定反訓：反訓都是否定正訓的，大多數是另解爲相對的一義，如：

內外、出入、憂喜、牝壯〔牡〕之類，並不用否定詞，也就是邏輯
學上所謂"相反的兩項"（Contrary terms）。而這類則是"矛盾的兩
項"（Contradictory terms），這類的字，本身不用否定詞而包含否定
的概念。……。王力先生《中國語法理論》第三章第十八節曾有論
述，認爲現代漢語中沒有否定性的觀念單位，一切否定性的觀念必
須建築在肯定性的觀念之上。但由古漢語反訓字例中卻可以看見有
這種例證，正是由肯定性變爲否定性的。

堊　塗飾也。又：不塗飾也。

……

左　助也。又：不助也。（同上，頁 14）

大致說來，徐氏並沒有交代出眞正的原因，如「互換反訓」者，徐氏固只注意
到互換可能造成二字字義的相混，卻沒有進一步申論何以二字得以互換。果其
毫無道理的互換，則不免要視爲訛誤。若其有理可循，恐亦不外假借、引申，
抑是同源。至「否定反訓」，雖然徐氏的論述並不見得具有足夠的說服力，不
過，倘若順其理路言之，亦何嘗不是一種反向引申的原理解釋？

　　其次，又有李萬福「望文生訓」與「訓詁家見解相反」二項。後者語義甚
明，可以不須多言解釋。前者李氏以爲乃「注疏者爲了使文義更明，據語境的
需要作了適當調整。」〔註25〕則解釋的不爲直譯，而爲意譯了。乍見之下，李
氏之論在其他學者中頗爲突兀，然則揆其論述與篇名：〈反訓即反義同詞嗎？〉
大約可以揣測，〔註26〕李氏並不將反訓定位在語言本身，而想從理解者（訓解
者）的角度去推則，何以一詞可能出現不同的理解？自然，這是扣緊了「反訓」
二字的理解，不過卻不免偏離了郭璞之意。要之，可能是一種顧名思義的理解，
因而與其他諸說有些異趣。以是在此前提下，「反訓」的造成不出在詞義，亦不
出在訓解的過程，蓋李氏實肯定了訓解者皆依其理解對語義或語意做了應然的
解釋。如此則可能出現「反訓」的部份，其實是讀者在理解訓解的時候，不能
掌握訓解者的意圖與判斷，以致擅自繫聯了二種相反的訓解，而「造成」了反

〔註25〕轉引自葉鍵得《古漢語反訓探微》，頁 201。

〔註26〕李氏之文未見，故不敢直言其意旨。自然在此情況下所做的推測是尚待進一步確
　　　　定的。

訓。就此而言，雖然發生的環節不同，究其實，終究是一種訛誤。

同理，雖然龍師宇純並未顧名思義的理解反訓，然而所論「反訓」之「成因」其實乃爲一般既成之誤解，故將會、而且必然包含一切有理無理之現象。其中本文列爲其他項中的感知不同，大約則可與「訓詁家見解相反」一項等視。

最後，又有段家旺的「詞義感應」說。段氏謂：

> 所謂詞義感應，就是甲、乙兩個不同意義的詞，如果經常連在一起使用，就可能在詞義上彼此受到影響而互相滲透，使得甲詞在單獨使用時，有時也具有乙詞的意義；或者乙詞在單獨使用時，也具有甲詞的意義。如果甲、乙二詞的意義又相對相反，就會產生正反同詞的反訓現象。如：

> "塘"，……。本義是堤岸。……。後來由於"池"與"塘"經常連用組成偏正詞組"池塘"，"塘"受到"池"義的影響，單獨使用時就有了"水池"的意義了。……。一訓"岸"，一訓"池"，是爲正反同詞。（〈反訓成因論〉）

二詞連用而使得單詞的意義發生改變，這種情況雖不多見，亦不能說無有，如「戶」之一字，分別與「門」字、「窗」字連用成習，則似乎帶有「門」、「窗」二義。不過，這是不是段氏所謂的「互相滲透」卻有待商榷。段氏於此僅舉一「塘」字之例欲以證成其說，質實而言是不具說服力的。其一，以「池」、「塘」二字爲正反干係實不無疑問，蓋「岸」與「池」二者原本就不具典型的相對性，而況在「池塘」一義中，「池」爲「池塘」之「水」，「塘」爲「池塘」之「岸」，前者固爲本體，後者實乃外形。是不論稱「池」、稱「塘」，所指皆爲一物，殆不有正反可言。其二，若就「塘」字何以出現「池」義，其重點恐怕亦不在合稱「池塘」之後，相反地，這裏應該追問的是，何以「塘」字得與「池」字並稱以謂「池塘」？正如上述，這恐怕是由於「堤岸」呈現了池的外形，本身便可能用以指稱「池塘」，若此，則「池塘」二字殆可視爲同義複詞，不待「池」字之「感應」而後始有。

以是在相對性與形成過程皆不能確立的情況下，段氏之主張實在難以令人產生認同。不過，這自然是針對其呈現之現象與材料所設想的理解，雖然可能因而否定了段氏之成因，不過卻不能用以否定其想法之存在。要之，如果回到

段氏之理路來看待這個過程，二者本非同義，只因習於連用而使詞義同化，緣於缺乏理性的規律，恐怕也應視爲是不能辨明各自本義的一種誤植了。

因此，總括言之，現代學者所提出之成因，仍不外於「引申」、「語用」、「假借」、「訛誤」等四項。

以此層次視之，不僅更縮小了古今學者的異見。而即使更將略有爭議之清末民初諸家分別對待，所異於前此者，計章太炎「同源」與夫劉師培「殊方」、「省語」等三說，其實也不能更超出引申、假借以及語用等三項的範圍。

在這個基礎上，如果再去理解各家在其定義的認知下，對反訓態度的肯否以及諸多成因的取捨，則情形或者可以單純許多。

在上面的討論中，本文曾經提及，有清（含）以前，諸家對郭璞之說的理解，也許有其解讀上的分歧，不過，基本上在現象的認識皆指向一詞之兼含正反二義。並且，不論是各家之有意援引郭說，抑是後人以其現象之類同而等視者，一般在用語上亦是各說各話，未能形成固定、普遍之術語。這種情況在現代則適正相反。大約自董璠而後，現代學者在反訓內涵、成因的認識漸次分歧，卻在「反訓」一詞上達成共識，用以表述諸般以郭說爲典型、核心的各種現象。以是儘管談的都是「反訓」，而各家心中相應浮現的材料、現象卻互有參差。以是爭議自是難免，卻也始終難以取得溝通、達成共識，徒然浪費許多筆墨，在一個莫須有的議題上。

具體而言，這裏主要有二個造成誤解的癥結：

（一）現代學者在反訓的定義上其實是三種異說的錯綜，這在上列的表中大致也可以見出。首先比較明顯的是表中分別列示的現象義與方法義二者，前者指的是「反義共詞」；後者則是「反義爲訓」。而如果仔細分辨，則不難見出，在現象義下，如徐世榮、王松木二者，是取材比較全面，又比較考慮現象面的，如徐氏論「訛誤反訓」謂：

> 正反兩訓由於引書錯誤。這本來沒有什麼研究價值，但是後人不能
> 審辨，就相信了錯誤的訓解，影響閱讀古書。（〈反訓探源〉）

而王氏釋「混同反訓」亦謂：

> 原本兩個語義相反的詞語，因其形體近似而相互混用，時日既久，
> 積非成是，後人早已不解詞語本貌，誤以爲一字兼有正反兩義，即

成「混同反訓」。（〈經籍訓解上的悖論〉）

是顯然不論造成過程之合理與否，只要有人以爲是「反訓」，皆廣而納之者。由是則不妨稱之爲「反義表象」。其次，如林尹「一字兼具正反面的意義」，以及余雄杰所謂「同形反義詞」，其實包括、或實指的應是「反義共字」的情形，再者，其餘多數學者則在語言立場下，談的是「反義共詞」。

而在方法義中，如徐朝華、李萬福、周何等，原本兼有現象義之概念，所言反義爲訓一般是以義兼正反爲前提的。至王寧所反對的「相反爲訓」，基本上則脫離語言現象，說的是一種「訓詁原則」。

（二）由於語言文字的依舊混淆，抑或不能完全擺脫舊說的權威或依賴，甚而只是用詞的不夠嚴謹，諸家在所持定義之內涵與外延的取捨間常不能一致。如徐朝華者，在語言立場定義反訓爲「一個詞含有相反兩義的現象」，卻仍包含了文字易用的「同音假借」。而段家旺則於論述間多用「詞」爲主語，若其定義所云「一個詞有正反兩個對立的意思」，乃至結論卻謂：

表現在詞義方面，就是在一定條件下詞義會向對立面轉化，形成互相對立的兩種意義共存於一個詞（字）裏的特殊現象。

則所論是混合「共字」的範疇的。

便是在認定的內涵各自不同，且又不能精確地操作定義，以致反訓的討論多半在名實的誤解上兜圈子，難有更實際的進展。

約略彙整，各家定義大概可以歸納爲五項認知：（1）「反義表象」；（2）「反義共字」；（3）「反義共詞」；（4）「反義爲訓」（現象基礎）；（5）「反義爲訓」（訓詁原則）。而如果更「循名責實」，則其相應之外延應該如下：

反訓定義成因配合表					
	成		因		
	引　申	語　用	假　借	訛　誤	無　端
反義表象	✓	✓	✓	✓	
反義共字	✓	(✓)	✓		
反義共詞	✓	(✓)			
反義爲訓（現象基礎）	✓	✓	✓	✓	
反義爲訓（訓詁原則）					✓

一般說來，「反義共詞」強調的是語言的相同，以是只有「引申」可以符合其要求。「反義共字」則又增一項字形之相合，故儘管承載的語言不同，而「假借」一項亦得見列，至「反義表象」者緣於只重現象之形成，故「引申」、「語用」、「假借」、「訛誤」四項俱可爲其「成因」。其中只有「語用」一項可有爭議。典型的「語用」一般指的是「隱諱」（反語），單純地來說，反語是一種修辭技巧，基於「故意」將話反用，以達成一種迂迴、諷刺的效果，在此情況中，語言的意義其實是不發生改變的，如果語言的意義可能改變，則反用的效果便不會出現。據此，則反語可以說只是一種語用，不將義兼正反。不過，正與「統言析言」類同，倘若一詞經常爲人所反用，則其成爲較固定的義項亦不是不能發生的。趙峰〈“美惡同辭”辨析〉一文曾指出：

> 孫景濤認爲：“修辭上的反用不是美惡同辭。所謂美惡同辭是指一個詞固有美惡兩個相反的意義，它是詞匯學中的問題；反用是一個詞臨時用作與它固有意義相反的意義，以增強美達，這是修辭學的問題。二者不應混淆。”對這一問題伍鐵平分析說：“……。”並說“……。但須知修辭學同詞匯學之間的界限是模糊的。二者可以互相滲透。一個詞如果經常被用於反話，這個相反的意義就有可能上升爲該詞的一個義項。”但伍鐵平在這裏卻混淆了“在具體語境臨時出現”的反義，和“上升爲該詞一個義項”的“比較固定”的詞義的界限。如果有的詞未上升爲一個義項，就不能叫反訓。所以我覺得在這一點中還必須強調修辭上的反用必須是形成比較固定的詞義的，才能稱之爲反訓。

以是，如果針對「反語」言「反訓」，則約略只有「反象表義」一項可以認同。而如果謂「反語」可以成爲「反訓」的途徑，則似乎可以視爲一種引申，而爲「反義共字」、「反義共詞」所肯定。

事實上，從這裏的表列所示，諸家多在「反語」本身談反訓，以是多不直接肯定。只有「反義共詞」中的蔣紹愚以及「反義共字」的余雄杰支持論列，〔註27〕其中蔣氏述其理由謂：

〔註27〕余氏雖反對「反訓」一詞，不過又提出「同形反義詞」之概念，故可得視同爲「反義共字」。

> 冤家，原指仇人，但也可以指自己的情人。……
>
> 又如：可憎，原指可恨，但也可以表示可愛。……
>
> 這種反用在語言中無疑是存在的。作爲一種修辭手段，可以反用的詞還很多。……。所不同的是：這些都是臨時的反用，而"冤家"指"情人"，"可憎"指"可愛"，已經成爲一種固定的詞義了。
>
> 如果把這些具有相反的兩個意義叫做"反訓"，倒也無不可。但是應當注意：這些新產生的"反義"，畢竟帶有很濃的修辭色彩。(《古漢語詞匯綱要》，頁149)

余氏亦云：

> 用反語的修辭方法一般情況下並不構成同形反義；只有諸如"冤家"之類，約定俗成，成其爲一個固定的義項時，才構成同形反義。
> (〈略論古漢語的同形反義詞〉)

是二者皆著眼於義項之可能、必須固定的條件。

以是，在義項之可能形成一端，將之歸入「反義共詞」以及「反義共字」二項可說不爲無由。至反用的一端，則只有「反義表象」一項可以攝之了。這是表中之所以呈現兩可的主要原因。

在此前提下，倘若進一步以彙整後之成因與定義眞正之內涵重新歸納諸家意見，可得結果如下：

	定		義			成		因	
	現　象　義			方 法 義		引申	語用	假借	訛誤	上下義位
	反義表象	反義共字	反義共詞	現象基礎	訓詁原則					
徐世榮	✓					✓	✓	✓	✓	✓
王松木	✓			✓		✓	✓	✓	✓	✓
林　尹		✓				✓		✓		
余大光		✓				✓				
姚榮松		✓	✓			✓		✓		
徐朝華		☑	✓	✓		✓		✓		✓
段家旺		☑	✓			✓		✓		✓
李萬福			✓	✓		✓				✓
蔣紹愚			✓			✓	✓		✓否定	✓否定

	定義					成因				
	現象義			方法義		引申	語用	假借	訛誤	上下義位
	反義表象	反義共字	反義共詞	現象基礎	訓詁原則					
周何			✓	✓		✓				
王玉鼎			✓			✓				✓
趙克勤			✓			✓				✓
毛遠明			✓	✓		✓		✓否定	✓否定	✓否定
楊志賢			✓			✓	✓否定	✓否定	✓否定	✓
葉鍵得			✓			✓				
龍師宇純	✓存在				✓否定	✓		✓	✓	
胡師楚生	✓存在				✓否定	✓		✓	✓	
康裕康	✓存在				✓否定	✓		✓	✓	
余雄杰		✓肯定			✓否定	✓	✓	✓		
王寧			✓肯定		✓否定	✓	✓否定		✓否定	

首先應說明的是：

1. 爲了呈現各家定義與成因之相關性，表中之列序略有調整，乃先以定義爲之類聚，後始依時間先後爲之列次。

2. 在定義中，徐朝華、段家旺二氏，依其主要定義宜爲「反義共詞」，然依其實際之表述則可能傾向「反義共字」者，徐文未見，固不敢放論恣議，至段氏則基本沒有特意區別字、詞，其〈反訓成因論〉文末有言：

> 從最深刻的意義上講，應是對立統一在語言問題上的客觀體現。換言之，這個規律表現在詞義方面，就是在一定條件下詞義會向對立面轉化，形成互相對立的兩種意義共存於一個詞（字）裏的特殊現象。

則所論實際上是包含字、詞二面的。以是表中據其定義列爲「反義共詞」，又依其實質別見於「反義共字」裏。

據此，吾人可以清楚地看出各家在「反訓」一詞下的各種內涵。具體而言，可有以下十類：

（一）肯定反訓

1. 現象義：

（1）反義表象：徐世榮

   （2）反義共字：林尹、余大光、姚榮松、（段家旺）

   （3）反義共詞：蔣紹愚、姚榮松、王玉鼎、趙克勤、楊志賢、葉鍵得、

    段家旺

  2. 方法義：

   （1）現象基礎：

    ①反義表象：王松木

    ②反義共字：（徐朝華）

    ③反義共詞：周何、毛遠明、徐朝華

    ④訓解相異：李萬福

   （2）訓詁原則：無

（二）否定反訓

1. 否定爲訓詁原則：龍師宇純、胡師楚生、應裕康

2. 否定爲訓詁原則、名訓名稱：

 （1）肯定反義共字：余雄杰

 （2）肯定反義共詞：王寧

  對照前述定義成因之應然配合而言，不難發現：

  （一）不論肯定或否定，各家所論定義與成因之配合普遍是一致的，即在「表象」下言「引申」、「語用」、「假借」、「訛誤」。在「共字」下言「引申」、「語用」、「假借」。在「共詞」下言「引申」（和「語用」）。其中更有蔣紹愚在「共字」下否定「訛誤」；毛遠明、楊志賢在「共詞」下主張否定「訛誤」、「假借」，更突顯其立場之明確。〔註28〕

  （二）肯定反訓之學者，有王松木等五人論及「方法義」，不過這些學者均具體在各自的定義下表述了相應的反訓成因，可見其所以爲之「反義爲訓」其實並非無端。

  （三）否定反訓之學者，主要反對的其實只在以之爲「訓詁原則」一項而已。至於對「反義表象」、「共字」、「共詞」現象則又有肯否兩種意見，譬諸王寧即認同於此，而欲易之以「反義同詞」者。然而，誠如龍師所謂：

〔註28〕又，蔡信發先生認爲，贊同反訓者乃主於訓詁立場，反對反訓者則依乎文字立場，
   以其爲假借，故而不取。用以掌握諸般反訓意見，亦頗收執簡御繁之效。

　　果然一個字具有正反兩面的意義，必然有道理可說，有途徑可循；
　　絕不是隨便反覆其義而用之的。(〈論反訓〉)

反訓既然只是語言演化的一種常態，其實亦不煩再去刻意標舉。

　　而這三點，基本上也呈現了現代反訓研究的概況。

第三節　反訓研究商榷

　　比較古代與現代學者對反訓的理解，雖然可以說是大同小異的，然而從郭璞現象性的描述，到清代零碎、分歧地表述，現代學者則逐漸集中成為「表象」、「共字」、「共詞」三個現象，以及奠基在這個現象上的「反義為訓」，如此看來，似乎也不能說全無進展。只是概念的表現儘管較為精確了，其間也並非毫無可商之處，至其在學術上的意義與定位也許也還有進一步討論的空間。

　　首先，針對諸家所論之異而言，涵攝在「反訓」這個名稱下的許多概念，如果能夠謹守其定義以言其內涵外延，理論上是不需要有爭議的，只是實際的情況常不如此單純。一般說來，在學術中提出一個概念，總不能是沒有意義的，而「反義共詞」等諸多概念在此要求下，勢必要上承郭璞這一系列的「反訓」系統，這不僅要使這些概念難以擺脫「反訓」這個名稱，同時也使得諸說要在同一個場域之中強調其相對的「最」合理與「最」具意義，這不免要在其間造成一種「競爭」，而不能多元共生。本文以為，這其實是潛藏在前面這段「反訓」研究中真正的爭議所在。因此，如果要更確實地掌握這一段「反訓」研究的學術意義，甚至意欲從中確定看待「反訓」的合理態度，則妥善地去評估諸說定位，甚至存在的必要問題恐怕也不容輕易忽略。

　　其次，復就諸家所論之同而言，「反訓」一事，自郭璞之發軔，即在「反義同詞（字）為言，迄於今日，董璠、齊佩瑢而後，諸家漸有異議，唯究其實際，亦不大違郭璞之想。同時，在訓詁學、語言學的立場，甚至是所謂「合理」的情況下，一切有違同、近義為訓原則的「反訓」現象，大抵同聲見棄。這種共識，著實令人不易輕疑，同時也不自覺地限制了吾人的視野。然而共識畢竟只是多數人的共同意見而已，不能因而成為，或取代實情。如果我們跳出共識，跳出所謂合理的共同思維，對於反訓，似乎可能出現不同的對待。

　　由是，以下擬針對反訓舊說定位，及反訓之可能性更為申述。

一、反訓舊說之定位

誠如前述，現代學者屢屢透過定義的精確與成因的探究欲以確定反訓、解決爭議，結果顯示，這樣的努力似乎未能呈現預期的實效。因此本文在此不擬重蹈覆轍，而想從訓詁的進程中去安置各種概念的定位，在定位中，也許對這些概念的學術意義可以有一個較爲清楚的把握，而後其價值、去取亦可由是找到一個決定的標準。

同樣的，本文在此擬再借助索緒爾「能指」、「所指」的模式以爲討論的表述。所不同者，這裏易「能指」爲字形，以「所指」爲義項，二者相合而成「文字」。〔註29〕由是可以做成如此假設：

A、B、C、……爲能指：字形

a、b、c、d、e、……爲所指：義項

以是，一個文字可表示爲：

A（a）、B（b）、C（c）、……

復因漢語中，一詞通常多義，則 A 之一形或許兼有 a、b、c 等不同義項，於是在具體的使用中，語詞可能表現爲 A（a）、A（b）、A（c）的不同配合。

更假設：

A 具 a、b、c 三義項。

B 具 b、c、d 三義項。

C 具 c、d、e 三義項。

則文字 A、B、C 分別可表述爲：

A（a）、A（b）、A（c）。

B（b）、B（c）、B（d）。

C（c）、C（d）、C（e）。

緣於語言概念中，詞義之同與不同，實以所指爲準，因此上列九個「符號」之同異應該如下：

A（a）≠ A（b）≠ A（c）。

B（b）≠ B（c）≠ B（d）。

〔註29〕原本所指應爲音義結合之語言，而文字亦不能沒有音讀，唯就此處討論而言，語音居間並不發生意義，故權且從略。

C（c）≠C（d）≠C（e）。

但：

A（b）＝B（b）。

A（c）＝B（c）＝C（c）。

B（d）＝C（d）。

於是落實到一個基本的訓詁表述：A者，B也。其內在意義實爲：

A（b）＝B（b）

或：

A（c）＝B（c）

舉實例言之，如「首」、「元」、「孟」三詞：

「首」有「䭫」、「頭」、「始」三義項。〔註30〕

「元」有「頭」、「始」、「長」三義項。〔註31〕

「孟」有「始」、「長」、「勉」三義項。〔註32〕

則詞形與詞義之配合可爲：

首（䭫）、首（頭）、首（始）。

元（頭）、元（始）、元（長）。

孟（始）、孟（長）、孟（勉）。

其異同干係則應爲：

首（䭫）≠首（頭）≠首（始）。

元（頭）≠元（始）≠元（長）。

孟（始）≠孟（長）≠孟（勉）。

首（頭）＝元（頭）。

〔註30〕　《廣雅·釋詁》：「首，䭫也。」（《廣雅疏證》，卷四上，頁24）；《說文》：「首，古文百也。」（卷九上）又：「百，頭也。」（卷九上）；《爾雅·釋詁第一》：「首，始也。」（卷一）

〔註31〕　《爾雅·釋詁下》：「元、良，首也。」《釋》曰：「謂頭首也。」（卷二）；《爾雅·釋詁第一》：「元，始也。」（卷一）；《廣雅·釋詁》：「元，長也。」王念孫《疏證》謂：「元、良爲長幼之長。」（卷四下，頁20）

〔註32〕　《廣雅·釋詁》：「孟，始也。」（《廣雅疏證》，卷一上，頁1）；《爾雅·釋詁下》：「孟，長也。」（卷二）；《爾雅·釋詁第一》：「孟，勉也。」（卷一）

首（始）＝元（始）＝孟（始）。

元（長）＝孟（長）。

是倘有「首者，元也。」之釋，實指的是「頭」、「始」二義；「元者，孟也」，則在「始」、「長」二義；至「首者，孟也」，則只能是「始」之一義耳。

在一個具體的訓詁情境中，訓詁乃因解經而有，經典本為未知，訓詁學家面對文本，尋其理解制作訓詁，俾使後學隨其訓詁而理解經書。此中訓詁學家兼具二重身分：面對文本是為未知的讀者；對於訓詁則是已知的注者。同時具有讀者、注者身分，並且試圖由讀者轉成注者，其實正是訓詁學家的主要任務。於是一個訓詁流程可以表示如下：

經←讀者【訓詁家】注者（已知）→訓詁（A者，B也）←一般讀者（未知）

其中：

1. 經：語言立場，語言的使用實況。

2. 訓詁家：

   （1）讀者：理解立場，從未知到已知的擬測。

   （2）注者：注解立場：說明已知的訓詁手段。

3. 一般讀者：理解立場，與訓詁家之讀者立場微異，此為透過訓詁達成對
    經的理解。

而後，吾人可以在此模式下理解各種反訓概念。

為了說明方便，以下可就訓詁家與一般讀者二端來理解一個訓詁行為。首先，就讀者立場而言，此可分為兩種狀況：

1. 設讀者為完全未知，這自然是一般，或作注者假定之狀況：

   （1）A（？）

   （2）由訓解中，知 A＝B

   （3）則 A（？）＝B（b）、B（c）或 B（d）

   （4）又設 b 為 B 之常用所指

   （5）以 b＝？

   （6）得 A（b）

在這個理解過程中，由於讀者見能指 A 而不知 A 者為何，故 A 之所指暫闕。而後透過訓詁知 A 之音義為 b，故亦結合能指 A 與所指 b 而一語言符號

A（b）。此中，可以發現，當 A 爲未知時，其所表現者自然沒有音義可言，因此以 B 爲 A 的意義，是將 B 的常用義加諸於 A，使 A 配合所指 b 而可以理解成一完整符號。B 之於 A，實 B 之於？，一實一虛，無可比較，自然亦無反訓可言。

2. 設讀者爲不完全未知，蓋讀者可因經驗或學習，而賦予 A 有慣性所指，即其常用義。以是：A＝A（a）、A（b）或 A（c）。

（1）A（b）：

設 b 爲 A 之常用所指，且亦爲 B 之常用所指。則：

①知 A，B 也。

②A＝b；B＝b

③b＝b

此爲理解意義之同義爲訓，也是一般訓詁之常態。

（2）A（a）：

設 a 爲 A 之常用所指；b 爲 B 之常用所指。

①知 A，B 也。

②A＝a；B＝b

③a＝b

在此狀況下，如果：

①a≒b，是爲理解意義之近義爲訓。

②a 與 b 相對相反，則造成理解上的「反訓」。

在此似乎可以發現「反訓」的一個發生點。蓋依常態言，訓釋者做爲訓詁，乃在解釋未知，而讀者之藉訓詁，亦在理解未知。在符號上，此中僅有做爲媒介的能指（字形）爲已知，而所指（義項）理應未知，因此，讀者中的第二種狀況（將能指視爲不完全未知）雖是一種理解的實然，卻並非應然，因而不免是一種讀者理解上的誤解。蓋就讀者言，A 本不應存在所指，唯待訓詁家所提出之所指而後可言。而不論來源爲何，是出於讀者、或是其他訓詁家言，倘其所釋與該具體用例無涉，殆不應混爲一談；果其所釋亦爲此立論，則應視爲異說，二者權衡後必然有所取捨，自是沒有理由同時存在著二個義項而有相對相反，或是同義、近義的對照與比較。

其次，在訓詁家之一端，可有五個主要流程：

（1）A

（2）A（a, b, c）

（3）A＝A（b）

（4）b 屬於 B（b, c, d）

（5）A 者，B 也。

其中，(1)爲讀者立場，(5)爲注者立場，從(1)到(5)的步驟便是訓詁家由讀者轉爲注者之內在過程。

步驟(1)裏，訓詁家首先在經籍中發現一未知之能指 A，A 之已知表現爲「字形」。步驟(2)，透過字形之能指，可得所指 a、b、c。步驟(3)可能出現二種可能，一般情況下，A 之所指即在 A 之能指中，故 A 之確定所指理應只在 a、b、c 三者之一。然則倘若 a 爲通假字，則必須透過與 A 音同音近之 A'（x, y, z）、A"（l, m, n）等，擴大能指之可能範疇，而後可得其確實所指。這裏暫且假定 A 之所指爲 b。由是訓詁家可結合二者構成一語言符號 A（b）而完成理解（此理解過程將同於一般讀者立場，說見下）。這是符號成形的過程。此後訓詁家則進入說明的階段，步驟(4)，訓詁家以所指 b 爲基礎，尋繹同樣含有所指 b 之其他能指，這裏假定存在一更爲淺顯易懂之能指 B，其所指爲 b、c、d。以是步驟(5)訓詁家謂：「A 者，B 也。」以 B 訓 A，其實際內涵則爲 A（b）＝B（b）。

這個流程可以讓人更爲精確地明白，所謂「A 者，B 也。」其關係的聯結其實不在 A 與 B 二個能指上，而在所指 b 之相同，甚至是以 B 代 A，使人更易知其所指爲 b。以是在此意義上，「同義爲訓」更精確的理解，並非因爲 B 是 A 的同義詞，故以 B 爲訓。蓋 b 與 A 固然可爲同義詞，然其相同之義項不止爲一，僅泛論同義詞，實際上並沒有指出具體所指。就訓詁家之立場而言，「同義爲訓」其實是其所用以訓解的所指（b）與所理解文本的所指（b）完全相同。以此類推，近義爲訓則是用以訓解的所指（假設爲 b'）與所理解的所指（b）略有差異。然則吾人固不能更以此類推「反義爲訓」將是以一個與所理解的所指（b）適正相反之所指（b）去做解釋，那無疑是荒謬的。是知，「反訓」這一名詞在此意義上是不存在的，其與「同訓」、「類訓」等詞因而只是構詞的相同，而內在邏輯、意義卻毫不相通。

在上述的分析過程中，「反訓」似乎缺乏一個合理的安置處。在此情況下，唯一可能的機會也許便要指向語言本身。具體而言，即在能指 A 的所指 a、b、c 中彼此出現相對相反的情況。事實上，這便是一般所謂的「反義同詞」。而假使能指 A 在某語境中曾經被 A'（x, y, z）或 A"（l, m, n）等其他音同音近字所借用，則可能擴大範圍，在 a、b、c 與 x、y、z 及 l、m、n 中出現相對相反而構成「反義同字」。不可否認，這種情況確實是可能存在的，不過其一，在上述不論讀者或注者的訓詁流程中，這一點其實是不發生意義的。質實而言，其中大概只有注者立場之步驟(2)與讀者立場在不完全未知的情況下可能略有涉及，然則後者已如前述，只為異說，不須並列。前者情況亦大體類同，蓋同一詞中的各項義項，雖不為異說，而在具體語境下的確定，亦是逐一考量的取捨，不有比其同近對反之必要，是在訓詁工作中亦不發生作用。其二，復就語言立場言，詞義的系統不外引申、假借二者，假借者，在借用時原只考慮二字之音同音近，不更有語義之聯想，是貿然繫聯二「字」，論其義項之相同相反，本來不具太大意義。至引申者，吾人所須考慮的，其實亦只在二引申義之間存不存在意義上的聯繫而已，而這本來就充滿極多元的可能，以是就中特意突顯其中二義項之相對相反，殆亦不免過於偏頗。固然，如此的情況（一詞兼具正反二義）就表象而言，常常令人覺得突兀、怪異，然則如果明白這是不自覺的遠引申造成的偶合，以及聯想的可能相對，要之，一皆不出引申之常態，則見怪亦可以不怪了。

論述至此，本文在一個略為不同的理解模式下，安置了各種相異的反訓概念，同時對於各個實際概念的肯否，也似乎沒有太大的歧異。然則這個結果並不表示對於反訓的理解可以更為塵埃落定。事實上，相異於過去只就「定義」、「成因」二者申論反訓之成立與否的做法，這個模式的另一項好處，便是引發理解反訓的某些潛藏的前提。

二、「反義為訓」之可能

如果重新檢視上述的分析過程，吾人可以發現，這個過程，其實過度肯定了訓詁學家的客觀性與合理性，易言之，吾人並未考量、懷疑訓詁學家從未知到已知的理解過程中，可能出現的種種權宜，甚至非理性的因素。其次，或者由於跳脫了定義的糾葛，吾人直接面對訓詁的具體情境，不覺亦跳脫了郭璞的

限制，可以在郭說之外，探尋另一種反訓的可能。具體而言，吾人可以重新思考下列前提：

其一、向來所論反訓，一以郭璞爲據，以是不論贊成、反對，俱因郭說中語言、事例之成立與否而爲據依、判斷，固然，郭璞確爲反訓現象之首倡，然而現象之發現、理論之提出，與夫現象之存在實可爲二事。是儘管郭說有疏，抑是郭說所謂者何，皆不能否認，在郭說之外，在郭說之前，某些定義的「反訓」，雖然出於郭說之誤解，卻可能眞實存在。

其二、倘更留意郭說本身之性質，殆可發現，郭璞立說，出於《爾雅》、《方言》之注，二書本爲詁訓、語言材料之彙輯，以是繫於一詞，會合義訓，所見或者即在該詞義項之異同，以是易於導向「反義共詞」或「反義共字」之理解。然則反訓所謂，固不必限於釋詞與釋詞之間，而可能在於釋詞與被釋詞之間。以是，如果更求《爾雅》出處、《方言》來源，依釋詞之所從來思考其與文本之關係，而其結果，或者容有不同。

其三、現代訓詁學之發展，不論受到西方語言學，或是清代考據學之影響，要以語言爲其核心、起點，以論文本之理解，特別自戴東原所謂「經之至者道也，所以明道者其詞也，所以成詞者字也。由字以通其詞，由詞以通其道，必有漸。」諸語，〔註33〕已然確定由字而詞而經的訓詁進程。迄今仍奉爲圭臬，不敢走作。然而卻忽略了東原同〈書〉尚有「知一字之義，當貫諸經、本六書，然後爲定」之語，實亦隱約透出，語義之判定，仍有賴諸經語境之限定。推而廣之，當知上下文同爲理解個別語義之重要途徑。此在其後，眞有二王之運用、推闡，正如胡奇光所謂：

> 以音求義以及與之密切聯繫的據上下文校字釋義，才是高郵王氏父子的訓詁的精髓。（《中國小學史》，頁 286）

以是，倘更重視上下文之作用去掌握語義，或者理會將因而相異。

其四、反訓之合理與否可爲一事，而反訓之存在與否實可又爲一事。猶如普遍理解早期之「聲訓」一般，即使認爲：

> 漢代人運用聲訓，既反映出人們對聲、義聯繫的模糊認識，又與漢
> 王朝大一統思想息息相關，還與今文家隨心所欲解釋經義，爲統治

〔註33〕見〈與是仲明論學書〉。

> 階級政治思想服務有關。經生爲發揮所謂微言大義，常牽合聲音，
>
> 強爲之解，多穿鑿附會，與語言實際多不相合。〔註34〕

卻也不能否認這種「穿鑿附會」的「訓詁」方式曾經存在。以是遑論反訓究竟合理與否，即其不然，大抵亦不能在理論的認知上，便去取消一個已然的訓詁「歷史事件」。

在此四項前提下，吾人也許可以重新檢視反訓，在郭璞之外、在辭書之外、在一個吾人自以爲「是」的理論之外。

這裏，吾人可以先參酌下列李萬福舉以爲「望文生訓」之例：

> 《儀禮·士相見禮》：「某將見走。」鄭玄注：「走猶往也。」〈呂覽·
> 蕩兵〉：「民之呼號而走之。」高誘注：「走，歸也。」本來「走」在
> 前句中指見面急切，後句中指歸順急切，都與本義「疾趨」有關，
> 注疏者爲了使文義更明，據語境的需要作了適當調整。並不意味「走」
> 有往、歸兩個對立的意義。〔註35〕

此中，李氏以爲訓詁學家「據語境的需要作了適當的調整」，而使「走」之一字出現了「往」、「歸」二解。是可知，詁訓家之解經，雖以文爲據，然實際所釋有時不在詞義，而在用義，或是具體所指。若「香」「臭」、「故」「今」之例，亦與此相類。易言之，是文意的呈現大於詞義的呈現。詞義可知之情況尚且如此，而況詞義之不可得而知者？更推諸二王，所謂「據上下文校文釋義」一條，亦爲其訓詁方法之要項。有時上下之亦無可理會，則又舉其句式之同類者比擬見義，此在表面字義難以理解的虛字研究中尤見特出。前述曾謂錢祚熙〈經傳釋詞跋〉中歸納王引之釋詞之法得有六項：「有舉同文以互證者」、「有舉兩文以比例者」、「有因互文而知其同訓者」、「有即別本以見例者」、「有因古注以互推者」、「有采後人所引以相證者」。六項或直接、或間接，多在不能直接掌握詞義的狀態下，比擬而推測、印證某詞之可爲、應爲、當爲某義，若其中「有舉兩文以比例者」之例，以「與秦城之何如不與」、「救趙孰與勿救」二句比對，而見「孰與」當爲「何如」之義，是「孰與」因何而可爲「何如」之義者？於時可爲未知也。自然，如此之解釋，可能未爲確解，儘管其後可以更進而申述其

〔註34〕見毛遠明《訓詁學新論》，頁 141。

〔註35〕此轉引葉鍵得所述。見《古漢語字義反訓探微》，頁 200〜201。

義之由，卻也不能否認這個訓解方式的曾經作用與成效。因此可知，有時即使詞義不能明，而由本文以及他文之語境比對，亦可略窺詞義。雖然未必精確，卻不可，亦罕見有人斥之為謬也。

今人訓詁，早有《說》、《雅》等歷來辭書為據，或許難以體會，在《說》、《雅》之前，詁訓竟如何產生？《爾雅》中注，或由口授，然節錄注釋，不明所釋語境，固不免「斷章取義」；漢初士人，不識古文，面對斷簡殘編，亦何由「逐字」解經？以是如果回到秦漢乃至上古故訓、辭書之制作時代，恐怕對於上下文之依賴，要不亞於詞義，其於得義之所由，蓋亦未必盡知、詳知也。然因之而成之辭書、故訓，今竟轉為後人訓詁之「確證」。

由此重返「治」、「亂」之例，儘管諸說有歧，而今人多以為可以掌握二義所由，並各自有其理據、說法。然此於上古則未必然也。「亂」之為「亂」義，諸經早有其例，若《尚書‧夏書‧五子之歌》：「今失厥道，亂其綱紀」、《尚書‧夏書‧胤征》：「顛覆厥德，沈亂於酒」；「亂」之為「治」義者，亦可同見於《尚書》，若《商書‧盤庚》：「茲予有亂政同位」、《周書‧泰誓》：「予有亂臣十人，同心同德」。更據徐朝華之統計，計《毛詩》、《周易》、《尚書》、《左傳》、《國語》、《論語》、《孟子》、《墨子》、《莊子》、《荀子》、《韓非子》、《呂氏春秋》等十二部先秦古籍中，「亂」字共出現 1275 次，其中「亂」義 1251 次；「治」義 21 次，且幾乎集中《尚書》。〔註36〕是「亂」字恐以「亂」義為常。試想，倘無辭書、古注可供參酌，而訓詁學家知「亂」之為「亂」時，如何理解「予有亂臣十人，同心同德」之意？大抵將在「同心同德」之下文中先肯定「亂臣」不為負面義，又在「亂臣」一詞中，提示「亂」字之修飾，應在「臣」之「德性、能力」範疇，以是當「亂」直解為「亂」義而顯見意義之適正對反時，極可能因其同一範疇之提示，而反向訓解為「治」。因此可以推測，當訓詁學家由上下文中略可覺知某詞與常義不合，或可肯定某詞當為某義時，則據以否定常義的情況應是可能出現的。倘若此時上下文提供充分、明顯的訊息，足以肯定該詞義義時，也許訓詁學家便將提出訓解，說釋文義，如伯申之釋虛詞也。反之，如果上下文僅能否定常義，卻不足以肯定詞義，則該詞之常義便可

〔註36〕詳見〈郭璞反訓例證試析〉。同文注中，徐氏又交代餘三次分別為「橫渡」（二次）及「樂曲末章」（一次）之義。

能成爲訓詁學家的線索，據以設想可能之引申、假借，若上述「亂臣」之例，詞義適正提示、導向「亂」義之反，則「亂」字便因此而見視爲「治」義。因此吾人可以推測，當語境投射、對照出的詞義訊息大於字面之反映時，語境詞義可能否定字面詞義。同時在否定字面詞義的情況下，字面詞義可能弱化轉爲語境詞義聯想與具體化之線索，倘若該聯想正與字面詞義反向，而「反訓」於焉構成。或許，如此的訓解不甚精確，然在當時，在許多不得其門而入的情況下，大約對文本的理解也或多或少提供了一定的助益。

因此，本文以爲，所謂「反義爲訓」的「反訓」是可能成立的；而不符語義演變原理，卻以被釋詞之常義之反訓解釋詞的情況亦是可能發生的。僅就此處所論，吾人姑且可以產生一個也許有違常理，卻合乎實情的「反訓」定義：在不明詞義之所謂、所以，而以字面義爲基礎，反其褒貶，或對反詞義而得通解的一種訓詁過程。自然，這可能不是一個全面、精確定義，然而或許對於反訓的理解可以啓動另一個新的思考方向。

綜而言之，不論從訓詁，或是語言的立場來說，目前多數「反訓」的定義要非誤謬，即是不離常態，以是忽略其本質上的共相，唯執其表象以強調其異趨，除了引起後人對反訓現象的注意外，其在訓詁學上的實質意義其實是不大的，而由於過度的突顯，以至於擅自擴大、轉變其內涵、外延，並從而引發諸多不必要的爭議，其得失利弊殆亦顯見矣。

外此，透過反訓研究的理解，吾人更應警惕此一老生之常譚：訓詁現象與訓詁研究眞爲二事。是不論何種定義，「反訓」現象雖自郭璞揭示，而現象本身卻不始於郭璞。以是，不論郭璞之「反訓」何謂，亦毋須追究後人理解之是非，其因而衍生之諸多現象之追溯與證驗卻不必止於郭璞也。因此，固然郭說之有疏、未及，卻不防礙吾人可以根據現象予以修正、補充；而縱使吾人理解郭說而生誤解，亦不必純就郭說逕予否定。要之，有時操作的歧出也並非是絕無意義的，孔恩曾謂：

> 我們注意到，上述這三項發現（氧、天王星和 X 射線）是從把科學實驗和觀察中的反常現象——也就是完全和預見不一致的自然現象——分離出來開始的。〔註37〕

〔註37〕詳見《必要的張力：科學的傳統和變革論文選》，頁 169。

或者吾人之所謂不在郭說之範疇，然則「彼亦一是非，此亦一是非」，〔註38〕只要明確區別彼此，而各自能在客體現象中得到證成，又何須必用此非而去否定彼是？

附錄：現代學者所論反訓定義與成因資料

說明：

一、本文現代學者所指，以董璠、齊佩瑢為起點。唯董、齊二氏已於正文表述，不更引錄，至其餘學者之擇錄標準，主要在於整體、具體之專論耳，若一般訓詁專書之約略介紹，其他專題研究之附帶旁及，以其未必深論，權且從略。

二、為保持作者原意，各家意見俱直接摘錄原著文字，並使維持作者敘述脈絡、語氣，故針對本文主旨之定義、成因言，容有部份冗言與些微誤差。

三、括弧中數字，前者為出版年度，後者為書中作者論及反訓定義與成因之所在頁數。除摘自期刊論文之引文外，專書之引文復標示其頁數於各段引文後。

四、本文撰作時，徐朝華、李萬福以及應裕康三人之著作未及參見，正文之表乃暫據葉鍵得《古漢語字義反訓探微》一書之引述列示，此則姑且從略。又各家意見分見葉書，頁15、195～197（徐）；200～201（李）；175～176（應）。

一、林尹《訓詁學概要》（1972，頁168～176）

定義：「相反為訓，是說一字兼具正反兩面的意義。」（頁168）

成因：

（1）義本相因。引申之始相反者：

......

綜觀王〔念孫〕氏所說，謂原初的本義，實相因；及後來的引申，始相反。......

〔註38〕《莊子·齊物論》。

(2) 假借關係：

……

(3) 音轉關係：

章太炎先生主此説，……

章氏的意思是以爲凡字義相對相反的，多從一聲而變，或以雙聲相轉，而造爲二字；或以疊韻相轉，而造爲二字；位部相同而未曾造爲二字的，便形成一字兼具正反兩面的意義，通常便稱之爲反訓。

(4) 語變關係：

如前舉「不如爲如」「見伐爲伐」「不敢爲敢」等例，劉師培氏曾説：「古代之時，言文合一，故方言俗語，有急讀緩讀之不同，咸著於文詞，傳於書冊。」（見《小學發微補》）以爲是由於方言緩讀急讀的變化造成的。（頁 170～175）

二、徐世榮〈反訓探源〉（1980，《古漢語反訓集釋》，頁 1～22）

定義：「所謂"反訓"，其實是義兼正反。」（〈反訓探源〉，《古漢語反訓集釋》，頁 1）

成因：

（一）　內含反訓：一個字在古時代表的概念不太嚴格，本身就包括正反兩義。到後世覺得不清楚，或另造新字或另用別詞分擔它的任務，正反兩義才分開。這類字，在古書裏常是包括正反兩端的。……

（二）　破讀反訓：本是一個字，但含義有正有反，爲了區別，把原字讀音稍稍變化。……

（三）　互換反訓：本爲兩字，字義一正一反，後世兩字交互爲用，或用一字兼代另一字，於是任何一字都有正反兩義了。……

（四）　引申反訓：正反兩訓，或所指事物是相對的兩方；或是因某一事物而發展到有關的另一現象。反義是由正義引申而形成。……

（五）　適應反訓：一字活用，用指某事即生某義。正義與反義，都與此字本身之義有關。……

（六）　省語反訓：所謂"語急而省"，省去的多爲否定謂詞，如"不

✕"，常省去"不"而爲✕，這樣，✕字自然產生反義。……

（七）隱諱反訓：對某一事物不願直說，有所忌諱，竟至於用相反的字稱呼它，於是這個字增加了反面的訓解。……

（八）混同反訓：本是形近的兩字，字義恰反，但兩字使用年久，混合爲一個字，於是這一個字就產生了反訓。或是某一字本有專指，但與相對的另一字混淆了，於是產生反訓。……

（九）否定反訓：反訓都是否定正訓的，大多數是另解爲相對的一義，如：內外、出入、憂喜、牝壯〔牡〕之類，並不用否定詞，也就是邏輯學上所謂"相反的兩項"（Contrary terms）。而這類則是"矛盾的兩項"（Contradictory terms），這類的字，本身不用否定詞而包含否定的概念。……。王力先生《中國語法理論》第三章第十八節曾有論述，認爲現代漢語中沒有否定性的觀念單位，一切否定性的觀念必須建築在肯定性的觀念之上。但由古漢語反訓字例中卻可以看見有這種例證，正是由肯定性變爲否定性的。

　　垩　塗飾也。又：不塗飾也。……

　　左　助也。又：不助也。……

（十）殊方反訓：方言與一般含義恰恰相反。現代漢語中不乏其例，古時也不少。……

（十一）異俗反訓：習俗因時代而變化，對於事物的解說可能恰恰相反。……

（十二）假借反訓：正反兩訓，其實出於假借字，所借之字後世漸漸不用了，於是這個字產生了反訓。……

（十三）訛誤反訓：正反兩訓由於引書錯誤。這本來沒有什麼研究價值。但是後人不能審辨，就相信了錯誤的訓解，影響閱讀古書。……

這十三類也就是反訓的各種成因。（同上，頁3～21）

三、徐朝華〈反訓成因初探〉（1981）

（略）

四、李萬福〈反訓即反義同詞嗎？〉(1987)

（略）

五、蔣紹愚《古漢語詞匯綱要》(1989，頁140～159)

定義：「所謂"反訓"，簡單地說，就是一個詞具有兩種相反的意義。」(頁140)

成因：

    （五）有的是修辭上的反用

      ……

    （六）有的是一個詞有兩種"反向"的意義

      ……

    （七）有的是詞義的引申而形成反義（頁149～152）

否定成因：

    （一）有的實際上並非一個詞具有兩種意義，把它們看作"反訓"，是沒有區分字和詞而產生的一種錯覺

      ……

      （1）《爾雅·釋詁》："治、肆、古，故也。""肆、故，今也。"……王引之的話是對的。從古代的語言事實看，"肆""今"都可以是連詞，相當於現代漢語的"所以"，或古代漢語的連詞"故"。……是王引之所說的"二義不嫌同條"，即"治（始）"和"古"是"久故"之"故"，而"肆"是連詞之"故"，二義都用一個"故也"來解釋。這樣，《爾雅》根本沒有說"肆"和"故"有"如今"的"今"之義，也沒有說"肆"有"久故"的"故"義，因此也就談不上它們兼有"古"（過去）和"今"（如今）這樣相反的二義了。

      ……

    （二）有的是一字兼相反兩義，而不是一詞兼相反兩義

      古人是不分字和詞的。所以有一些所謂"反訓"實際上是同一個漢字記錄了兩個意義相反的詞。……

    （三）有的是一個詞在不同時期中褒貶意義的變化

......

（四）有的是一個詞具有兩個相對立的下位義，在不同的語境中分別顯
　　　示出來（頁142～147）

六、周何《中國訓詁學》（1993，頁93～106）

定義：「首先必須釐清「義有正反」與「相反為訓」兩者之間不容混淆的界
　　　劃。……：前者是有關內含屬性的問題，理論基礎可能由此而建立；後
　　　者則是實際工作的運用技術。」（頁98）

成因：

一、義有正反：

這同一個語言文字，在歷史流程中的使用意義，除了由於推引或伸展有
軌跡可循的引申義之外，其中含有屬於狀態、形勢、程度、位置、立場、
方向等性質的對立，而兼有兩極化的涵義者，有些人就稱之為「相反的
意義」，認真說來，這種因對立而起的分化，應該稱之為「相對」，與相
反有一點相似，但畢竟還是有一段距離的。

......

類似的例證，前人所談到的實在不少，不過都以反訓或義有正反目之；
不過這裏所舉的例證，除了前述必須是籠統概念的反化外，也許還可以
看出一點輔佐條件的訊息。

……既然同屬於一個籠統整體概念的分化，各細胞體之間除了彼此對立
的狀況外，應該也容許這同時共存的條件才是。（頁102～104）

二、相反為訓：

既謂之「訓」，這分明已經是訓詁實務中的名詞。代表一種技術性的方
法而已。……。如前述由於整體概念的分化，一個字可能會有相對兩極
化的解釋，看起來很像是反訓，其實也沒有錯。（頁104）

這應該是「相反為訓」可以成立的一個實例。在這個實例中，買與賣是
相反的兩個立場，而交易卻是一件事實，可見這原是一件行為的兩面。
而且有賣才有買，有買才能賣，可見其間還有必須是同時存在，相反卻
又相成的性質。因此似乎可以據此提出「一體兩面」、「同時存在」和「相
反相成」三個條件來。（頁106）

否定成因：

> 「臭」是各種氣味之總名,「香」是「臭」中之一種氣味,以「香」解「臭」,不過是引申義中的濃縮性變化而已,並非相反爲訓,更沒有如以上所説的那種條件存在。(頁 106)

七、王玉鼎〈反義同詞的產生、發展和消亡〉(1993)

定義：「一詞含有相反兩個義項,這是一種客觀存在的語言現象。」

成因：

(一) 因動作涉及雙方而形成反義同詞

有的詞詞義是一種動作行爲,這種動作行爲涉及甲乙兩方,從甲方的角度來説,是一種意思;從乙方的角度來説,又是一種意思。這兩種意思相反,因而形成反義同詞,包括施受同詞、買賣同詞、借貸同詞和求與同詞等四小類。……

(二) 因詞義引申而形成反義同詞

詞由本義出發,可以向不同的方向引申,有些引申義還可以再引申,這些不同的引申義之間,有時能形成兩個相反的義項。……

(三) 因上下位概念而形成反義同詞

有些詞表示的是總體的上位義,包含幾個下位義。這些下位義有時是相反的。常舉的有"臭"字,……

(四) 因語法作用而形成反義同詞

詞一旦進入句子,就要受句法的制約和影響。在句子中有的名詞臨時表示動詞的意義,如果這些用法逐漸形成一種新的固定義項,而且新舊義項之間有相反關係的話,也就形成反義同詞。……

(五) 其它原因形成的反義同詞。

八、陳新雄,《訓詁學》(上)(1994,頁 172～196、291～293)

(與林尹幾同。略)

九、余大光〈歷代關於反訓的研究〉(1994)(〈反訓研究述評〉(1994)與此幾同)

定義：「1.反訓指相反爲訓法,或稱反義相訓。它與"互訓"都是直陳其義,同

爲義訓中的訓詁方式。反訓又與互訓相對而言，互訓是以同義詞相訓，解釋被釋詞正面常用義；反訓則以反義詞作釋，解釋被釋詞與常用義相反的引申義或假借義。這就是反訓的特點。

2. 反訓又指同一詞形兼有正反二義的詞，爲了與反訓法區別，有人稱之爲"反訓詞"。反訓詞在上古漢語中普遍存在，不可否認，這是反訓法賴以成立的基礎。」

成因：

1. 有些詞（字）本身就含正反二義，這是由於客觀事物對立統一的兩個側面，通過人的思維而反映在語言上，就形成正反同辭。從邏輯上說，是同一概念內含正反兩面。從語源上說，是"相反同根"。造字之時，爲了記錄這個詞（概念），就將其正反二義寓於同一形體之中，因而出現一字有正反二訓。如臭、受、乞、閽、賈、奉等，皆此類也。有人稱之爲"內含反訓"。

2. 另外一些詞，初義單一，由於使用日廣，詞義不斷發展，而這種發展因受客觀事物對立統一規律的制約，既有順向引申，又有逆向引申。所謂逆向引申，即詞義向著本義或常用義的對立面轉化，形成一詞（字）兼有正反二義。……。這類詞，仍是正反同源，但正反二義的產生有先有後，分得出本義和引申義，故稱"引申反訓"。

3. 還有一些詞，訓詁義兼正反，考其成因，乃假借所致。

十、趙克勤《古代漢語詞匯學》（1994，頁168～172）

定義：「反訓詞則指一個詞具有兩個相反的意義。」（頁168）

成因：

大家比較一致的看法是：反訓詞形成的主要原因是詞義的引申。……
其次，詞義的分化也是反訓詞形成的一個原因。……
第三，有些詞本身就隱含著方向性。這種方向性單從字面上是看不出來的，必須通過具體的語言環境表現出來。也就是說，古漢語中有些詞天然就存在著反訓。（頁171～172）

十一、段家旺〈反訓成因論〉（1994）

定義：「一個詞有正反兩個對立的意思。」

成因：

一、原義分化

……。這裏又分兩種情形。

（一）古漢語中一些動詞在不同的語境中兼具反向意義（即“施受取予同詞”）的現象，是詞義在衍變發展過程中，成於同一、語源的分化。……

（二）某詞原表示一個事物的總體，是一個大概念，其中同時包含正反兩方面的意義成分，當它處於不同語境時，便分化爲兩個對立的屬概念，因而可以構成反訓。……

二、反正引申

古漢語裏還有一些字詞，它所兼具的兩個正反意義，是詞義在衍變發展過程中，詞義消長引申的結果，又可分爲兩種情況。

（一）人們通過對比聯想，由詞語所表達的某一意義，聯想到與之相反相對的另一意義，久而久之，該語詞便兼具這兩種意義，於是構成正反同詞的反訓現象。……

（二）根據詞義自身的多方面特徵，從不同角度（如遠近、善惡、內外、親仇、高低、大小、去就、始末、迎拒等）進行理解，從而引申出正反兩個義項。……

三、使動轉義

諸如納、售、從、聞等動詞，也兼具反向二義，但其反向意義，……是由於使動用法的結果。

四、詞義感應

所謂詞義感應，就是甲、乙兩個不同意義的詞，如果經常連在一起使用，就可能在詞義上彼此受到影響而互相滲透，使得甲詞在單獨使用時，有時也具有乙詞的意義；或者乙詞在單獨使用時，也具有甲詞的意義。如果甲、乙二詞的意義又相對相反，就會產生正反同詞的反訓現象。如：

“塘”，……。本義是堤岸。……。後來由於“池”與“塘”經常連用組成偏正詞組“池塘”，“塘”受到“池”義的影響，單獨使用時就有了“水池”的意義了。……。一訓“岸”，一訓“池”，

是爲正反同詞。

五、假借反訓

……。假借反訓又包括兩類。

（一）本無其字的假借反訓。……

（二）本有其字的假借反訓。

十二、姚榮松〈反訓界說及其類型之商榷：兼談傳統訓詁術語所隱含的多層次意義〉（1997）

定義：「由於古漢語部分詞義的內在對立關係、反向引申關係，以及同源詞反義孳乳形成一種「反義共詞」的詞彙訓詁現象。這些現象還可以包括一些由於文字假借所形成的「同形異義詞」在內，也以「假借反訓」的形式作爲反訓的一分子，它和以上三種關係是絕然不相隸屬的。」

成因：

1. 引申反訓：凡正反兩義可以引申說之者。包括同字異讀反訓、表德反訓、彰用反訓（以上董〔璠〕氏）、引申反訓、適應反訓（以上徐〔世榮〕氏）等。

2. 正反同詞：凡詞義本身包含相對待之人、事、物，在用字時隨語境而呈現正反兩義者。即徐氏之「內含反訓」。也有人用「施受同辭」來概括。

3. 假借反訓：有些反訓雖是共字不共詞，然可以在共時平面上交錯出現，此類反訓是漢字和漢語的矛盾統一，仍爲傳統反訓的一部份，如郭璞的「以苦爲快」「以故爲今」都是此類，不宜排除在傳統反訓之外。

4. 同源反訓：兩個同源詞具有語義相反而相通的關係，從後代看其形、音、義，已分化爲不同詞，如買賣、糴糶、授受、面偭、反返、之止、罹離等，在未分化之前，求其原始詞根只有一個。這類相當於徐氏的破讀反訓，董氏的從聲、表德、彰用三類反訓中的一部分例證。由同源反義分化出來的同源詞，從原因上可以併入第四類。

又：

這一種建立在一詞多義基礎上的同詞反義現象，由於我們能確定它是詞義引申的結果，這一類的同詞反義現象，可名爲「引申反訓」，它是道

地的「反訓」。應該屬於「反訓」的第一層次。這一類詞應分為兩大類：一類是正反同詞，……。另一類即所謂的施受同詞，……

反義共詞的第二層次，可以用來指稱由於同源反義詞分化以前的一種「源詞」的狀況，……，在分化詞未出現前，必定兩義共詞了一段時期，所以我們把未分化前的亂、受、教、買等看成「同源反訓」詞。

反義共詞的第三個層次，則與語言的色彩有關，所謂美惡同辭，一般多從褒貶義來看，了褒貶外，還可能因為詞義的擴大、縮小、轉移、把還未演變的一端和既變一端拿來比附，看似反義共詞，其實並不共時。這一類反訓詞其實是對詞義單位的共時和歷時現象釐不清的誤解。……。連同由文字現象所形成的「假借反訓」作為第四層，即是本文所謂的多層次界說，愈底層的「反訓」如一二層，反訓的定義愈合乎語義的普遍真理。

十三、王松木〈經籍訓解上的悖論：論反訓的類型與成因〉（1998）

定義：「以反義詞解釋詞義的訓詁方式。」

成因：

1. 施受反訓：詞語兼有動作與使動二義。
2. 轉化反訓：因詞性轉換而兼有正反二義。
3. 內含反訓：一詞本身含有正反二義。
4. 引申反訓：正義由反義引申而來。
5. 相因反訓：正反兩義具有相因的關係。
6. 隱諱反訓：不願直說，用相反的字稱之。
7. 假借反訓：同意假借而形成反訓。
8. 混同反訓：形近義反的兩字混同成一字。
9. 異俗反訓：「古今談異」造成詞義相反。
10. 殊方反訓：「四方言殊」造成詞義相反。

十四、毛遠明《訓詁學新編》（2002，頁204～209）

定義：「以反義相訓為反訓。……。傳統訓詁所稱反訓詞，有兩種基本形式：
其一，反義詞相訓。……
其二，同一個詞，可以用一對反義詞來分別訓釋。」（頁204）

成因：

> 眞正的反訓主要有兩類：
>
> 其一，一個詞有反向二義，相反而相因。
>
> ……
>
> 其二，詞義的反向引申。（頁 207～208）

否定成因：

> 不是反訓詞而誤認爲反訓的大致有三種情況：
>
> 其一，沒有分清字和詞。本來是一個字記錄兩個不同的詞，即同形詞，
> 誤認爲是一個詞兼有相反二義。……
>
> 其二，沒有分清楚上下義位。……
>
> 其三，沒有認識到文字假借。（頁 205～207）

十五、楊志賢〈論“反義同詞”現象〉（2002）

定義：「古代存在著一詞而義兼正反的語言現象。……。我們把這種語言現象
　　　稱爲“反義同詞”現象。名之爲“反義同詞”，以與“反訓”區別是基
　　　於以下兩個原因：其一，反訓做爲一種訓詁學術語，從字面上理解，
　　　更主要的是指以反義詞來解釋詞義的方式，而非是對一種語言現象的概
　　　括，其二，歷代論反訓的材料很混亂，不盡科學，並不都屬於共時平面
　　　的反義同詞現象。說來有這麼四種情況：(1)表示具有相反意義的不同
　　　的兩個詞的字的字形經過訛變而成爲兩個同形字卻被誤認爲反訓
　　　的。……(2)因在不同歷史時期，詞義發生轉移或褒貶變化而被誤認爲
　　　反訓的。……(3)把表示相反或相對的假借義當成反訓的。……(4)修辭
　　　上的反語也被當作反訓的。」

成因：

> 我們把在同一個歷史平面上，一個詞的詞義系統中存在著相反或相對的
> 兩個義項的語言現象稱爲“反義同詞”現象，以與“反訓”區別開來。
> 它有四種存在的形式，……
>
> （一）因本義蘊含事態發展的兩可性，詞義向兩個相反方向引申
> 　　　如“息”字，本義爲“呼吸，喘息”。……。因爲呼吸反復不停，
> 　　　有消有長，所以一方面引申爲“休止消滅”，……另一方面，引

申爲“生長繁育”，……

又如“等”字，……。“等”的本義爲整理、排比，由此引申出“整齊”、“齊一”之義，……。另一方面，因爲在整理、排比中又可發現差異所以又包含“差異”之義，……又如“緒”字，本義爲絲頭。……。絲頭爲小者，一方面引申爲事物的開端、起始，……另一方面引申爲事物之末端、殘餘，……

“措”字，在上古的基本意義是“安置”“安放”。……。一方面引申爲“施行”，……另一方面引申爲“棄置”。……

（二）在上位義下，具有兩個意義相反或相對的下位義……

（三）因施受角度不同而具有相反或相對的意義……

（四）因對立思維的作用而發展出兩個相反的意義

十六、葉鍵得《古漢語字義反訓探微》（2003，頁138～139、229～230）

定義：「古漢語因詞義反向引申形成反義共詞，或因詞義内在對立關係形成一詞兼正反二義之詞彙訓詁現象，皆稱之爲反訓。」（頁139）

成因：

反訓之類型可分爲二類：（一）「正反同詞」（即徐世榮之「内含反訓」，包括「施受同辭」）。（二）「引申反訓」。

一、正反同詞：

包含「施受同辭」。一詞兼正反二義者。……

二、引申反訓：

（一）義本相因，引申而形成正反二義：

……

（二）詞義反向引申，形成正反二義者：

……（頁229～230）

十七、龍師宇純〈論反訓〉（1963）

定義：「一個字具有正反兩面的意義，通常稱之爲反訓。訓是解釋，反訓便是反過來解釋。這個觀念的產生，本來只是就一些顯然具有正反二義的字所作的解釋。後來推波助瀾，凡遇一字不能按其常義解釋，便用反面的

意義去說；由歸納而演繹，於是所謂反訓，便幾乎成了訓詁的普遍法則。」

成因：

現在且看郭氏所舉諸例：

一、苦而為快：……朱駿聲說文通訓定聲對此有另一看法。他說：「苦快一聲之轉，取聲不取義。」意思楚人說快為苦，語言仍是一個，不過方域不同，語音略有變異。我倒是很同意這一說法。第一，方言中本來有許多只是記音之字。大底子雲聽其他方言中有音無字的語言，語音與自己方言中某字類似，便借某字標音，只不過等於「本無其字，依聲託事」的假借，並不需意義上有何關聯。第二，從語音上講：苦快二字韻母雖不同，卻都讀溪母合口。說他們一語之轉，並非無此可能。……

二、以臭為香：……。原來臭字本來只是氣味的總稱，等於現在說氣味，並不限定惡腐之氣。……。至於後來臭為惡腐之氣，顯然是語義的演變。……；並非臭本為腐惡之氣，「反覆用之」而遂為芳香。而且我們還可以從臭字演變到腐惡之氣，其作氣味解的本義即不復存在一點看，更顯見其為語義的演變，並不是什麼反訓。……

三、以徂為存：……。不過在詩經來講，徂字並非得作存字解不可，往義仍然可通。依我來講，上章的「匪我思存」是非我思念之所在，下章的「匪我思徂」是非我思念之所往。拿現在話說，往便是嚮往。兩句話實在並非完全相等的。但是話雖不相等，意思卻可通。……

四、以曩為曏：……。反正是過去，時間的久暫只是相對的。這問題當如郝氏義疏的看法：「對遠日言，則曩為不久，對今日言，則曩又為久。」並無所謂正反。不知郭氏何以有此隔膜。……

五、以故為今：……。現在討論所謂肆作今解的問題。……。爾雅邢疏云：「以肆之一字為故今，因上起下之語，」方是正解。書召誥云「其丕能諴於小民，今休」，經傳釋詞云「今猶即也」，正可以說明「故今」的今是甚麼意思。所以肆字並沒有甚麼正反之義；故與今

意義相同，也只在於作「因上起下」之語助時如此，亦無所謂正反。……

六、以亂爲治：……在語言裏，往往除去某事某物的語言即緣某事某物之名而產生。也即是說，某事某物謂之某，除去某事某物亦謂之某；不過當它本身是形容詞的時候，兩者意義便顯得相反，於是便誤解爲毫無道理可言的反訓了。其實，如果了解亂與治的對立本是亂與去亂的轉變，便不會有此誤解。

然而如所周知，自郭氏以後，居於反訓的立場者也曾或多或少爬羅出些例子，欲以證成郭說。但大致言之，絕大多數仍是義的引申，如雠、仇、敵、對、措、置、舍、止、謝、逆、巧、智、厭、落、引之類。有的則因本是一事的二面，如受、貸、假、市、沽之類。其中也許有一二例不十分明瞭其究竟，如艾字有老少二義；但是不足以證成反訓之說卻是異常明顯的事。

十八、胡師楚生《訓詁學大綱》（1972，頁 105～124）

定義：「嚴格地說「反訓」這個名稱，根本是不能成立的，訓詁是解釋古字古言的，基於相反的原則去訓釋，才可以叫做反訓，我們現在既已明了所謂「反訓」的例子，其實都不是基於相反的原則去訓釋古字古言的，那麼就不該再名之爲「反訓」而視之爲訓詁的原則了。」（頁 124）

成因：

造成似乎是相反爲訓的原因，我們可以得以下幾種，第一，由於字義的引申演變。第二，由於聲音的轉移。第三，由於詞性的變異，第四，由於同音的通假。第五，由於句法的形式變化。第六，由於古字的應用自然。這只是就以上所舉的例證，歸納而得的六種結果，並不是說，造成所謂「反訓」的原因，僅只有此六種。如果我們繼續追尋下去，當然會發現更多的原因的。（頁 124）

十九、陸宗達、王寧〈談比較互證的訓詁方法〉（《訓詁與訓詁學》，1983，頁 116～118）、〈論"反訓"〉（《訓詁學原理》，1996，頁 122～125）

定義：「訓詁上也很早就發現了一種詞義互訓的規律，叫做相反爲訓，也稱反

訓。反訓表現爲兩種情況：一種是反義詞互訓，如"亂，治也"、"落，始也"。另一種是同一詞可以用一對反義詞來分別訓釋。如《廣雅・釋詁》既有"藐，廣也"的訓釋，又有"藐，小也"的訓釋。這兩種訓釋都表明，相反或相對立的兩個意義，可以在同一個詞形上互相引申出來。」（〈談比較互證的訓詁方法〉，《訓詁與訓詁學》，頁 117）

原因（與存在條件）：

（一）反義共詞最主要的條件是兩義雖然反向，但一定得相因。……。相因的情況很多，有的是同一行爲相銜接的兩個過程。……

有的系聯於同一特點。……

還有的是同一事物所具有的兩種相關的性質。……

以上所說，或具體過程相接，或詞意特點相同，或聚於同一事物。這些相同的關係都是具象性、經驗性的相關，而不是邏輯上的相關，當詞義進一步概括後，這種早期相關的狀況不明顯了甚至消逝了，反向的感覺才逐漸濃烈起來。

（二）所謂反義，只能是反向引申的結果。在意義上，雖反向而不能絕然矛盾。在邏輯上，絕對對立的意義不可能共詞，在感情色彩上絕然相反的意義也不可能共詞。……

（三）共詞的兩個反向意義，在使用上必定有較明顯的差別。這些差別包括：

1. 不共境。……

2. 使用頻率不平衡。……

3. 反義共詞在使用上往往與另一同義詞連用，以示區別。如"藐"有"小"、"遠"二義，則常以"藐小"、"藐遠"連用而區別；……

（四）反義共詞的內容具有民族性。（〈論"反訓"〉，《訓詁學原理》，頁 122～125）

二十、應裕康《訓詁學》（1993）

（與竺家寧似同，略）

二十一、竺家寧《文字學》（1995，頁 533～535）

定義：　「『反訓』的訓詁條例是東晉郭璞最早提出的。他注解《方言》、《爾雅》
　　　　時發現有『以苦爲快』、『以臭爲香』、『以亂爲治』、『以徂爲存』、『以曩
　　　　爲曏』、『以故爲今』幾條，因而説：『此皆詁訓義有反覆旁通，美惡不
　　　　嫌同名』。於是，後世訓詁學家就把『相反爲訓』視爲古書解釋的方式
　　　　之一。」（頁 533）

成因：

　　　　所以誤爲「反訓」的原因不外方言的音轉、詞義的變遷、詞性的轉移、
　　　　古籍的通假、字形的演化、句法的變換等等。並不是眞的有「相反爲訓」
　　　　的現象存在。（頁 535）

二十二、余雄杰〈略論古漢語的同形反義詞：兼爲“反訓”辨正〉（1996）

定義：　「所謂“反訓”，實際上即是同形反義詞。」
　　　　「同形反義——一字兼具正反兩義。」
　　　　「所謂“反訓”，從發軔之初即是一種假象，是古人沒有弄清楚某些詞
　　　　兼具正反兩義的情況下，以今律古的錯覺。我們認爲，假如説“反訓”
　　　　是一種語言文字現象，那麼，同形反義才是它的實質。所謂“反訓”從
　　　　古至今始終是一個非科學的概念，把“反訓”列爲一種訓詁條例（或方
　　　　式、方法）是錯誤的，把同形反義詞稱爲“反訓字”、“反訓詞”更是
　　　　錯上加錯，是毫無科學道理的。」

成因：

　　　（一）造字之初内含正反、施受兩義。這類字從其原始意義看，即包含
　　　　　　有相反相成的兩個字義，可謂先天的同形反義詞。……

　　　（二）詞義演變。有些同形反義詞，是在詞義演變過程中形成的，即從
　　　　　　詞義的本來含義中嬗變、分化爲正反兩義。……

　　　（三）詞義引申，構成同形反義。
　　　　　　詞義引申，不論是直接引申，還是間接引申，都有可能引申出與
　　　　　　其基礎義相反的意義，從而構成同形反義。……

　　　（四）詞類活用。古漢語中的詞類活用，原本是臨時活用而已，但有些
　　　　　　詞在活用中漸漸形成一種固定的詞義，使原詞兼具了正反兩義，

　　　　從而構成同形反義詞。……

（五）假借、通假而致同形反義。……

（六）因禮儀、褒貶、詞義的感情色彩，一個詞兼具兩種相反的意義，
　　　構成同形反義。

（七）在修辭上，或反語、或比喻、或忌諱，往往而正義反用，造成和
　　　原義相反的義項，造成同形反義。

第十章　同源詞研究

第一節　研究概略

　　針對爭議而言，同源詞的研究較之聯綿詞、反訓顯得單純許多。雖然同源詞在現代的研究頗受重視，然則儘管在細節上偶有修訂，整體看來，其認知與方法其實仍是大同小異的。具體而言，是圍繞在聲近、義通二個概念的要求與深化。固然，吾人不能否認，此二項條件是同源詞賴以建立的核心基礎，不過，用以落實到具體的實踐，但憑此二項原則，其實是遠遠不足的。這大抵是因爲材料、方法二者皆不易突破所致。只是在此本文仍要強調，如果前提不能確立、技術不夠成熟，即使做出了許多結果，恐怕也只能視爲一種實驗。

　　在上述的討論中，本文曾經指出，在本質上離不開經學的傳統小學，並沒有強烈的理由需要去探求語源，那些一般見視爲詞源學及其淵源的許多學說、概念，如聲訓，在漢代原本是天人感應下的正名主義，透過音同音近的巧合，「蓄意」爲事物「賦予」許多內涵。隨著讖緯之學的沈寂，而聲訓也罕見新製。又如右文說，大抵是文字學的範疇，強調聲符也可以表義，至於同一右文之諸字是否即爲同源，而其右文是否即語根、字根，卻不是前人所有意及之的。再如轉語，在清儒操作的表象下，幾乎便等同於同源詞的系聯了，不過，從上編的的討論中可以得知，不論東原、抑是二王等的許多清儒，其實並未刻意標舉脈絡之始出（語根），其所歸納之目的也只在強調義項之同，得以同一概

念爲訓，並不甚留意其間之淵源與先後。以是相較於同源詞中首重同出一源、相異諸詞的引申孳乳，自有其不可忽略的一線之隔。雖然不能否認，這些理論、意見皆得爲現代語源學所利用，甚至便直接將其轉化爲語源學也都是一種無可厚非，或是令人樂見其成的發展，然而直接等視諸說卻不免有些誤解與唐突了。

眞正有意在語言的立場上欲明各語詞之來龍去脈，並且企圖上探語源語根者，理應以章太炎爲其濫觴，《文始》一書是其具體呈現。若沈兼士即謂：

> 章〔太炎〕先生之論更有進於前人者：（一）自來訓詁家尟注意及語根者，章氏首先標準語根以爲研究之出發點，由此而得中國語言分化之形式，可謂獨具隻眼。（二）根據引伸之說，系統的臚舉形聲字孳乳之次第，亦屬創舉。章先生以後作《文始》，殆即動機於此。（〈右文說在訓詁學上之沿革及其推闡〉，《沈兼士學術論文集》，頁111）

所應注意的是，在這個理論實踐兼具的成果中，中國語源學一開始就同時包含著一體兩面的二項目的：求語根、繫詞族。不過，雖然章氏在理論上有此創舉，其技術的設計卻沒有得到相應的配合，導致其結論在可信度上一向批評不少。

章氏而後，在此議題上，廣爲人所注意的研究成果是瑞典漢學家高本漢（Bernhard Karlgren）的《漢語詞類》（*Word Families in Chinese*）。該書之撰作目的，蓋與《文始》不二，皆在語根與同源者，胡師楚生述及《漢語詞類》之撰作動機謂：

> 至於撰寫《漢語詞類》一書的動機，高氏自己也有說明。《漢語詞類》漢譯本一頁：「中國語裏也正和其他一切語言裏一樣，語詞組成許多族類，各類的親屬語詞由同一本原的語根所構成的。」又二頁：「中國語裏的語詞必須依照原初的親族關係把它們一類一類的分列起來。」（《訓詁學大綱》，頁233）

兩相比較下，《漢語詞類》一向受到較多的肯定，如王力以爲：

> 瑞典漢學家高本漢寫了一篇《漢語的詞族》，也是探討同源字的。他不列"初文"，不武斷地肯定某詞源出某詞，這是他比章炳麟高明

的地方。他只選擇比較普通的流行的詞來作分析，這也是嚴謹可取的。(〈同源字論〉，《同源字典》，《王力文集》，卷八，頁 53)

又胡師楚生亦謂：

《漢語詞類》一書，不但說明了許多古代中國語族之間的親屬關係，而且，也替更全面的同源詞研究，奠定了一個良好的基礎，它的方法，是比較精確而可信的，張世祿氏在漢譯本的序言中說：「中國語源的研究，可以說到此方成爲一種眞正的科學。」也並非是溢美之詞。」(《訓詁學大綱》，頁 237)

至其實際繫屬詞族的方式，何九盈表述道：

全書〔《漢語的詞族》(Word Families in Chinese)〕有兩部分。第一部分討論上古音構擬中的問題，……

第二部分是十個詞族分類表：

A. K－NG 一類的語詞

B. T－NG 一類的語詞

C. N－NG 一類的語詞

D. P－NG 一類的語詞

E. K－N 一類的語詞

F. T－N 一類的語詞

G. N－N 一類的語詞

H. P－N 一類的語詞

L. K－M 一類的語詞

K. T－M、N－M、P－M 諸類的語詞。

細看這十類的語音系列，我們就會明白高氏的分類原則有兩條。

一是按韻尾輔音分類，……

一是按起首音（聲母）分類，即三大類之中又各依聲母不同而分爲四類。

……

十大類之中又按音義相同相近分成詞族。這些詞爲什麼被歸在一起被認爲是同族關係，依靠簡單的釋義來證明。(《中國現代語言學

史》，頁 534～535）

質實而言，高本漢的架構比諸章氏，要來得簡單許多，所不同者主要在於：其一，高本漢不用「初文」，而爲人認爲其擺脫了字形的「執著」。其二，在音韻條件上高本漢更爲嚴格地「執其兩端」：聲母與韻尾輔音。以是儘管其在詞義的解釋遠遜於章太炎，[註1] 後人似乎對《漢語詞類》表現出更高的重視。可想而知，這兩個標準既然決定了二者的上下，而詞源研究的發展一般也將沿著這二個標準逐漸升級。

自章太炎以來，除高本漢之外，本文以爲中國詞源學的發展尚有三個比較重要的里程，其一是沈兼士，[註2] 其二是王力，其三則是王寧（及其弟子黃易青與孟蓬生）。三者皆在詞源、詞族概念與方法上提出了較爲具體、條理的意見，並且造成不少影響。

一、沈兼士

沈兼士在此最爲重要的論述無疑是其〈右文說在訓詁學上之沿革及其推闡〉（以下簡稱〈右文說〉）與〈聲訓論〉二文，今皆收入《沈兼士學術論文集》。[註3]

沈氏的意見在概念上有二點值得注意，其一，在「聲近義通」一點上，突顯了語言發生之始，有約定俗成的一面：

> 余謂凡義之寓於音，其始也約定俗成，率由自然，繼而聲義相依，展轉孳乳，先天後天，交錯參互，殊未可一概而論，作如是觀，庶幾近於眞實歟。（〈聲訓論〉，頁 259）

其二，明確了「語根」的定義與概念：

> 語言必有根。語根者，最初表現概念之音，爲語言形式之基礎。換言之，語根係構成語詞之要素，語詞係由語根漸次分化而成者，此一般言語之現象也。（〈右文說〉，頁 168）

[註1] 王力〈同源字論〉：「而且高本漢的漢文水平比章炳麟差得多（許多漢字都被他講錯了）。」（《同源字典》，《王力文集》，卷八，頁 53）

[註2] 沈氏〈右文說在訓詁學上之沿革及其推闡〉一文與高本漢《漢語詞類》同爲 1833 年出版。

[註3] 以下引述二文之頁碼即此書之頁碼。爲免煩冗，不更標示。

這二項概念具體而精準，並且將語言的發生、發展區別爲二個層次，打破以往學者以爲所有語言皆有理據的迷思，因而成爲現代語源學的基本共識。

不過落實到實際操作上，沈氏的方法論仍然存在著不小的局限，甚至是誤謬。在此環節上，沈氏首要解決的問題主要不外是同源判定的標準，其言曰：

> 任取一字之音，傅會說明一音近字之義，則事有出於偶合，而理難期於必然。由是知吾儕如欲探求中國之語根，不得不別尋一途逕。其途逕爲何？余謂即「右文」是也。（〈右文説〉，頁 170）

於是沈氏將目光投向了聲訓與右文：

> 竊謂古代聲訓義類之説，既可藉此證明古音之部居，而現代研究漢語字族者，更須從漢語本身之聲訓義類及右文説著手，因而綜合歸納之，以定字族詞類之範疇。儻僅衣〔依〕印支語之比較爲依據，恐仍是皮相之論枝葉之詞耳。（〈聲訓論〉，頁 261）

就右文而言，沈氏以爲其較章氏之初義以及其早期主張之古文象形、文字畫等更能突破文字的糾葛，而眞正代表語言：

> 近世學者推尋中國文字之原，約得三説：一於《説文》中取若干獨體之文，定爲初文，由是孳乳而成諸合體字，此章氏《文始》之説也。一於古文字中（包含卜辭金文）分析若干簡單之形，如‧一乂……等體，紬繹其各個體所表示之意象，而含有此等象形體之字，其義往往相近，是此等象形體即可目之爲原始文字，余囊昔曾主張此説，近魏建功君更有進一步之研究。一即余近所主張之「文字畫」。然三者所論皆是字原而非語根。且前二説近於演繹法，其弊易流於傅會。余以爲審形以考誼，似不若右文説就各形聲字之義歸納之以推測古代之字形（表）與語義（裏）爲較合理。此余所以推闡右文之故也。（〈右文説〉，頁 170）

並且就其緊扣語言一項，認爲意符字自文字畫而來，與語言無涉，而語言演變之跡只能訴諸音符字之形聲字：

> 或謂右文所據之對象，多爲晚周以來之字，奚足以語古？余以爲形聲字固爲後起之音符字，然研尋古代語言之源流反較前期之意符字爲重要，蓋意符字爲記載事蹟之文字畫之變形，直接固無與於語言

也，若以圖式表之，當如下：

……

且形聲字之聲母，泰半借意符之象形指事字爲之，即欲研究意符字，則綜合各形聲字之音義，以探溯其聲母之所表象，不猶愈於但取獨體文或剖析象形體而假定其孳乳字之爲自然有系統乎？且右文所表示之古義，本非如清代古音學家據《詩》三百篇韻腳研究所得之結果，輒目之爲三代古音盡在於是者然。雖然，欲憑古文字以考古語言，則捨形聲字外，實無從窺察古代文字語言形音義三者一貫之跡。故右文之推闡，至少足以爲研究周代以來語言源流變衍之一種有效方法，此固爲吾人所不能漫加否認者也。（〈右文説〉，頁 171）

其次，在聲訓上，沈氏則擬定了六項意義關係，以爲詞族系聯之參照也：

一、相同之例：音義相讎，改易殊體，《説文》謂之重文，《文始》謂之變易，顧氏《略例》有本字一例，此則貌異而實同，今命之曰相同，謂字雖異而語則同也。……

二、相等之例：孟子曰：洚水者，洪水也。楊雄《方言》所謂轉語代語，章太炎〈轉注假借説〉謂之形雖枝別，語同本株之轉注字，今命之曰相等，謂字異音轉而語義仍相等也。……

三、相通之例：語詞分化，其音或變或不變，章太炎《文始》云義自音衍謂之孳乳者是矣。今命之曰相通，謂其語根本同，義相引申而通也。……

四、相近之例：語雖別而義類相近，古來聲訓，此類最多，而訓詞與被訓詞之關係則較疏，今命之曰相近，謂其語根未必同，而其義類則有相近之點也。……

五、相連之例：此謂訓詞與被訓詞之爲複音連語者，蓋漢語每一音必以一字形表之，於是聯綿詞往往遂被分析爲二字，且有以互爲聲訓者，今命之曰相連。……

六、相借之例：此以本借字爲聲訓，漢儒注經有以音近之字易之者，謂之讀爲，亦言讀曰，即破字之一例也。章太炎〈轉注假借説〉謂之同聲通借，此則以訓詁式出之，雖亦自冒於聲訓之

例，實則似是而非者也。今命之曰相借，蓋語異而音同，因之
借以比況耳，……

六例之中，以相等、相通、相近、相連四例有關於詞類分化蕃衍者
甚鉅，「學者儻能準此以理董自來之聲訓，進而總彙之，編纂成書，
以爲研究漢語字族者之參考，其功用當不在推闡右文之下也。(〈聲
訓論〉，頁 264～274)

確實，沈氏在前說的批評上是有其道理的，而以爲右文、**聲訓**較貼近語言立場，
並且較能反映語言發展的軌跡，大抵亦是不錯的。不過，謂其較能反映是一事，
而以其直接等同又是一事。事實上，在肯定了音符字較爲近古之後，沈氏其實
是將右文直接視爲語根的：

(1) 中國文字雖已由意符變爲音符，然所謂音符者，別無拼音字母，
　　祇以固有之意符字借來比擬聲音，音托于是，義亦寄於是。故
　　求中國之語根，不能不在此等音符中求之。

(2) 中國語語根之形式，既如上所說，則其語詞分化，自亦有其特
　　別之方法，於音方面：或仍爲單音綴，而有雙聲疊韻之轉變；
　　或加爲複音綴，非附加語詞，即增一語尾。於形方面：或加一
　　區別語詞意義之偏旁（即形旁），或連書二字爲一語辭。其類別
　　約可分爲四：

　　A. 語根之外增加形旁而音不變者，如于與竽，非與扉之類是也。

　　B. 語根之外增加形旁而音由雙聲疊韻轉迻者，如禺與偶，林與
　　　禁之類是也。

　　C. 由一語根分化他義而以另一雙聲或疊韻之字表之者，如
　　　「天」、「頂」、「題」是也。

　　D. 由單音語根變爲複音語詞者，如天變爲天然，支變爲支離之
　　　類是也。……（〈右文説〉，頁 171～172）

這不免仍不能正視語言、文字的時代差異，以及其間配合與發展之參差也。至
其自聲訓中得來之六項義例，僅略由現象，配合其成因，泛言二詞意義之可能
關係，而不能進一步解釋相近、相通之具體要求，究其實，雖然分類較細，仍
與一般「義通」一項無大差異。以是其所能獲致的效果畢竟有限。

二、王　力

　　王力之理論與實踐具體呈現在其《同源字典》以及《字典》前所附之〈同源字論〉裏。〔註4〕書中，王力首先確定了同源字的定義：

> 同源字的研究，其實就是語源的研究。（《同源字典・序》，頁10）
>
> 我們所謂的同源字，實際上就是同源詞。（〈同源字論〉，頁10）
>
> 凡音義皆近，音近義同，或義近音同的字，叫做同源字。這些字都有同一來源。或者是同時產生的，如"背"和"負"；或者是先後產生的，如"犛"（犛牛）和"旄"（用犛牛尾裝飾的旗子）。同源字，常常是以某一概念爲中心，而以語音的細微差別（或同音），表示相近或相關的幾個概念。（同上，頁7）

又：

> 爲什麼說它們是同源呢？因爲它們在原始的時候本是一個詞，完全同音，後來分化爲兩個以上的讀音，才產生細微的意義差別。有時候，連讀音也沒有分化（如"暗、闇"），只是字形不同，用途也不完全相同罷了。（同上，頁9）

這樣的概念較之前說並沒有太大的差異，不過「同源字」、「同源詞」的定義、名稱似乎就此成爲中國語源學的一個普遍的表述。若殷寄明即以爲：

> 漢語詞匯中的同源詞是客觀存在的，前人早有認識，但最早給"同源詞"下定義的是王力先生。（《語源學概論》，頁96）

自然，王氏所要解決的問題，並不在名稱與定義上，而是詞族的系聯如何有效、可靠。就此而言，王氏自訂的目標理應是其自前說中指出的暇隙，尤其是章太炎與高本漢二者，王氏以爲：

> 章氏的《文始》，實際上是語源的探討。他在敍例裏說，研究文字應該依附聲音，不要"拘牽形體"，這個原則無疑是正確的。但是他自己違反了這個原則。他以《說文》的獨體作爲語源的根據，這不是"拘牽形體"是什麼？……
>
> 除了上述的原則性錯誤之外，章氏還有兩個方法上的錯誤：第一，

〔註4〕該書後收錄於《王力文集》第八卷，以下所標頁碼俱依《文集》。

聲音並不相近，勉強認爲同源；第二，意義相差很遠，勉強加以牽合。（〈同源字論〉，頁 51～52）

瑞典漢學家高本漢寫了一篇《漢語的詞族》，也是探討同源字的。他不列"初文"，不武斷地肯定某詞源出某詞，這是他比章炳麟高明的地方。他只選擇比較普通的流行的詞來作分析，這也是嚴謹可取的。但是章炳麟所有的兩大毛病──聲音不近而勉強認爲同源，意義差遠而勉強牽合──高本漢都有，而且高本漢的漢文水平比章炳麟差得多（許多漢字都被他講錯了）。因此，他的《漢語的詞族》也不是成功的著作。（同上，頁 5）

約而言之，計有三端：其一，打破文字的局限，直指語言。其二，語音條件的要求。其三，語義條件的要求。

　　針對第一點而言，大抵是一種消極的限定，王氏因而不計字形，只從音、義二端著眼。姑不論如斯作法是否必然可從，然自此以後，後人在中國語源學中基本上產生了一種偏激的心態，則避字形而唯恐不及也。

　　嚴格說來，王氏提出較爲積極的技術仍在音、義二項上。在義的部分，王氏以爲必須根據古代的訓詁：

判斷同源字，主要是根據古代的訓詁。有互訓，有同訓，有通訓，有聲訓。（〈同源字論〉，頁 12）

由上所述，可以看出，我們所定的同源字，是有憑有據的，不是臆斷的。（同上，頁 19）

並且從中歸納了詞義關係的許多情況：

詞義方面，也跟語音方面一樣，同源字是互相聯系的。分析起來，大概有下面的三種情況。

（一）實同一詞。……

（二）同義詞。……

（三）各種關係。

在同源字中，有許多字並不是同義詞，但是它們的詞義有種種關係，使我們看得出它們是同出一源的。分析起來，大約可以分爲十五種關係。現在一一加以敘述。

(1) 凡藉物成事，所藉之物就是工具。……

(2) 對象。……

(3) 性質，作用。……

(4) 共性。……

(5) 特指。……

(6) 行爲者，受事者。……

(7) 抽象。……

(8) 因果。……

(9) 現象。……

(10) 原料。……

(11) 比喻，委婉語。……

(12) 形似。……

(13) 數目。……

(14) 色彩。……

(15) 使動。(〈同源字論〉，頁 29～49）

至於音的一面，王氏首先以爲必須以先秦古音爲據：

> 但是同源字還有一個最重要的條件，就是讀音相同或相近，而且必須以先秦古音爲依據，因爲同源字的形成，絕大多數是上古時代的事了。(同上，頁 19）

並且強調聲音同近認定的標準必須嚴格限定：

> 值得反復強調的是，同源字必須是同音或音近的字。這就是說，必須韻部、聲母都相同或相近。如果只有韻部相同，而聲母相差很遠，……；或者只有聲母相同，而韻部相差很遠，……，我們就只能認爲是同義詞，不能認爲是同源字。(同上，頁 28）

具體而言，在其二十九韻部、三十三聲母的系統下，王氏以爲韻部上的疊韻、對轉；聲紐上的雙聲、旁紐是較爲常見的：

> 在同源字中，疊韻最爲常見，其次是對轉。至於旁轉、旁對轉、通轉，都比較少見。但通轉也有比較常見的，例如魚鐸陽和歌月元的通轉。(同上，頁 24）

在同源字中，雙聲最多，其次是旁紐。其餘各種類型都比較少見。(同
上，頁 28)

便在此結構下，王氏撰成其《同源字典》。儘管後人對《同源字典》的表現也不
無疑義，如孟蓬生：

王力早年曾批評章太炎《成均圖》通轉範圍過寬，但我們仔細審視
王力的《韻表》，所立韻轉名目並不比章氏爲少。以之部爲例，它既
可以跟同橫行的幽部發生關係，也可以跟同直行的侵部發生關係，
如此推論下去，也是"無所不通，無所不轉"。(《上古漢語同源詞
語音關係研究》，頁 90)

不過，只論音、義，並在範圍上愈趨嚴格，卻一向是備受肯定的，如孟蓬生即
謂：

王力先生從聲韻兩方面判定同源詞，並努力從韻轉現象和聲轉現象
探求音轉規律，這是值得我們學習和借鑒的地方。(《上古漢語同源
詞語音關係研究》，頁 90)

相對而言，沈氏推闡的右文說便罕見特意標舉了。

三、王寧、黃易青、孟蓬生

王力以後，同源詞的討論愈見蓬勃的趨勢，殷寄明以爲：

《同源字典》的問世，客觀上起了語源學復蘇和導向作用。……。
其發展軌跡也大抵可以勾勒：以補充、訂正王著爲起點，圍繞同源
詞定義問題、同源詞與異體字及假借字的關係問題、同源詞的系聯
問題等展開熱烈的討論，進而總結古人的語源學經驗，回顧語源學
的歷史，探討語源學中各種有關問題。《同源字典》的影響爲作者始
料不及，對當代語源學研究的確是起了巨大推動作用的。(《語源學
概論》，頁 97)

這一點大抵是符合實情的。不過質實而言，一般皆不能逾越王力的框架。其中
在理論上較具開創性者，應該要屬之王寧了。王氏論述同源詞之代表作可爲〈漢
語詞源的探求與闡釋〉(《訓詁學原理》)、〈談比較互證的訓詁方法〉(《訓詁與訓
詁學》)、〈詞源意義與詞匯意義論析〉(與黃易青合著)等。同時其弟子黃易青

與孟蓬生亦皆能發揮師說，而有許多成果，前者如《上古漢語同源詞意義關係研究》、〈同源詞義素分析法：同源詞意義分析與比較的方法之一〉、〈同源詞意義關係比較互證法〉等；後者有《上古漢語同源詞語音關係研究》、〈論同源詞語音關係的雙重性〉等。

在同源詞的現象背景上，王寧首先指出漢語詞匯發展的三個階段：

> 漢語詞匯的積累大約經歷過三個階段，即原生階段、派生階段與合成階段。這三個階段之間沒有絕然分清的界限，只是在不同的階段，各以一種造詞方式為主要方式。(《上古漢語同源詞語音關係研究·序》，頁6)

其中原生階段是約定俗成的造詞：

> 關於原生造詞的理論只能是一種無法驗證的假說。我們所能知道的只是，原生詞的音義結合不能從語言內部尋找理據，它們遵循的原則一言以蔽之，即所謂"約定俗成"。(同上，頁7)

派生階段時繫周秦，新詞由舊詞轉化而成：

> 而當詞匯的原始積累接近完成時，派生造詞逐漸成為占主導地位的造詞方式。這一階段，漢語由已有的舊詞大量派生出單音節的新詞，並促成了漢字的迅速累增。周秦時代是漢語詞匯派生的高峰，在紛繁的派生活動中，積累了大量的同源詞。(同上，頁7)

> 派生造詞階段正是古代漢語文獻大量產生的時期，在書面漢語裏，孳生造字伴隨派生造詞，成為區別同源詞與同音詞的一種措施。(同上，頁8)

至兩漢以後，則主要是合成的階段，漢語透過原有的單音節詞構成雙音節詞，產生新的詞匯：

> 合成階段的到來是漢語詞匯發展的必然結果。……，在兩漢以後，合成造詞取代了派生造詞，成為漢語主要的造詞方式。隨之而來的，是漢語由單音詞為主逐漸轉變為雙音詞為主，同時，大規模造字的階段也就隨之結束了。(同上，頁8)

在如是的認知上，詞源學的研究既然主要在於系聯單音節詞，其時代便應該設

定在周秦時期：

> 漢語同源詞系聯主要系聯單音節詞和語素，這就是爲什麼詞源研究
> 一直屬於先秦漢語研究領域，這也就是爲什麼同源詞系聯都用《詩
> 經》音系爲線索。（同上，頁 8）

這是王寧在詞源研究的對象設定。至於實際的技術層面，王氏一方面重視「右
文」的線索：

> 特別要提出的是，漢語的派生階段，是與漢字的孳乳造字同步發生
> 的；所以，中國傳統語言文字學早就發現了"右文"現象，非常重
> 視形聲字聲符在同源詞系聯上的線索作用，而且取得了不少成果。
> （同上，頁 8）

一方面又將清人的操作方式理論化，而主要提出了兩個方法，其一是平行互證
法。其一是義素分析法。這兩個方法自然針對的都在於同源詞彼此間的音義關
係，特別是意義的確定：

> 前代和當代同源詞研究實踐中運用的對象意義進行分析與比較的方
> 法有義素分析法和比較互證法，陸宗達、王寧先生已經對它們作了
> 理論總結。進一步探討其中的原理，補充其内容，同時，把這兩種
> 方法溝通起來，使之既有分別又有聯繫，成爲能夠判定同源詞的意
> 義關係、描寫錯綜複雜的詞源意義系統的方法，是同源詞研究科學
> 化的要求。（黃易青，〈同源詞義素分析法〉）

又：

> 《釋名》以後，詞源研究者探索和總結出許多方法，但迄今爲止在
> 漢語詞源研究中行之有效的同源詞音義關係的判定方法是乾嘉以後
> 學者廣泛使用後經陸宗達、王寧先生加以科學總結的平行互證法
> （原稱比較互證法）。（孟蓬生，《上古漢語同源詞語音關係研究》，
> 頁 7）

如上引所述，「平行互證法」原稱「比較互證法」，在〈談比較互證的訓詁方法〉
中，王氏主要用以比較詞義的聯繫。其言曰：

> 所謂"比較互證"，即是指比較其異，證明其同。也就是說，相異

才能比較，相同才能互證。

詞與詞之間意義的關係不可隨意判定，必須從它的運動全貌來看，也就是要在整個的引申系列中觀察比較它們的異同。（《訓詁與訓詁學》，頁 124）

用比較互證的方法可以確定二字是否同源。同源字除聲音相同或相近外，意義的聯繫不是偶然的，必須發生相承的關係（在同一引申系列中）或全線相重的關係（引申的趨向一致）。同根詞（同源字）有的能很快判定，有的則需進一步證明。證明時便需拿整個引申系列加以比較。（同上，頁 132）

以「過」、「越」二詞爲例，王氏以爲：

"過"和"越"《說文》同訓"度也"，從"〔辵〕"與從"走"之義本相同，所以知道它們的本義是一致的。從引申系列看，它們都可以從具體空間的過渡，引申爲某一事件的經歷，又可引申爲時間的超越。"過"由"超過"義引申爲"過分"、"過錯"，"越"也因"超過"義引申爲不切實際，也就是"迂闊"，二義相近。"過"可引申爲"到……去"，也就是"造訪"，"越"則有"從……去"的意思，二義仍相近。"過"有"遍"義，即"擴散"，"越"有"遠"義，即"傳播"。（同上，頁 128）

而此在孟蓬生《上古漢語同源詞語音關係研究》中的轉述，則進一步公式化，並用以兼論音、義之二端：

平行互證法是乾嘉以後學者廣泛應用後經陸宗達、王寧先生加以科學總結的既適用於訓詁學又適用於詞源學的研究方法。它的基本公式是：

a1：a2＝b1：b2＝c1：c2＝d1：d2……

a1 和 a2 等代表兩個可以發生關係的音或義，也可以代表兩個同源詞。A1 和 a2 的相當於 b1 和 b2、c1 和 c2、d1 和 d2 的關係，換句話說，它們之間構成一種平行關係。由於多組這種平行關係的存在，它們之間可以構成一種互證關係。

1.利用平行互證法證明同源詞之間的音轉關係……

2.利用平行互證法證明同源詞之間的義轉關係……

3.利用平行互證法兼證音義關係……

4.利用平行互證法證明古今音變（頁48～53）

細究之下，王、孟二者雖在原理上不二，而其施用角度則略有差異，蓋王氏用以比較二同源詞引申義群的平行發展，而孟氏則以多組同源詞具有共同的音轉、義轉，因而類推、證明其它同性質的同源詞組的演變應該是一致的。

其次，在義素分析法一端，王寧首先強調詞源意義與造詞理據的概念：

> 在詞源研究中，義通的探討有不少誤區，最影響系聯準確性的有兩點：一是把漢字的造字理據與漢語的造詞理據混同；另一個是把詞源意義與詞匯意義混同。造詞理據、詞源意義，傳統詞源學又稱"意義特點"，它帶有具象性，居於義素這個層次上，是與詞匯意義不同的概念。（《上古漢語同源詞語音關係研究‧序》，頁6）

所謂的詞源意義，王寧在其與黃易青合撰的〈詞源意義與詞匯意義論析〉一文中解釋曰：

> 詞源意義是同源詞在滋生過程中由詞根（或稱語根）帶給同族詞或由源詞直接帶給派生詞的構詞理據。

又：

> 詞源意義是從發生學角度確定的詞的命名來源，經過對這種來源的追溯，我們可以得到詞在命名時的依據；……。用術語確定它，詞源意義就是構詞的"理據"。從不同的角度闡釋詞源意義的實質和內涵，還可以用"詞義特點"、"源義素"、"意象"等名稱。（同上）

王氏並舉「辰」、「脈」之例謂：

> 《說文‧辰部》："辰，水之衺流別也。"——派出的支流，對主流來說，它是衺出的。又"脈，血理分衺行體中者。"——人身上的血脈，它是由主動脈與支脈組成的。類似河流的主流和支流。它的支脈也是衺出的。兩個詞在構詞的時候，都把"別出、衺出"當成依據；但是，這兩個詞"支流"、"血脈"的詞匯概括意義沒有相同的關係。在使用時，也就是放到語境中體現言語意義時，它們中

　　任何一個詞內包含的“別出、衺出”的意思,也不直接顯現出來。(同
　　上)

簡而言之,是有別於「支流」、「血脈」之詞匯意義,而突顯「別出、衺出」爲
「厎」、「岷」二詞共同之造詞理據。

　　而義素分析法,大抵即是抽繹諸詞之造詞理據,用以確定其同源與否的一
種方法。黃易青以爲:

　　在歸納的基礎上,把同源詞的義位切分爲兩部分即源義素和類義素
　　的方法,就是同源詞義素分析法。它的作用是對同源詞意義的內部
　　結構進行分析。通過這種分析,可以從一組同源詞中歸納出詞源意
　　義,即構詞的理據。(〈同源詞義素分析法〉)

王寧述其具體內容謂:

　　稍＝／禾類／＋／葉末端漸小處／

　　秒＝／禾類／＋／芒末端漸小處／

　　艄＝／船類／＋／尾端漸小處／

　　霄＝／雲霞類／＋／最高(頂端)視之漸覺小處／

　　鞘＝／鞭類／＋／(繫於)頂端而細小處／

　　梢＝／樹木類／＋／末端漸小處／

　　消＝／施於水／＋／使之少／

　　銷＝／施於金／＋／使之少／

　　削＝／以刀施之／＋／使之少／

　　經過分析的兩個部分,顯示了詞義的內部結構,而每一部分都小於
　　一個義項(義位)。借鑒西方語義學的義素分析法,我們把這兩部分
　　定爲義素。如果我們把分析後的前半部用／N／表示,這部分含著
　　詞義的類別,我們稱爲“類義素”;後一部分用／H／表示,這部
　　分含有被人們共同觀察到的詞義特點,也就是造字所取的理據,我
　　們稱作“核義素”或“源義素”。(〈漢語詞源的探求與闡釋〉,《訓
　　詁學原理》,頁149～150)

由是王寧以爲:

　　同源詞的類義素是各不相同的;而核義素是完全相同或相關的。(同

上，頁 150）

並描述同源詞意義關係之公式為：〔註 5〕

　　　Y〔X〕＝／N〔X〕／＋／H／

以之描述上引一組同源詞，則可得出：〔註 6〕

　　　Y〔5〕＝／禾類、船類、雲霞類、革類、樹木類／＋／尖端——

　　　　　　漸小／

　　　Y〔3〕＝／水類、金類、刀類／＋／使之小／

至於派生詞之源義素，即等於源詞者，王寧以為可表示為：〔註 7〕

　　　Y1＝／N1／＋／H／

　　　Yh＝0＋＼H＼

以「桌」為例，則是：〔註 8〕

　　　Y（桌）＝／木器類／＋／卓／

　　　Y（卓）＝0＋＼卓＼

循此，孟蓬生則進一步補充道：〔註 9〕

　　　當分析對象是包含有名詞、形容詞、動詞的一組同源詞時，類義素

　　　可以用範疇義素來替換。例如：

　　　3.梢：小：削

　　　梢＝／名物範疇／＋／小／

　　　小＝／性狀範疇／＋／小／

　　　削＝／動作範疇／＋／小／

以上所述是王寧擬定推究同源詞的方法大要。不可否認，王寧可謂近代訓詁學
中構造、表述理論最具條理性的一位，其貢獻自是不可忽略，並且也造成一定
的影響，如胡繼明《《廣雅疏證》同源詞研究》一書，基本上便是這個體系的一

〔註 5〕見〈漢語詞源的探求與闡釋〉，《訓詁學原理》，頁 150。

〔註 6〕見〈漢語詞源的探求與闡釋〉，《訓詁學原理》，頁 150。

〔註 7〕見〈漢語詞源的探求與闡釋〉，《訓詁學原理》，頁 151。

〔註 8〕見〈漢語詞源的探求與闡釋〉，《訓詁學原理》，頁 151。

〔註 9〕見《上古漢語同源詞語音關係研究》，頁 36。

個實踐成果。不過，這個體系畢竟尚未臻於完備，存在某些尚待斟酌、補充之處。較顯見者，是其在語音方面的著力，相對語義而言，恐怕是較爲薄弱的。也許不能肯定是否即有見於此，其弟子孟蓬生在其指導下完成的論文《上古漢語同源詞語音關係研究》，實可視爲這一方面的補強。

針對語音而言，孟氏首先強調的是，同源詞間語音的條件在理論上不應以同音爲極則：

> 主張同源詞語音必須音近的用意是好的，那就是希望以語音關係的遠近作爲標準將同源詞和非同源詞分開。⋯⋯。但需要指出的是，認爲同源詞的語音必須相近的觀念是一種錯誤的觀念，這種錯誤觀念的存在，嚴重地影響著漢語同源詞研究的深入開展，有必要加以認眞的清理。(《上古漢語同源詞語音關係研究》，頁 20)

這裏，孟氏由以下四個層面的理解論證其想法：

1. 同源詞的語音關係的遠近是一個相對概念，⋯⋯

2. 從同源詞的實際派生現象來看，同源詞的語音關係確實不限於相同和相近⋯⋯

3. 語音相轉和語音相近是兩個不同的概念
   語音相轉是指兩個音之間存在著單向或雙向的流轉關係，語音相近是指從語音學上看兩個音發音相似，⋯⋯

4. 歷史比較語言學的啓示
   ⋯⋯。歷史比較語言學在判定同源詞時強調語音對應規律（相當於我們所說的音轉規律），並不強調語音形式的表面相似。(同上，頁 20～27)

舉其要者，本文以爲以下幾個概念是特別值得注意的：

（一）同源詞的派生的歷時性：

孟氏側重指出同源詞發生、發展實爲一長期的歷史進程，以共時的上古音系去要求同源詞間的音近音同是不合實情的。孟氏曰：

> 同源詞的派生是一個相當漫長的歷史過程，同源詞的派生是由變易和孳乳、由直接派生和間接派生交替更迭而形成的一個較長的派生系列，上古產生的源詞有沒有必要跟近代乃至現代的間接派生詞音

近？有些人看到了這一點，於是就強調同源詞的上古音必須是相同或相近的。但上古音並不是遠古之音，上古音相近、相遠的詞並不一定就是在遠古相近、相遠的詞，就像我們不能根據現代音的遠近分合去決定中古音的遠近分合，不能根據中古音的遠近分合去決定上古音的遠近分合一樣。上古語音系統是中古語音系統演變的起點，又是遠古語音系統演變的終點。漢藏語系的歷史比較研究還處於起步階段，我們怎麼能夠將所有同源詞的語音關係限制在從目前各家所定的上古音系出發確定的音近關係的範圍呢？李方桂說：

"古音部分極不相同之字，可以從同一語根分化出來。此中別有條例，我們現在毫未得其門徑而已。"從學術發展的眼光看，李方桂的話的確是很有見的。（同上，頁23～24）

（二）同源詞的語音聯繫在於音轉，而非音同：

這裏，孟氏除了強調音轉才是系聯同源詞之所重外，更進一步指出向爲學者所忽略的兩種音變模式：離散式音變與疊置式音變：

長期以來，許多學者只注重連續式音變（條件音變）而忽略離散式音變（詞匯擴散）、疊置式音變（文白異讀）。

連續式音變是以音素（音位）作爲音變單位而發生的變化，同一音位在不同的條件下或在不同的地區會發生不同的變異，在同一地區相同的條件下的同一音位不會有不同的演變。……

離散式音變是以詞作爲音變單位而發生的變化，音變在語詞中的實現是一個一個地進行的，一種音變在進行過程中具有參差性，當受到其他因素的影響時會改變方向或造成中斷（thwarted changes），從而在語言系統中留下殘存現象（residue）。……。因此即便在周秦時代的語音系統中也不能保證同源詞語音關係的相近。疊置式音變（如文白異讀）是指一個方言受一種權威方言的影響，因採取靠攏方式而發生的音變」（同上，頁25～26）

（三）派生詞與源詞的必然歧異：

孟氏以爲，緣於派生詞既已從源詞分化出來，則其間必然在音或義上有其不同，就此而言，在同源詞間言其音同是沒有意義的：

同源詞的研究是漢語詞匯派生歷史的研究。一個派生詞能夠脱離源
詞而獨立，一定跟源詞有所不同，或者是語音不同，或者是語義不
同。在語音相同的情況下，語義必然不同；在語義相同的情況下，
語音必然不同。從這個意義上說，同源詞的聲音不在於求同，而在
於求異。比如"父"和"爸"，只有當輕脣音產生，人們以"父"
這個古字來記錄"fu"這個今音，以"爸"這個今字來記錄"ba"
這個古音時，二者才成爲同源詞。聲音未分化以前，只有一個詞，
父和爸古音相同或相近的説法是沒有意義的。（同上，頁 26～27）

本文以爲這三項意見確實是較爲合理的推測，並且也是詞源研究一向忽略的部
分，是，對於孟氏以「音轉義通」取代「音近義通」的這個主張，本文是深表
贊同的：

因此要求所有同源詞語音相近只能是一個不切實際的幻想，它必然
導致同源詞的大量遺漏。我們從語音方面判定同源詞要致力於證明
它們在語音上的流轉關係，而不是證明它們在語音上的相同或相
近。同源詞的關係與其説是"音近義通"，不如説是"音轉義通"。
（同上，頁 26～27）

在打破了音同音近的執著後，孟氏提出另一種看待語音關係的模式是語音聚合
與離散的雙重性。孟氏謂：

所謂"聚合性"，就是指一組同源詞的語音相對集中地聚集在若干
聲紐（或若干聲類）以及若干韻部（或若干韻類）的情形。（同上，
頁 201）

同源詞語音關係的游離性是指一部分同源詞跟本組的大部分同源詞
語音相對較遠的情形。（同上，頁 213～214）

同源詞語音關係的游離性跟同源詞語音關係的聚合性一樣反映了漢
語詞匯發生學系統的客觀存在。少數同源詞游離於本組的大部分同
源詞之外，就像支系遠離家族，游子遠離家庭一樣，是一點也不讓
人感到奇怪的事情。……遠離家庭更讓人感覺到家庭的存在，遠離
系統更讓人感覺到系統的約束。（同上，頁 216）

而此則是孟氏歸納《説文》中 800 組同源詞所得之結果：

在系統論思想的指導下，我們對《說文解字》中 800 組同源詞（5500
個字）的語音關係進行了綜合考察與全面分析，取得了一些初步的
研究成果。同源詞語音關係的雙重性（即聚合性與游離性）是我們
的重要結論之一。（〈論同源詞語音關係的雙重性〉）

並以為在語源學研究可以提供三項助益：

認識同源詞語音關係的雙重性（聚合性與游離性）至少有以下三個
方面的意義：

1. 有助於解決同源詞語音關係的遠近問題。……

2. 有助於了解同源詞語音關係的規律性與複雜性。……

3. 有助於了解聲紐與韻部的遠近分合，檢驗現有上古音系的解釋能
　力。（同上）

以上所論沈兼士、王力與王寧諸位學者之意見，是本文以為現代對漢語語源學
理論所提出較完整、且具積極貢獻者。外此之諸家，或前或後，大抵皆不更逾
越其基本體系。如上述胡繼明是直接援用王寧、孟蓬生之理論。又如蘇新春〈同
源詞的同源線是形象義〉所指「形象義」大抵即近於王寧之「核義素」。其中或
有楊光榮《藏語漢語同源詞研究》一書，可謂表述較為特殊而引人注意者，若
其「二維度詞源學」、〔註10〕「網絡詞源學」、〔註11〕「象似元」等，〔註12〕皆為
借鑒其他科學理論而擬定的新術語。不過，一如王松木之論反訓一般，穿透其
術語、理論，於實質之認知、技術之效用，亦未多見有異於前者。在此便不更
一一詳述了。

〔註10〕楊氏《藏語漢語同源詞研究》解釋謂：「『二維度詞源學』，是指對詞義予以二分，
　　　　再加上對音節的傳統的聲、韻二分，這樣，從詞義到音節，均處於統一的二分狀
　　　　態下。」（頁 54）並構擬其模型為：「同源詞＝聲母·韻母→語音表達式＝核義·
　　　　類義→詞義表達式」（頁 57）

〔註11〕楊氏謂：「我們這裏所說的『非線性詞源學』，也可以稱之為『網絡詞源學』，它是
　　　　相對於『線性詞源學』而言的，它的核心觀念是同源詞網絡，即各個同源詞是處
　　　　於以『核義』為中心而組成的一個同源詞集團的網絡中。」（《藏語漢語同源詞研
　　　　究》，頁 96）

〔註12〕楊氏以為：「『象似元』，是類比神經元而提出的一個術語，它是同源詞網絡中的基
　　　　本單位，而整個同源詞網絡便是由象似元這些基本單位所組成的。一個象似元就
　　　　是一個同源詞集團。」（頁 173）

第二節　研究商榷

一、前說指疑

　　上節本文著重介紹了漢語語源研究的幾個重要里程。較之前代，其主要的成就，或取向，大體表現在理論的完備、概念的深化，以及技術的精緻三者。尤其是後者，其實是理論、概念能否成立的一個重要檢測，並且在傳統訓詁學的本質上，亦不啻為詞源研究的核心目的，大抵一旦技術失效，其理論、概念不免要受到質疑、修訂，而其系聯詞族、尋繹語根的結果亦將淪為一場空談。若《文始》、《漢語詞類》歸納的詞族一向罕見有人引證，原因多半即在乎此，以是學者於此之用力蓋亦最多。約而言之，現代研究在此的努力一般可以歸納為三個取向：重語言輕文字、對音轉規則的理解以及對義轉規律的掌握。而後二者普遍傾向於愈趨嚴格的限定。

　　如此的設定是否合理，在學界中其實已有反思，如王寧之不廢右文，孟蓬生語音關係的雙重性皆是比較能夠回歸語言現象的一種相對持平的主張。

　　不可否認，諸位前輩，不論是研究雛形的提出，抑是在各種雛型下的反思與修正，都逐步地促進詞源研究的愈趨深細，其貢獻確實不容輕易忽略。不過，遺憾的是，如果吹毛求疵地真從實效面去加以評估，現有的研究成果似乎也並不真的具備足夠的說服力。具體言之，其中可能存在兩個較為顯著的問題。其一，理論的實質拓展著實有限。其二，問題的處理依然避重就輕。

　　針對前者而言，本文以為，儘管現有的這些方法已然表現的較為具體、完整，並且得為某些操作前提提供一定的內在理據，然而在技術層面上卻相對較為薄弱，始終不能踰越清儒「轉語」之理路。沈兼士「右文」之推闡是宋代舊說的直接應用。王力之聲、義要求純就理路而言，實與章太炎無大異趨，〔註13〕而《文始》又是清儒聲近義通說的初步體系化。至王寧者，主要則是平行互證法與義素分析法之二項，前者上引孟蓬生之引述已經透露，「是乾嘉以後學者廣泛使用後經陸宗達、王寧先生加以科學總結的」，因此可謂乾嘉操作模式的科學轉型，而轉型的重點大抵在於既定概念、步驟的確定；後者之要旨則在於源義素與類義素的二分，其源義素者，又建立在詞源意義的確立上，不可

〔註13〕所不同者，章氏又引進了初文的概念。

否認，以源義素去釐清這源詞與孳生詞的臍帶是有其一定助益的，只是本文仍須指出的是，這個概念前人雖未直指，而實已潛藏於操作之中，如孟蓬生以爲沈兼士：

> 將同源詞的意義特點作爲小於"義位"（義項）的單位來對待，糾正了從義位層面分析同源詞語義關係的偏向。沈兼士（1887～1947）將右文說的公式歸納爲"（ax, bx, cx, dx, ⋯⋯）：x"，並且説："唯右文須綜合一組同聲母字，而抽繹其具有最大公約數性之意義，以爲諸字之共訓。即諸語含有一共同之主要概念，其法較前二者（指泛聲訓和同聲母字相訓──引者）爲謹嚴。"似乎已經形成義素的觀念，但他仍以爲所謂"最大公約數"是從表層使用意義歸納出來的。⋯⋯跟我們所説的義素分析法還是有質的區別。（《上古漢語同源詞語音關係研究》，頁38）

已稍見其意，或許孟氏對沈氏的批評不無其理，不過，追本溯源，回到清儒手中，其言右文卻多有見「意」不見「義」者。如段玉裁，《說文》：「阞，地理也。」段氏注曰：

> 按力者筋也，筋有脈絡可尋，故凡有理之字皆從力。阞者，地理也。朸者，木理也。泐者，水理也。手部有扐，亦同意。（十四下，頁1）

蓋《說文》本義：

> 力，筋也。象人筋之形。（十三下，頁50）

而段注所云「脈絡」、「理」者，顯然不在義位。又如「眞」字，《說文》：「眞，僊人變形而登天也。」段注乃云：

> 此眞之本義也。經典但言誠實，無言眞實者。⋯⋯。引伸爲眞誠。凡稹、鎭、瞋、謓、䐜、塡、寘、闐、嗔、滇、矉、瑱、𩓥、慎字，皆以眞爲聲，多取充實之意。其顚、槇字以頂爲義者，亦充實上升之意也。（八上，頁40）

其「充實之意」亦在「僊人」、「誠實」之外。

以是王氏的標舉，固然有益於認知的精確，究其實，則在實際的效用上仍未見太大的擴展。

在此，本文著重的其實更在於第二點上。大抵清儒深厚的基礎、嚴謹的態度並非是後人可以輕易望其項背的，以是在同一種技術模式的操作中，其所能及之高峰，吾人未必能及。其所無可奈何之局限，吾人自亦不能避免。是後人所以能無愧於前儒者，應在於勇於面對其暫且擱置之前提上。蓋前提未嘗驗之為眞，其結論亦不能為眞。

這裏本文所欲引起正視者，主要是所謂「上古」的概念，具體而言，是語言時代以及文字時代的落差問題。

首先，針對上古語言孳生情況的複雜而言，這是早有學者所注意及之的，如孟蓬生所謂：

> 同源詞的派生從原生階段就已經開始，並且一直持續到合成階段，這是一個漫長的歷史過程。從語音系統的演變上說，至少經歷了遠古、上古、中古、近代、現代等幾個層面。因此，同源詞語音關係的複雜程度是可想而知的。（《上古漢語同源詞語音關係研究》，頁10）

不過，這樣的表述只強調出其複雜的一面，並且未能區隔出語言、文字在歷史階段上的先後、參差，亦未能考量文字、語言漸次配合、定型時對彼此造成的影響，以是不免仍嫌籠統。

在這之中，本文以為有許多訊息其實是值得被深切重視的，其一，語言發生的年代；其二，文字發生的年代；以及其三，二者在配合時所產生的若干影響。

如果嘗試將同源詞的材料、範圍還原到本然的狀態，則不難發現，同源詞所討論、所不斷強調的一皆指向語言問題，然而今人所賴以尋繹的工具卻只能是文字材料，儘管吾人在概念上一向要求必須明確地釐清二者，然則實際上果然眞能擺脫文字障礙？就王力及諸多學者所謂嚴格的音韻標準而言，其實毋庸置疑地皆定位在上古音系統。固然，這是目前所能推測最早的音系，然其材料究竟何來？事實上，無論是諧聲偏旁或是先秦的協韻字，都避免不了已是「文」字的記載。至於意義上所限定之古訓，同樣未嘗不是「文」獻記錄？這確實是一個矛盾的問題，有時吾人力圖強烈地辨析語言、文字的不同，有時卻又堅信只有有形的材料才能帶來可靠的證據。由是可以發現，無論是能力所限，抑是

今日知識所限，所得施力者，充其量皆只能止於文獻可徵的時代。若《詩經》者，乃爲討論上古音義的核心材料了，而其時代，最早也只在西周初期（約西元前 11 世紀），〔註14〕然則人類的語言自何而始？自然，這個問題是難有肯定答案的。不過現代人類學家或語言學家以人類生理的進化狀態以及原始文化的社會情況爲線索，大約也可以有一點初步的估算，史迪芬・平克（Steven Pinker）在其《語言本能：探索人類語言進化的奧秘》一書中指出：

> 直立猿人（Homo erectus）距今大約一百五十萬年到五十萬年前左右，已經從非洲散布到舊大陸去了（一直到中國和印度尼西亞）。它們已會用火，而且幾乎各地都有挖到同樣的石斧，做得很好，很均衡，很銳利的石頭工具。我們可以想像某種形式的語言一定對這些工具製作有貢獻，不過我們也是不能確定。

> 現代人（Homo sapiens）約出現在距今二十萬年前左右，大約在十萬年前，離開非洲散布到世界各地去，他們的頭骨已經跟我們的很相似，有非常精細複雜的工具，也有很大的區域特色，我們很難相信他們沒有語言，因爲他們在生理構造上跟我們一樣，而所有現代的人都有語言。大部分的書報雜誌教科書，都把人類語言的開始定在三萬年前，這是舊石器時代克羅馬儂人在洞穴留下許多壁書的時代，人類主要的一支在這之前就已經分支出去了，他們的後代都有語言能力，所以語言本能可能在舊石器時代的初期就已經存在了。

> （頁 409）

將語言的發生時代估計到三萬年前其實已是極爲保守的了，在中國，一般相信早在北京人的時代，便可能有相當的智能與社群結構，這表示其時存在著語言的跡象，而那遠在二十萬年前。另一方面，中國文字的淵源，即使把那尚未完全證成文字的半坡陶文考慮在內，最早也只能溯及 B.C. 4770 年。二者相距二萬五千餘年，那是中國信史時代的五、六倍。據此可以推測，在文字出現之前，語言的發展理應有其一定的結構了。如果再注意到先秦時代已有方言的存在，更可以確定原始語言的時代應遠早於先秦。於是吾人可以簡單地構擬語言

〔註14〕如以甲骨爲界，最多也只能上溯至前十六世紀，而甲骨文畢竟是少數，並且也尚未能受到普遍的運用。

的孳生進程：

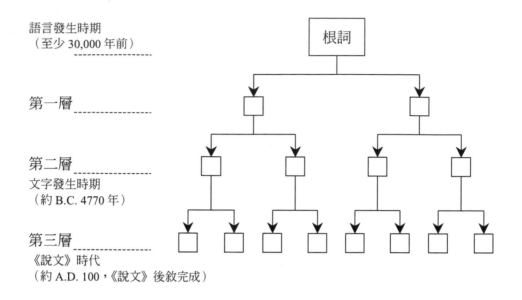

語言發生時期
（至少 30,000 年前）

第一層

第二層

文字發生時期
（約 B.C. 4770 年）

第三層

《說文》時代
（約 A.D. 100，《說文》後敘完成）

根詞

這雖是一個極度簡化的歷程，然而從中不難見出幾個訊息：

其一，在此過程中，吾人所謂的根詞或是語根恐怕早已湮沒，同時也無由回溯，充其量，只能是一種理論性的存在。於是欲將中國語言歸納爲個少數語根的說法，也許只將是天方夜譚。

其二，文字是語言的記錄，這是一般的共識。在此前提下吾人可以懷疑，倘若文字眞爲記錄語言而有，其初生之時，可不可能是一個一個文字漸次地被造成，抑是從圖形轉化？意者，在文字發生之時，語言已是一個發展遠久的符號系統，是語言欲被記錄，則文字恐怕在短期中，必須追上語言的規模，才足以擔負此任務。反之，倘文字規模尚不足記錄語言，是否仍得稱之爲文字，大抵亦不無商榷之處。以是較爲合理的推測，是文字的造作意識一旦出現之後，恐怕應在一個不甚長的時期內，便要迅速地擴充數量，略無古今地，爲當時業已存在、普遍通用的多數語詞賦予形體。於是勢必要將二萬餘年孳生過程中的歷時系統壓縮成一個共時的平面，而湮沒了許多語詞的先後關係。

其三，正如劉熙所謂：「夫名之於實，各有義類，百姓日稱而不知其所以之意。」〔註 15〕在一般語言的習得、使用過程中，不知其淵源可謂常態，否則《釋名》可以無作，而吾人之探究語源亦不將如斯篳路藍縷。以是，認爲在文

〔註15〕《釋名·序》。

字系統初制的過程中，可能將先時語言間的源流、繫屬反映出來，恐怕是不甚合理的。因此，將歷時語言共時化的結果，是原本同源的聲近義通現象，可能因為二萬年來音、義的演化引申而有天壤之別。正如前引孟蓬生之謂，以現代、中古之音以視中古、上古之遠近分合是極不合理的。然而吾人卻從未正視，那所謂的上古音系，竟在不經意間使其運用的範圍涵蓋了二萬年之久。幾千年的發展，南人不識北語，而二萬年的發展呢？孟氏以為聲近義通的嚴格要求是為一項誤謬，就此而言，是得乎其情的。相反地，章太炎無所不轉的成均圖，如果不視為證據，而只看成現象的話，或許更貼近實情。

其四，順此而下，如果吾人約略將前文字時代的語言階段標舉出來，可以發現，以同時代的語音要求同時代同源詞的聲近義通同樣也是個誤謬。在前引孟蓬生的意見中，本文曾經著重指出其所謂源詞與派生詞的必然歧異一項是極有意義的。不過孟氏的重點只在指出其異處，而本文則欲由此強調二個階段不可混淆的一面。蓋就常態言，個別語詞的孳生過程可以略表如下：

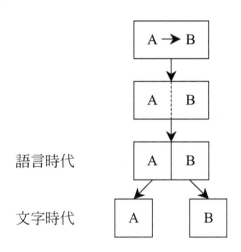

可以推知，在語言尚未分化，其義可有引申，而音必須相同。而一旦分化後，其義可能是引申義的獨立，而音則理論上可變可不變。不過，在純語言時代，倘音不見變化，則其分化之相亦不易見。即在文字時代，即使音本相同，而亦可能隨其時地變化而漸行漸遠。因此，如果將二階段區隔開來，則分化前，音義應該相同，尤其音必然相同；至分化後，則音義殆以不同才是常態。

然則重點更在於，吾人據以系聯同源詞的材料，理論上是先秦文獻，而且必然是要定位在分化後的階段。這是孟氏以為異的階段。反之，吾人所欲尋繹源詞的階段，理應早於先秦，欲言其音近，則參酌音系必須是「前上古音系」，

而不只是「上古音系」。以是，以分化後的上古音系要求分化前的音近義通，是亦可怪之事。孟氏雖然因以音轉取代聲近，不過，果然對於前上古之語音一無所知，則其通轉之跡又從何得知？

其五，即使純粹針對上古音系而言，目前所歸納的上古音，在文獻不足的情況下，其範圍質實而言，是上及先秦、下及兩漢，南攝《楚辭》、北涵《詩經》的一個異時異地的總合。緣於各家所見材料、所用方法大體不二，以是在結果上並不將出現太核心的歧異。然而這是否即表示吾人所歸納的上古音系便信而有徵，足以規範上古語言的各種音同音近干係？

事實上，吾人俱知，方言的發生原是甚古之事，揚雄《方言》是一個明白的呈現，而《詩》、《楚》的對照何嘗不異？即在《詩經》內部，其十五國風分明表現的即應包含十五地的方言，然則緣於一旦依其時地一一離析諸般語料，恐怕得到的不是許多精確的方音系統，反而是拆解了原有的上古音系而不得著落。以是自來諸家一皆不得不的接受了這種局限而安之若素。

自然，本文同樣不能解決這個文獻不足徵的問題，不過，這裏卻仍要指出，如果前提受到局限，對其施用與結論，也許便必須保留更多的彈性。

以上數端，是本文以為目前同源詞研究所亟需釐清的概念與解決的問題。事實上，其中部分意見早有學者注意及之，即如上引孟蓬生《上古漢語同源詞語音關係研究》一書論及音轉時便曾於此多所強調。又如羅立方、張青松：

> "上古音"本身就不是一個精確的概念。通常我們所使用的"上古"這個時間概念，其外延相當寬泛，上自有文獻留下來的商代，下至東漢統稱上古。上古音系在如此長的時間內不可能沒有變化，所以，不可能求得統一音系。先秦音系只是上古音系的組成部分，並不能代表上古音系。況且部分同源詞是在還沒有文字記載時已經產生，所以，以靜態的語音標準，去衡量動態的詞的孳乳分化，是不科學的。（〈同源詞判定的語音條件質疑〉）

只是礙於許多局限，諸家在實際處理時總是避重就輕，而不能直接去面對。以孟蓬生而言，即使極力地從許多角度強調同源詞的語音關係不能嚴格限定，然而其改進的方式只是與前人的音轉條例保持距離，而又從《說文》所同源詞的歸納中，去呈現許多語音關係是可能相對較遠的。姑且不去深究其可能陷入的

循環論證問題，蓋判定同源詞有賴於語音條件的配合，那些孟氏以爲離散性的同源詞，究竟是語音相隔較遠，或是根本不得繫爲同源，自是一個曖昧難決的問題。而回到具體的實踐上，孟氏不免又要回到「周秦漢代」的文獻材料，並且共時地去看待歷時的變化：

> 但由於同源詞派生的高峰是在周秦時期，這又使得我們以上古語音系統作爲參照系來判定同源詞並分析其語音關係成爲可能。（《上古漢語同源詞語音關係研究》，頁 10）

> 我們的語料來自《說文解字》。……我們之所以選取《說文解字》〔大徐本〕所收 9431 個字作爲語料來源，是出於以下幾個方面的考慮：

> 1. 語料的下限明確……

> 2. 語料的數量適合……

> 3. 大部分字可以和漢以前文獻互相印證……

> 4. 可以排除借字的干擾……

> 5. 《說文》系聯了一批同源字或提供了系聯同源詞的線索……

> 6. 前人在《說文》及其相關研究中系聯了大量的同源詞（同上，頁8～9）

> 從理論上講，變易與孳乳的界限是很清楚的，但由於變易和孳乳是一個歷史過程，而我們所看到的語言現象往往是語言演變的結果，而不是演變的過程，因此何者爲孳乳，何者爲變易，乃至誰是源詞，誰是派生詞，在實際操作中有相當的難度。由於材料和方法的限制，目前的同源詞系聯仍應以平面系聯爲主，當然也不可能把每個同源詞的派生途徑都弄清楚。我們這裏對變易和孳乳進行理論上的探討，主要是爲了更清楚地認識同源詞的音義關係，防止在音義關係的研究方面偏執一端，從而誤入歧途。（同上，頁 19）

這些「理由」質實而言，都不是能夠解決問題的設想，而只是受制於局限的「退縮」，若其採用《說文》語料的六項理由，並無一項觸及漢代收錄的「文字」之於遠古以來「語言」的代表性問題。至漢語派生階段的前提，充其量，亦不過是王寧的一個「假說」而已。

又如黎千駒者，基本上則反映了一種目的上的「收斂」與「權變」：

> 所以我們推求同源字的"源"，應該追溯到最早開始派生它們的
> "根詞"（即同源派生詞的總根）上。但實際上這種推源工作是很
> 難做到的。因爲語言發生的時期距今已不知幾十萬年了，而用文字
> 記錄語言只不過幾千年的事。文字產生以前的語言變化，我們是無
> 法知道了。我們的推源工作充其量只能推到有文字記載的時候。這
> 樣我們當然也就難以知道最早的根詞有那些了。但是這並不意味著
> 我們的推源工作無法進行。我們可以推求在文字產生以後新派生的
> 詞的源詞，只不過這種推源工作不能叫做完全推源，而只能說是不
> 完全推源。（〈淺談繫聯同源詞的標準〉）

黎氏在此同樣指出了語言與文字的時代差異問題，並以爲總根不可尋，只能著
眼於文字時代以後新派生詞的源詞，吾人不妨稱之爲絕對語根與相對語根。只
是如此的「妥協」似乎仍不能解決問題，若上述音系的定位便同樣莫可奈合。
又如孟蓬生亦曾經指出的同源詞的判定的二個原則：「音義兼顧」與「全面考
察」：

> 同源詞判定的原則有兩條：一是音義兼顧，二是全面考察。音義兼
> 顧原則要求我們在同源詞判定過程中注意音義兩方面的協同作用，
> 而全面考察原則則要求我們在同源詞判定過程中注意漢語詞匯發生
> 學系統的整體性。音義兼顧原則追求微觀研究的眞實可信，全面考
> 察原則則追求對系統的宏觀把握。（《上古漢語同源詞語音關係研
> 究》，頁7）

「音義兼顧」自不待言。至「全面考察」者，確實，詞義的引申、詞語的孳乳
除了輻射性的發展外，其線性的持續化成自是不可忽略的一脈。如果吾人認同
不斷引申可以是反訓的成因之一，那麼便應該可以想見引申所可能造成的影
響。以是單單取出本義與遠引申義，或者不能逐一搜羅全面的同源詞群，有時
是足令肝膽成胡越的。遺憾的是，上面所說遠古語言的共時化，基本上便已湮
沒了極大部分的孳生線索，而使「全面」成爲不可能。以是即使吾人只處理文
獻時代的語言，其結果亦可能是極其零散的。

在聲近義通的這個架構上，清儒實已做出了不少成績，純就方法論的精煉

而言，後人本無大幅的突破，以是在僅求細節修訂，不能克服具體困境的情況下，貿然地處理更多、更不同的材料，其意義其實是有限的。《文始》、《漢語詞類》乃至於《同源字典》的結果已足呈現此窘境。而就理論、目的的意義而言，清儒所論轉語，重點本不在語根的追溯，即使系聯「詞族」，大抵亦只要求證成其同，以爲詞義訓解的依據而已。今人則貿然將其對等於語源之學，企圖於語源語根之紬繹，其窘境較之清人實有過之而無不及也。

學術本是不斷發展、變化的，將轉語之學轉爲語源之學，本來亦是無可厚非之事，只是在轉化的過程，如果不能隨之轉換相應的理論體系，開發出相應的操作技術，則不免畫餅充饑。要之，站在學術現實的一面來看，不論存在多少莫可奈何的局限，如果其眞爲解決問題所不可或缺的前提，在未足以突破局限前，其結果便不足爲憑。

二、研究芻議

對上古音系、語料時代，甚至是研究方法的質疑，幾乎要使同源詞的研究成爲一場空談。不過，前賢的許多研究成果卻又使人相信聲近義通的語言現象恐怕也是不容輕易否定的。如果這個矛盾不應存在，對於目前的系聯結果，也許便有重認識的必要。

這個問題也許可以從相反的方向來思考。蓋一般討論語源時，大都自然而然地將其定位在初民以來的整個語言系統，並且以爲語言分化的高峰在於「上古」，以是語源研究的諸多設定一皆盡量上溯到極致。然則不管如何上溯，吾人畢竟仍跨越不出對文獻的高度依賴，以是在眼高手低的處境下，只憑藉想像、臆測去彌補其間的落差，而種種誤謬終究無法遮掩。而現在，既然正視其間之誤謬，也許可以暫且擱置預設之目的，只針對其處理的結果重新定位，究竟，這個聲近義通的現象可能具有何種意義？

誠如上述孟氏指出的，源詞與孳生詞其眞正同音的階段其實是未分化時。一旦孳生後，其義也許是本（原）義的引申，其音則可能有異，倘若在文字時期，則字形的增、簡、改易常常也是分化的指標。其次，目前語源研究一般使用的語料在於先秦、兩漢，據以測定的音系也在先秦、兩漢。以是兩相對照下，姑且不論各種技術上的疏失，其所得到之結果也許指向二種情況，其一，是該源詞與孳生詞分化的階段正在先秦兩漢，以是語音可能尚未變異，或者變異未

遠。其二，是諸同源詞在分化後循著同一音變模式發展，以是固然發生音變，而變化之結果得無大異。

就後者而言，雖然不能否認，依循原有的聲近義通的途徑必然也可以系聯到部分「眞正的」同源詞，正如同從現代國音去系聯同源詞也不將全無著落一般。不過如此的處理顯然是荒謬的，蓋即使知道其中存在正確的系聯，卻無從得知何爲正確、何爲不正確？以及爲何正確、爲何不正確？甚至連二者所占之比例皆無以估計。僅據此混沌未明的「根據」欲以言詞源學之建立不免過於躁進與冒昧。

反之，若就前者而言，也許便該承認，吾人所謂的語根，不論絕對或相對，其實皆只存在於先秦兩漢，而不能更早。雖然如此定位距離眞正的目標仍有一段差距，不過，這卻是較爲合理的定位，而語源學的建立，也許便應以此爲其起點。

自然，如此的定位，也許還有許多需要補充說明的地方。

首先，語言與文字的落差問題，在如此的定位下，其實可以降到最低的程度。一般說來，在系聯同源詞的時候，除了音義聯繫之難以明確認定外，最爲人所興嘆者，尚有二詞在時代先後的不能定奪。如王力所謂：

> 例如"麰""膚"二字同源，"麰"是麥皮，"膚"是人的皮膚，二字同源，到底先有麥皮的"麰"，後有皮膚的"膚"呢，還是相反，很難斷定。依文字出現的先後，似應先有"膚"，後有"麰"；但上古書籍有限，也許有了"麰"字，沒寫在書上，又也許最初有"麰"這個詞，只是沒爲麥皮造字，我們不能由此引出結論，以爲先有"膚"，後有"麰"。（《同源字典・序》）

自然這是明顯區別語言、文字二項概念所必然存在的基本前提。特別是，如果將之置於前文字時期，幾乎更是無可辯駁。然而如此的說法似乎太過單純地只以語言文字的一面做爲考量，如果可以將語言文字社會性的一面考慮進來，那麼這種不一致性或許不將如此劇烈。這裏吾人可以目前語言文字的發展狀態做爲一種參照，大抵在高度仰賴文字的社會中，實際上是罕見有語無文的情況的，特別是在雅言、官話的系統中。以是同樣可以推想，在文字時代中，音義（語言）與字形生成的時間差距應該不遠。除了漸次摻進雅言系統的少數方言

外，其中多數語言，在語義分化獨立之時，多半也相應產生新的字形。而事實上，字形的有無在文字時代，也常是一個語言是否獨立成詞的指標。因此，如果吾人不將目標置於前文字時期，則語言、文字發展之差距或者是可以暫時忽略的。

其次，右文說的功效在此可以發揮到最大。在肯定上項推測的的前提下，至少針對雅言系統，在極大的程度上是可以就文字先後論其語言之發展的。可想而知，其中最為可靠，又最為具體的材料便是沈兼士極力推闡的右文說了。蓋右文之現象基本上反映了語言孳生的狀態，同時，前文字時期業已分化之語言，除了偶合外，依理也不應呈現在文字的派生上。以是做為理解語源的材料，右文所具備之可信度應該是極高的。正如陳建初所認為的：

> 至於著名的＂右文說＂，則完全是從字形的角度，揭示具有相同構
> 形符號的字之間音義相通的規律，而它所揭示的這種文字孳乳現
> 象，正是語詞的一種同源分化，二者之間具有一致性，所以我們可
> 以把它看成是利用文字形體關係來研究同源詞的一種實踐。（〈漢字
> 形體在漢語語源研究中的地位〉）

只是在此所需強調的是，雖然本文對右文的重視與沈兼士無異，不過，就立場而言仍與沈氏有其微異，蓋沈氏所論仍為前文字時代，並直以右文為語根，而本文僅將右文視為起於文字時代的相對語根，具體而言，即使推估的較遠，其最早形成的語根，大約也只能介於仰韶陶文至商代甲骨之間，或者更大膽的說，也許在夏、商之間。

其三，在文字文獻時代，吾人對於派生的時代性其實可以有其更為精確的要求。在現代語言學的研究中，文化的角度逐漸受到重視，如陳建初〈漢語語源研究的文化視角〉一文所謂：

> 語言的歷史與文化的歷史是相輔而行的，語源的歷史更是如此。因
> 為語詞本是語言中最能反映文化特性的部分，一種語言中詞彙的發
> 展史，就是操該語言的民族的文化發展史，而體現語詞來源的詞源
> 結構中，更蘊藏著豐富的文化內涵，體現著一個民族的全部思維和
> 情感。發掘這種內涵，闡釋詞源結構的文化心理，是漢語語源研究
> 有意義的視角。

雖然其所直指的的兩個視角目前看來還難以落實：

> 視角之一：對已知的詞源結構和詞源系統進行文化闡釋，即揭示詞
> 源結構中的文化心理和文化內涵，揭示詞源系統與民族文化在一定
> 層面上的互爲觀照。（同上）

> 視角之二：從文化的因素去探求未知的詞源結構和詞源系統。即突
> 破純形式化方法的局限，直接從各種文化史實和古文化心理出發考
> 證同源詞。（同上）

本文仍舊以爲，這種概念的揭示還是極有意義的。蓋語言爲概念之表現，而概念則有古今中外之文化特質，對照特定文化之特性，而語言生成轉變，乃至於沈寂、消亡亦得略爲窺見。

向來研究詞源者，一般只論上古，以爲語言孳生大都發生在其時。若王力、王寧皆有如斯設定。然則本文以爲語言應該是不斷新陳代謝的，代代有新詞的產生，代代有舊詞的廢置。將現存語言皆假定爲上古已生，恐怕是不合常理的。究其實，大抵亦在語言孳生時點之不能確定，如斯假定，則可以簡化變因。

現在，既然在一定的範圍內肯定了語言文字間的對應，而其派生之時點或者也可以較爲明朗了。以是本文以爲追溯語源應該可以在時間上表現的更爲精確，由其實際派生之時期而論其音義之相通相轉。

具體而言，在義的一面，吾人可以藉由各歷史時期文化背景之不同，略爲探測語言之初作，同在上引陳建初文中，曾論及宋永培提出的一項研究成果：

> 又如據宋永培研究，《説文》的詞義系統中，有對《尚書》等古文獻
> 記載的"堯遭洪水"這一歷史事件的完整表述。如一些詞表示洪水
> 義，而與之有字形、讀音聯繫的詞則表示驚恐，哀痛義。與此相對
> 立，一些詞表示高山、高地義，與之有字形、讀音聯繫的詞則表示
> 喜樂義。

這個結論也許不見得可信，不過其思維邏輯卻不無可取之處，譬諸「椅」凳之字不應出現在唐前，〔註16〕「訓詁」之義不將早於漢前，〔註17〕卻是可確定的。

〔註16〕《説文》有「椅」字，與此只爲同形異字。《王力古漢語字典》：「《説文》：『椅，
　　　梓也。』是一種樹木，與作爲坐具的『椅』無關。古人席地而坐，沒有現代的椅

　　其次，在音的一面，應該就其實際言派生之時點上，以其孳生時之音系而論其相通相轉也，意者，兩漢的分化，配合的應是先秦至兩漢的音轉條件；隋唐的分化，配合的應是六朝至隋唐的音義條件。自然，目前的音韻研究尚不足以承擔如此精確的要求，然而至少，以中古、上古之音義衡量中古、上古之分化，仍是一個可以努力的目標。

　　綜而言之，在同源詞的這個部分裏，本文著重指出現代研究緣於語言學的影響，而將古人轉語之學逕化為語源之學之種種誤謬。約而言之，則在定位之不明以及技術之不能相應配合二端。至其結果，則是導致目前研究成果常常缺乏足夠的說服力。在此，本文無意澈底否定同源詞研究的可行性，畢竟，由轉語之學而至語源之學，也並不是一種絕無可能的「發展」，只是必須強調的是，其一，視為「發展」則可，直接等同二者則不免荒謬。其二，果然認同如斯發展，並且意圖在其基礎上建立起現代的漢語語源學，那麼吾人便必須認清其間異同，取其可取之處，而在其未能相應之處有所更新。倘若其間存在難以跨越的鴻溝，也許吾人便應思考，如此的意圖是否合理？

　　在此立場上，本文檢視了現代語源學的研究成果及其趨勢，去蕪存菁地指出其實際的定位與可能落實的部份：文字時代的相對語源與同源繫屬。也許目標甚為狹隘，也許概念仍嫌粗糙，然而這恐怕是局限於既定材料、技術條件下所能達到的較為合理的目標設定，逾此則不免淪於空談。果能在此得其初步確立，意欲擴展格局，也才有其根柢可言。

　　子。」（頁 1401）

〔註17〕林尹《訓詁學概要》：「把訓詁兩字合在一起，而成為訓詁一名，則始於漢代的典籍。」（頁 3）

第十一章　結　論

　　有清一代，在訓詁學上的貢獻是有目共睹的，針對其理論之闡述與夫成就之表彰，無論是全體總論，抑是專家、專書，甚至專業之分論，皆所在多有，不煩更去錦上添花，以是誠如前言所述，本文一方面在角度上，嘗試窺入所寄託的經學（義理），乃至於時代的「語境」，去發現其本質、內涵；一方面在心態上，則欲正視其間局限，故而略顯吹毛求疵。由此出發，對於清儒訓詁理論的理解或者將與一般認知略有異同。

　　上編首先是清代學術史的部分。本文相對較不側重余英時以來強調的「內在理路」說，並在較大的程度上重視社會層面的因素，將學術的發展置於一個多元競爭的場域。以爲事件的結果、思潮的樣貌其實是各種主、客觀因素共同作用的結果，不能爲少數因素所決定，更不將等同於任何一種參與力量的意圖。也許最後本文對清代思潮脈絡的理解不有大異於前說，然則理解模式之不同，在許多細節之認知亦將有別，譬如以下代表人物之定位，便得與同時學風保持距離，不得逕以爲之對等、相替了。

　　其次，對於顧亭林，儘管本文仍舊認同其爲乾嘉漢學服膺的精神領袖，然則基本上更將其定位爲具有儒家身分的史學家。以是乾嘉考據學的內涵大體上可以視爲一種援史入經的方法革新。同時就其治學方法而言，本文同意錢穆、勞思光的說法，以爲亭林實啓於分類鈔書，而僅有比斠異文、考論源流之實效以及歸納統計之表象存在，論其實，則仍只傳統文獻工夫，與西方所謂科學方

法者不宜並論。

在戴震一章，雖然本文同樣認爲東原首開乾嘉風氣之先，確立了漢學由考據以治經的理路。然而並不以爲戴震可爲純然之漢學家，亦不支持余英時所謂刺蝟僞爲狐狸的形容，[註1] 固主張東原治經仍不脫朱子門徑，實爲一漢宋兼采，始漢終宋，耿耿不忘義理之闡述者。此本爲乾嘉思潮所不樂見，乃引朱筠諸人之反對。至王氏父子，則直云「大道不敢承」，而盡置宋學，純然守於漢學家數。就此而言，二王實更爲乾嘉之典型，唯片面突顯考據，而治經之目標乃不由相對模糊了。

最後又有章太炎，此一般咸以爲轉傳統小學爲西方語言學者。然近代「語言文字學」一名雖爲章氏所首倡，卻在之後也未見其多有強調，反是順應一般習慣，仍舊沿用了「小學」之舊名。論其實際，章氏雖然涉獵西學，論學固以提倡國粹爲要，未嘗眞有西化之想。至謂「語言文字學」者，不過以爲間有時空相隔，小學尚待一段考論，再不止於童蒙識字之事，故此爲之易名而已。

不過，章氏雖未提倡語言學，其視語言爲「激動種性」之工具，撰《文始》，藉語言脈絡以窺社會之進化，雖然未使語言之學自立門戶，不覺實已越出經學藩籬，爲語言學之轉型做好了準備。

於是，終其一代，本文並不以爲小學在本質上有任何改變，而只是在治經的理路中被相對突顯而已。這種轉變，對文獻、知識而言，自有其高度開展，然則對經學、思想來說，竟亦不覺出現本末倒置，而所見愈狹的可能。因此其在考據、義理二面出現兩極之評價，似亦不難理解了。

復次，下編中的三個專題是針對清儒訓詁理論被移置語言學體系中的檢討，本文以現代研究中對古學的理解，對西學的操作做爲探測的指標。

嚴格說來，在上編的理解中，本文並不以爲清儒眞有諸如歸納、統計等所謂科學方法之實質。並且在工具之學的格局裏，同樣也不認爲在無濟於治經的

[註 1] 余英時借柏林（Isaiah Berlin）刺蝟、狐狸之比喻，以謂：「考證必尚博雅與分析，這種工作比較合乎「狐狸」的性情，義理則重一貫與綜合，其事爲「刺蝟」所深好。」（《論戴震》，頁 99）又：「東原的本性則具有濃厚的「刺蝟」傾向。東原似乎從來不甘心把自己認同於「狐狸」，然而長期處在「狐狸」的包圍之中卻使他不能不稍稍隱藏一下本來的面目，有時甚至還不免要和「狐狸」敷衍一番。」（同上，頁 100）

情況下，清儒可能對語言本身的理解產生太大的興趣。以是，在逐為轉型，而
又循名責實的對待下，今人對舊學的理解實不免多有誤會，亦且多有誤責。倘
不自覺於此，而又用以討論、處理種種語言問題，而其誤謬殆可料想及之。

以聯綿詞而言，近代所謂「單純雙音節詞」者，可謂定於王力一家之言，
而王力之概念，實自語言學之分析而來。前此諸如楊愼之「駢字」主於溝通異
體；方以智之「諧語」在乎系聯轉語；至王念孫「連語」、「雙聲、疊韻字」
者，則實就二單音節詞或轉語之連用言。就其外延來說，緣於字形不定、音聲
相繫、雙音節詞等限定，或許多與今聯綿詞者多有交集，然究其內涵，則亦各
自不同。在不能辨析彼此，而又雜揉各說之內涵、外延，強為之曲解、「溝通」，
乃至聯綿詞者始終異說紛陳，而缺乏共同之基礎與對象。

反訓一題，其起於郭璞《爾雅》、《方言》之注，乃為學者共識。唯郭說同
樣不能明確，以是執其話頭，對照釋例，因而衍生諸多異說。約而言之，殆有
「反義共詞」、「反義共字」、「反義表象」、「反義為訓」等許多理解。實則，純
就現象之認知與態度之肯否而言，諸家可謂略無二致。卻在不能擺脫郭說，而
又不約而同、人云亦云地共用了「反訓」一詞，遂使各家虛設他說而空做了許
多議論。倘能擱置名實問題，回歸現象本身，則不唯爭議略無，即諸家所謂「反
訓」諸義，一皆語言常態，略為提示無可厚非，以為殊相而特意標舉，則似乎
又太過「愼重其事」了。

唯研究與現象可為二事。郭璞反訓所謂，自可上溯郭璞而後止，甚至直以
郭說為其是非判定之標準，是亦無可厚非。然則外於郭璞，即使是理解郭說中
的歧出，倘若真能在訓詁或是語言現象中得到支持，又何嘗不能視為另項議題？
因是，本文以為，郭說毋涉、諸家所非，一種出於「反訓」二字之顧名思義，
所謂略無理據的反義為訓，由此看來，或者竟有其存在之可能。

至於同源詞之研究，本文以為實起於餘杭章氏，清儒所言則皆在轉語一事。
此在章氏固無自覺，後人亦且不察，遂逕取清儒聲近義通之說而直為語根、詞
族之系屬。以是雖在音、義兩端要求愈緊，不能覷破二者本質之不同，終究在
技術上不能隨之而相應革新。

舉其要者，則可指向時代問題之不能深究一事。大抵清儒轉語強調諸語之
同，後人語源主於引申孳生，前者可無先後差異，後者則不能不重其源流脈絡
與分化時代所在。以是同執周秦音系，清儒之用尚無大謬，以言語源，則不免

忽略語根之有實遠於文字之前的這個事實。不能正視於此，而又習於語料之本然局限，遂使語源之操作一向難有信度之可言。

又如字形之用，雖與語言有其本質之異，然於漢語漢字之中，實亦二位一體，有其同趨。即如右文一事，其語言孳生之跡甚顯，援以論源繫族，居功不小。惜乎後人一面既承清儒聲近義通之說，一面又不顧象形、拼音之異，遂在古代轉語、西方語源二學的影響下，乃極力「遺形」、「忘我」，而猶且自視為科學之操作。

種種誤執，不一而足，大抵皆由定位之錯置使然。以語言理論強解訓詁概念，復執訓詁技術而逕施於語言操作，看似左右逢源，而實則左支右絀，不僅於實質問題未能解決，甚且則有郢書燕說、牽強附會之嫌。

學術總是需要不斷革新與發展的，對於訓詁之學，吾人不須強烈地要求復古為正，同時也不必刻意排斥任何可能的改變與轉型。只是必須強調的是，不論存古抑是變今，大抵皆應正視其實然、應然，直指其差距、疑義，以為相應之努力，卻不宜只是守其舊制，想為新學；習於局限，安於假說而已。面對未來的訓詁研究，謹以本文做為一種「前說述評」。

附錄：本文主要歷史人物生卒年表 [註1]

揚　雄（B.C. 53～A.D. 18）漢甘露元年～王莽天鳳五年

許　愼（58～147）漢永平元年～漢建安十三年

郭　璞（276～324）晉咸寧二年～晉太寧唐二年

孔穎達（574～648）陳太建六年～唐貞觀二十二年

邢　昺（932～1010）後唐長興三年～宋大中祥符三年

賈昌朝（998～1065）宋咸平元年～宋治平二年

周敦頤（1017～1073）宋天禧元年～宋熙寧六年

司馬光（1019～1086）宋天禧三年～宋元祐元年

程　顥（1032～1085）宋明道元年～宋元豐八年

程　頤（1033～1107）宋明道二年～宋大觀元年

葉夢得（1077～1148）宋熙寧十年～宋紹興十八年

褚伯秀（宋熙寧前後）

趙明誠（1081～1129）宋元豐四年～宋建炎三年

林之奇（1112～1176）宋政和二年～宋淳熙三年

〔註1〕本表資料主要摘自梁廷燦編《歷代名人生卒年表》（臺北：臺灣商務印書館，1979
　　　年11月臺二版）及陳高春編《中國語文學家辭典》（河南人民出版社，1986年3
　　　月一版一刷）。

洪　邁（1123～1202）宋宣和五年～宋嘉泰二年

朱　熹（1130～1200）宋建炎四年～宋慶元六年

陸九淵（1139～1192）宋紹興九年～宋紹熙三年

李　冶（1192～1279）宋紹熙三年～宋祥興二年

王　柏（1197～1274）宋慶元三年～宋咸淳十年

王應麟（1223～1296）宋嘉定十六年～元元貞二年

王　構（1245～1310）宋淳祐五年～元至大三年

熊朋來（1246～1323）宋淳祐六年～元至治三年

陳　櫟（1252～1334）宋淳祐十二年～元元統二年

許　謙（1269～1337）宋咸淳五年～元順帝至元三年

葉　盛（1420～1474）明永樂十八年～明成化十年

羅欽順（1465～1547）明成化元年～明嘉靖二年

王守仁（1472～1528）明成化八年～明嘉靖七年

楊　愼（1488～1559）明弘治元年～明嘉靖三十八年

胡宗憲（？～1565）　？～明嘉靖四十四年

鄭若曾（1503～1570）明弘治十六年～明嘉靖四十九年

陳　第（1541～1617）明嘉靖二十年～明萬曆四十五年

焦　紘（1541～1620）明嘉靖二十年～明萬曆四十八年

顧憲成（1550～1612）明嘉靖二十九年～明萬曆四十年

朱謀墇（1550～1624）明嘉靖二十九年～明天啓四年

胡應麟（1551～1602）明嘉靖三十年～明萬曆三十年

高攀龍（1562～1626）明嘉靖四十一年～明天啓六年

顧紹芾（1563～1641）明嘉靖四十二年～明崇禎十四年

張獻翼（明嘉靖前後）

錢謙益（1582～1664）明萬曆十年～清康熙三年

黃宗羲（1610～1695）明萬曆三十八年～清康熙三十四年

方以智（1611～1671）明萬曆三十九年～康熙十年

張爾岐（1612～1677）明萬曆四十年～康熙十六年

歸　莊（1613～1673）明萬曆四十一年～康熙十二年

顧炎武（1613～1682）明萬曆四十一年～清康熙二十一年

萬斯年（1617～1693）明萬曆四十五年～清康熙三十二年

王夫之（1619～1692）明萬曆四十七年～清康熙三十一年

黃　生（1622～？）　明天啓二年～？

毛奇齡（1623～1716）明天啓三年～清康熙五十五年

李　顒（1627～1705）明天啓六年～清康熙四十四年

呂留良（1629～1683）明崇禎二年～清康熙二十二年

朱彝尊（1629～1709）明崇禎二年～清康熙四十八年

陸隴其（1630～1692）明崇禎三年～清康熙三十一年

唐　甄（1630～1704）明崇禎三年～清康熙四十三年

徐乾學（1631～1694）明崇禎四年～清康熙三十三年

萬斯大（1633～1683）明崇禎六年～清康熙二十二年

胡　渭（1633～1714）明崇禎六年～清康熙五十三年

梅文鼎（1633～1721）明崇禎六年～清康熙六十年

顏　元（1635～1704）明崇禎八年～清康熙四十三年

閻若璩（1636～1704）明崇禎九年～清康熙四十三年

萬斯同（1638～1702）明崇禎十一年～清康熙四十一年

潘　耒（1646～1708）清順治三年～清康熙四十七年

姚際恆（1647～？）　清順治四年～？

戴名世（1653～1713）清順治十年～清康熙五十二年

惠士奇（1671～1741）清康熙十年～清乾隆六年

江　永（1681～1762）清康熙二十年～清乾隆二十七年

徐大椿（1693～1771）清康熙三十二年～清乾隆三十六年

胡天游（1696～1758）清康熙三十五年～清乾隆二十三年

杭世駿（1696～1773）清康熙三十五年～清乾隆三十八年

惠　棟（1697～1758）清康熙三十六年～清乾隆二十三年

全祖望（1705～1755）清康熙四十四年～清乾隆二十年

趙一清（1711～1764）清康熙五十年～清乾隆二十九年

莊存與（1719～1788）清康熙五十八年～清乾隆五十三年

王鳴盛（1722～1797）清康熙六十一年～清乾嘉二年

劉　淇（清康熙，《助字辨略》成於 1711 年）

倪　濤（清康熙年間）

張尚瑗（清康熙二十二年進士）

陳啓源（清）

戴　震（1723～1777）清雍正元年～清乾隆四十二年

紀　昀（1724～1805）清雍正二年～清嘉慶十年

程瑤田（1725～1814）清雍正三年～清嘉慶十九年

趙　翼（1727～1814）清雍正五年～清嘉慶十九年

錢大昕（1728～1804）清雍正六年～清嘉慶九年

畢　沅（1730～1797）清雍正八年～清嘉慶二年

金　榜（1735～1801）清雍正十三年～清嘉慶六年

段玉裁（1735～1815）清雍正十三年～清嘉慶二十年

桂　馥（1736～1805）清乾隆元年～清嘉慶十年

謝啓昆（1737～1802）清乾隆二年～清嘉慶十年

任大椿（1738～1789）清乾隆三年～清乾隆五十四年

章學誠（1738～1801）清乾隆三年～清嘉慶六年

邵晉涵（1743～1796）清乾隆八年～清嘉慶元年

汪　中（1744～1794）清乾隆九年～清乾隆五十九年

錢大昭（1744～1813）清乾隆九年～清嘉慶十八年

莊有可（1744～1822）清乾隆九年～清道光二年

王念孫（1744～1832）清乾隆九年～清道光十二年

洪　榜（清乾隆四十一年進士）

莊述祖（1750～1816）清乾隆十五年～清嘉慶二十一年

劉台拱（1751～1805）清乾隆十六年～清嘉慶十年

孔廣森（1752～1786）清乾隆十七年～清乾隆五十一年

凌廷堪（1755～1809）清乾隆二十年～清嘉慶十四年

郝懿行（1757～1825）清乾隆二十二年～清道光五年

江　藩（1761～1831）清乾隆二十六年～清道光十一年

嚴可均（1762～1843）清乾隆二十七年～清道光二十三年

焦　循（1763～1820）清乾隆二十八年～清嘉慶二十五年

阮　元（1764～1849）清乾隆二十九年～清道光二十九年

王引之（1766～1834）清乾隆三十一年～清道光十四年

顧廣圻（1766～1835）清乾隆三十一年～清道光十五年

丁履恆（1770～1832）清乾隆三十五年～清道光十二年

黃承吉（1771～1842）清乾隆三十六年～清道光二十二年

方東樹（1772～1851）清乾隆三十七年～清咸豐元年

鄧廷禎（1775～1846）清乾隆四十年～清道光二十六年

劉逢祿（1776～1829）清乾隆四十一年～清道光九年

胡承珙（1776～1832）清乾隆四十一年～清道光十二年

宋翔鳳（1776～1860）清乾隆四十一年～清咸豐十年

唐　鑑（？～1861）　？～清咸豐十一年

胡培翬（1782～1849）清乾隆四十七年～清道光二十九年

馬瑞辰（1782～1853）清乾隆四十七年～清咸豐三年

王　筠（1784～1854）清乾隆四十九年～清咸豐四年

陳　奐（1786～1863）清乾隆五十一年～清同治二年

朱駿聲（1788～1858）清乾隆五十三年～清咸豐八年

劉文淇（1789～1854）清乾隆五十四年～清咸豐四年

劉寶楠（1791～1855）清乾隆五十六年～清咸豐五年

龔自珍（1792～1841）清乾隆五十七年～清道光二十一年

魏　源（1794～1856）清乾隆五十九年～清咸豐六年

陳喬樅（1809～1869）清嘉慶十四年～清同治八年

陳　澧（1810～1882）清嘉慶十五年～清光緒八年

俞　樾（1821～1906）清道光元年～清光緒三十二年

張之洞（1837～1909）清道光十七年～清宣統元年

王先謙（1842～1917）清道光二十二年～民國六年

陳玉澍（1853～1906）清咸豐三年～清光緒三十二年

康有爲（1858～1927）清咸豐八年～民國十六年

譚嗣同（1865～1898）清同治四年～清光緒二十四年

章太炎（1868～1936）清同治七年～民國二十五年

梁啓超（1873～1929）清同治十二年～民國十八年

胡樸安（1878～1947）清光緒四年～民國三十六年

陳獨秀（1879～1942）清光緒五年～民國三十一年

陳　垣（1880～1971）清光緒六年～民國六十年

劉師培（1884～1919）清光緒十年～民國八年

楊樹達（1885～1956）清光緒十一年～民國四十五年

黃　侃（1886～1936）清光緒十二年～民國二十五年

錢玄同（1887～1939）清光緒十三年～民國二十八年

沈兼士（1887～1947）清光緒十三年～民國三十六年

胡　適（1891～1962）清光緒十七年～民國五十一年

顧頡剛（1893～1980）清光緒十九年～民國六十九年

錢　穆（1895～1990）清光緒二十一年～民國七十九年

于省吾（1896～1984）清光緒二十二年～民國七十三年

王　力（1900～1986）清光緒二十六年～民國七十五年

徐復觀（1903～1982）清光緒二十九年～民國七十一年

陸宗達（1905～1988）清光緒三十一年～民國七十七年

牟宗三（1909～1995）清宣統元年～民國八十四年

林　尹（1910～1983）清宣統二年～民國七十二年

齊佩瑢（1911～1961）清宣統三年～民國五十年

張舜徽（1911～1992）清宣統三年～民國八十一年

周法高先生（1915～1994）民國四年～民國八十三年

〔德〕弗里德里希・施萊爾馬赫

　　　　（Friedrich Daniel Ernst Schleiermacher；1768～1834）

〔法〕古斯塔夫・勒龐（Gustave Le Bon；1841～1931）

〔瑞典〕高本漢（Bernhard Karlgren；1889～1978）

〔美〕費曼（Richard P. Feynman；1918～1988）

〔美〕孔恩（Thomas S Kuhn；1922～1996）

引用書目

一、專　書

1. 〔清〕丁仁：《八千卷樓書目》，臺北：廣文書局，1970 年 6 月初版。

2. 丁介民：《方言考》，《國文研究所集刊》第十期，1966 年 5 月。

3. 〔宋〕丁度等撰：《禮部韻略》，《叢書集成續編》，臺北：新文豐出版公司。

4. 王力：《漢語音韻學》，北京：中華書局，1981 年 6 月一版三刷。

5. 王力：《古漢語語法》，《王力文集》第十六卷，濟南：山東教育出版社，1990 年 5 月一版一刷。

6. 王力：《中國語言學史》，《王力文集》第十二卷，濟南：山東教育出版社，1990 年 9 月一版一刷。

7. 王力：《清代古音學》，《王力文集》第十二卷，濟南：山東教育出版社，1990 年 9 月一版一刷。

8. 王力：《王力文選》，桂林：廣西師範大學出版社，2000 年 4 月一版一刷。

9. 王力：《古漢語字典》，北京：中華書局，2000 年 6 月一版二刷。

10. 〔清〕王先謙：《釋名疏證補》，《中華漢語工具書書庫》，《中華漢語工具書書庫》編輯委員會，合肥：安徽教育出版社，2002 年 1 月一版一刷。

11. 王利器：《顏氏家訓集解》（增補本），北京：中華書局，1993 年 12 月一版一刷。

12. 〔清〕王念孫、王引之撰，中國訓詁學研究會主編：《高郵王氏四種》（《廣雅疏證》、《讀書雜志》、《經義述聞》、《經傳釋詞》），南京：江蘇古籍出版社，2000 年 9 月一版一刷。

13. 〔清〕王念孫、王引之撰，羅振玉輯印：《高郵王氏遺書》，南京：江蘇古籍出版社，2000 年 9 月一版一刷。

14. 王俊義：《清代學術探研錄》，北京：中國社會科學出版社，2002 年 8 月一版一刷。

15. 王俊義、黃愛平：《清代學術文化史論》，臺北：文津出版社，1999 年 11 月一版一刷。

16. 王國維：《王國維先生全集續編》（三），臺北：大通書局，1976 年 7 月初版。

17. 王甦、汪安聖：《認知心理學》，北京大學出版社，1993 年 4 月一版二刷。

18.〔明〕王陽明：《王文成公全書》，上海：商務印書館，1934 年 9 月二版。

19.〔明〕王陽明：《王陽明全書》，臺北：正中書局，1954 年 1 月臺二版。

20.〔清〕王筠：《說文句讀》，《中華漢語工具書書庫》，《中華漢語工具書書庫》編輯委員會，合肥：安徽教育出版社，2002 年 1 月一版一刷。

21.〔元〕王構：《修辭鑑衡》，《文淵閣四庫全書》，臺北：臺灣商務印書館。

22. 王寧：《訓詁學原理》，北京：中國國際廣播出版社，1996 年 8 月一版一刷。

23.〔明〕方以智：《通雅》，《文淵閣四庫全書》，臺北：臺灣商務印書館。

24. 方師鐸先生：《方師鐸文史叢稿》（雜著編），臺北：大立書局，1985 年 8 月初版。

25. 毛遠明：《訓詁學新編》，成都：巴蜀書社，2002 年 8 月一版一刷。

26. 天津圖書館編：《稿本中國古籍善本書目書名索引》，濟南：齊魯書社，2003 年 4 月一版一刷。

27.〔清〕孔廣森：《經學卮言》，《續修四庫全書》，《續修四庫全書》編纂委員會，上海古籍出版社，2002 年一版。

28.〔清〕孔廣森：《詩聲類》，《續修四庫全書》，《續修四庫全書》編纂委員會，上海古籍出版社，2002 年一版。

29. 北京大學《荀子》注釋組：《荀子新注》，北京：中華書局，1979 年 2 月一版一刷。

30.〔清〕永瑢等撰：《四庫全書總目提要》，北京：中華書局，1995 年 4 月一版六刷。

31.〔宋〕司馬光：《司馬文正公傳家集》，臺北：臺灣商務印書館，1939 年。

32.〔漢〕司馬遷撰，〔宋〕裴駰集解，〔唐〕司馬貞索隱，〔唐〕張守節正義：《史記》，北京：中華書局。

33. 朱万清：《新日本語語法》（增訂本），北京：外語教學與研究出版社，2001 年 9 月一版十一刷。

34. 朱星：《中國語言學史》，臺北：洪葉文化事業、中華發展基金管理委員會，1995 年 8 月初版一刷。

35. 朱祖延主編：《爾雅詁林》，武漢：湖北教育出版社，1996 年 11 月一版一刷。

36. 朱漢民：《宋明理學通論：一種文化學的詮釋》，湖南教育出版社，2000 年 9 月一版一刷。

37.〔明〕朱謀㙔撰，〔清〕魏茂林訓纂：《駢雅訓纂》，《續修四庫全書》，《續修四庫全書》編纂委員會編，上海古籍出版社，2002 年一版。

38.〔清〕朱駿聲：《說文通訓定聲》，《中華漢語工具書書庫》，《中華漢語工具書書庫》編輯委員會，合肥：安徽教育出版社，2002 年 1 月一版一刷。

39. 牟宗三：《中國哲學十九講：中國哲學之簡述及其所涵蘊之問題》，臺北：臺灣學生書局，1991 年 12 月一版四刷。

40. 存萃學社編集：《顧亭林先生年譜彙編》，香港：崇文書店，1975 年 10 月。
（含：〔清〕張穆編：《顧亭林先生年譜》；〔清〕張穆重訂，謬荃孫校補：《顧亭林先生年譜》；〔清〕顧衍生原本；〔清〕吳映奎輯：《顧亭林先生年譜》；趙儷生：《張穆『亭林年譜』訂補》）

41. 江藩、方東樹：《漢學師承記》（外二種，江藩：《國朝宋學淵源記》；方東樹：《漢學商兌》），北京：三聯書店，1991 年 6 月一版一刷。

42. 任繼昉：《漢語語源學》，重慶出版社，1992 年 6 月一版一刷。

43. 何九盈：《中國古代語言學史》，廣州：廣東教育出版社，1995 年 9 月一版一刷。

44. 何九盈：《中國現代語言學史》，廣州：廣東教育出版社，2000 年 9 月二版二刷。

45. 阮元校勘：《十三經注疏》，浙江古籍出版社，1998 年 6 月一版一刷。

46. 〔清〕阮元：《揅經室集》，臺北：臺灣商務印書館，1966 年 6 月臺一版。

47. 〔宋〕吳可：《藏海詩話》，《文淵閣四庫全書》，臺北：臺灣商務印書館。

48. 〔唐〕吳兢：《樂府古題要解》，《四庫全書存目叢書》，四庫全書存目叢書編纂委員會，臺南：莊嚴文化事業有公司，1997 年 6 月初版一刷。

49. 宋永培：《當代中國訓詁學》，廣州：廣東教育出版社，2000 年 7 月一版一刷。

50. 李幼蒸：《歷史符號學》，桂林：廣西師範大學出版社，2003 年 5 月一版一刷。

51. 李紀祥：《明末清初儒學之發展》，臺北：文津出版社，1992 年 12 月初版。

52. 〔清〕李銘皖等修，〔清〕馮桂芬等纂：《蘇州府志》（光緒九年刊本影印本），臺北：成文出版社，1970 年 5 月臺一版。

53. 〔元〕李冶：《敬齋古今黈》，《文淵閣四庫全書》，臺北：臺灣商務印書館。

54. 呂叔湘：《中國文法要略》，臺北：文史哲出版社，1992 年 9 月再版。

55. 呂叔湘：《漢語語法論文集》（增訂本），北京：商務印書館，1999 年 7 月增訂一版二刷。

56. 余英時：《論戴震與章學誠：清代中期學術思想史研究》，臺北：東大圖書公司，1996 年 11 月。

57. 杜家驥：《清朝簡史》，福建人民出版社，2003 年 3 月一版二刷。

58. 杜維運：《清代史學與史家》，臺北：東大圖書公司，1991 年 4 月再版。

59. 谷振詣：《論證與分析：邏輯的應用》，北京：人民出版社，2000 年 8 月一版一刷。

60. 汪啟明：《漢小學文獻語言研究叢稿》，成都：巴蜀書社，2003 年 4 月一版一刷。

61. 岑溢成：《詩補傳與戴震解經方法》，臺北：文津出版社，1992 年 3 月初版。

62. 邢福義：《漢語語法學》，長春：東北師範大學出版社，1998 年 1 月一版二刷。

63. 周大璞主編，黃孝德、羅邦柱分撰：《訓詁學初稿》，武昌：武漢大學出版社，2000 年 8 月修訂版四刷。

64. 周法高先生：《中國語文論叢》，臺北：正中書局，1991 年 11 月臺初版四刷。

65. 周祖謨校箋，吳曉鈴通檢：《方言校箋及通檢》，北京：科學出版社，1956 年 10 月一版一刷。

66. 〔宋〕林之奇：《尚書全解》，《文淵閣四庫全書》，臺北：臺灣商務印書館。

67. 林尹：《訓詁學概要》，臺北：正中書局，1990 年 10 月初版十五刷。

68. 林語堂：《語言學論叢》，臺北：民文書局，1981 年 2 月臺二版。

69. 林慶彰：《明代考據學研究》，臺北：臺灣學生書局，1986 年 10 月修訂再版。

70. 林慶勳等編著：《文字學》，國立空中大學，1996 年 11 月初版二刷。

71. 〔清〕邵晉涵：《爾雅正義》，《中華漢語工具書書庫》，《中華漢語工具書書庫》編輯委員會，合肥：安徽教育出版社，2002 年 1 月一版一刷。

72. 〔清〕倪濤：《六藝之一錄》，《文淵閣四庫全書》，臺北：臺灣商務印書館。

73. 〔清〕段玉裁：《說文解字注》，《中華漢語工具書書庫》，《中華漢語工具書書庫》編輯委員會，合肥：安徽教育出版社，2002 年 1 月一版一刷。

74. 〔清〕段玉裁：《經韻樓集》，《續修四庫全書》，《續修四庫全書》編輯委員會，上海古籍出版社，2002 年一版。

75. 姜聿華：《中國傳統語言學要籍述論》，北京：書目文獻出版社，1992 年 12 月一版一刷。

76. 姜義華：《章炳麟評傳》，南京大學出版社，2002 年 5 月一版一刷。

77. 〔明〕胡宗憲：《籌海圖編》，天啓年間刊本，東海大學圖書館藏。

78. 范希曾：《南獻遺徵箋》，臺北：文景出版社，1990 年 7 月。

79. 胡師楚生：《訓詁學大綱》，臺北：華正書局，2000 年 9 月九版。

80. 〔明〕胡廣等撰：《性理大全書》，《文淵閣四庫全書》，臺北：臺灣商務印書館。

81. 胡適撰，姜義華主編：《胡適學術文集》（中國哲學史），北京：中華書局，1998 年 2 月一版二刷。

82. 胡樸安：《中國訓詁學史》，北京：商務印書館，1998 年 4 月。

83. 〔明〕胡應麟：《少室山房筆叢》，《文淵閣四庫全書》，臺北：臺灣商務印書館。

84. 胡繼明：《《廣雅疏證》同源詞研究》，成都：巴蜀書社，2003 年 1 月一版一刷。

85. 姚奠中、董國炎：《章太炎學術年譜》，太原：山西古籍出版社，1996 年 8 月一版二刷。

86. 〔清〕俞樾：《古書疑義舉例》（附楊樹達：《古書疑義舉例續補》），臺北：世界書局，1956 年 2 月初版。

87. 〔宋〕洪邁：《容齋隨筆》，上海古籍出版社，1996 年 3 月一版二刷。

88. 唐文權、羅福惠：《章太炎思想研究》，武昌：華中師範大學出版社，1986 年 7 月一版一刷。

89. 〔清〕袁仁林：《虛字說》，《中華漢語工具書書庫》，《中華漢語工具書書庫》編輯委員會，合肥：安徽教育出版社，2002 年 1 月一版一刷。

90. 徐世榮：《古漢語反訓集釋》，合肥：安徽教育出版社，1989 年 8 月一版一刷。

91. 〔明〕徐官：《六書精蘊音釋》，《續修四庫全書》，《續修四庫全書》編輯委員會，上海古籍出版社，2002 年一版。

92. 徐振邦：《聯綿詞概論》，北京：大眾文藝出版社，1998 年 7 月一版一刷。

93. 馬光宇：《方言校釋》，臺北：臺灣商務印書館，1970 年 12 月初版。

94. 馬勇編：《章太炎講演集》，石家庄：河北人民出版社，2004 年 1 月一版一刷。

95. 〔清〕畢沅：《釋名疏證》，《續修四庫全書》，《續修四庫全書》編纂委員會，上海古籍出版社，2002 年一版。

96. 殷寄明：《語源學概論》，上海教育出版社，2000 年 3 月一版一刷。

97. 殷寄明：《漢語語源義初探》，上海：學林出版社，1998 年 1 月一版一刷。

98. 孫雍長：《訓詁原理》，北京：語文出版社，1997 年 12 月一版一刷。

99. 孫殿起：《販書偶記》，臺北：漢京文化事業有限公司，1984 年 7 月。

100. 孫殿起：《販書偶記續編》，臺北：漢京文化事業有限公司，1984 年 7 月。

101. 〔宋〕眞德秀：《大學衍義》，清康熙丙子（三十五年）董漢儒手鈔本，中國子學名著集成編印基金會。

102. 〔宋〕眞德秀：《西山讀書記》，《四庫全書珍本》六集，臺北：臺灣商務印書館，1976 年。

103. 〔清〕桂馥：《說文義證》，《中華漢語工具書書庫》，《中華漢語工具書書庫》編輯委員會，合肥：安徽教育出版社，2002 年 1 月一版一刷。

104. 〔清〕郝懿行：《爾雅義疏》，《中華漢語工具書書庫》，《中華漢語工具書書庫》編輯委員會，合肥：安徽教育出版社，2002 年 1 月一版一刷。

105. 〔宋〕陸九淵、〔明〕王陽明：《陸象山全集·陽明傳習錄》，臺北：世界書局，1979 年 6 月。

106. 陸宗達、王寧：《訓詁與訓詁學》，山西教育出版社，1996 年 7 月一版三刷。

107. 〔宋〕陳大猷：《書集傳或問》，《文淵閣四庫全書》，臺北：臺灣商務印書館。

108. 〔清〕陳元龍輯：《歷代賦彙》（七），北京圖書館，1999 年 11 月一版一刷。

109. 陳平原：《中國現代學術之建立：以章太炎、胡適之爲中心》，北京大學出版社，1998 年 11 月一版二刷。

110. 〔清〕陳玉澍：《爾雅釋例》，《續修四庫全書》編纂委員會，上海古籍出版社，2002 年一版。

111. 〔清〕陳奐：《詩毛詩傳疏》，《續修四庫全書》，《續修四庫全書》編纂委員會，上海古籍出版社，2002 年一版。

112. 陳垣：《校勘學釋例》，上海書店，1997 年 7 月一版一刷。

113. 陳紱：《訓詁學基礎》，北京師範大學出版社，1998 年 3 月一版三刷。

114. 陳祖武、朱彤窗：《曠世大儒：顧炎武》，石家庄：河北人民出版社，2000 年 7 月一版一刷。

115. 〔清〕陳啓源：《毛詩稽古編》，《文淵閣四庫全書》，臺北：臺灣商務印書館。

116. 陳新雄:《古音學發微》,嘉新水泥文化基金會,1972 年 1 月。

117. 陳新雄:《訓詁學》(上),臺北:臺灣學生書局,1994 年 9 月初版。

118. 陳煥良:《訓詁學概要》,廣州:中山大學出版社,1995 年 9 月一版一刷。

119. 陳夢家:《殷虛卜辭綜述》,北京:中華書局,2004 年 4 月一版二刷。

120. 陳獨秀:《字義類例》,上海:亞東圖書館石印本,1925 年 12 月。

121. 〔元〕陳櫟:《定宇集》,《文淵閣四庫全書》,臺北:臺灣商務印書館。

122. 章太炎:《國學概論》,臺北:河洛圖書出版社,1975 年 9 月臺景印再版。

123. 章太炎:《文始》,臺北:中華書局,1980 年 11 月臺二版。

124. 章太炎:《章氏叢書》,浙江圖書館校刊(1925),臺北:世界書局,1982 年。

125. 章太炎撰,上海人民出版社編:《章太炎全集》(一),上海人民出版社,1982 年 2 月一版一刷。

126. 章太炎撰,上海人民出版社編:《章太炎全集》(二),上海人民出版社,1982 年 7 月一版一刷。

127. 章太炎撰,上海人民出版社編:《章太炎全集》(四),上海人民出版社,1985 年 9 月一版一刷。

128. 章太炎撰,上海人民出版社編:《章太炎全集》(五),上海人民出版社,1985 年 2 月一版一刷。

129. 章太炎:《民國章太炎先生炳麟自訂年譜》,臺北:臺灣商務印書館,1987 年 8 月二版。(附:潘承弼、沈延國、朱學浩、徐復輯:〈太炎先生著述目錄初編、後編〉)

130. 章太炎:《訄書》(初刻本、重訂本),北京:三聯書店,1998 年 6 月一版一刷。

131. 章太炎:《章太炎生平與學術自述》,南京:江蘇人民出版社,1999 年 3 月一版一刷。

132. 〔清〕章學誠:《丙辰箚記》,《叢書集成續編》,臺北:新文豐出版公司。

133. 〔清〕章學誠撰,葉瑛校注:《文史通義》,北京:中華書局,2000 年 1 月一版三刷。

134. 郭在貽:《訓詁學》,長沙:湖南人民出版社,1986 年 10 月一版一刷。

135. 郭康松:《清代考據學研究》,武漢:崇文書局,2003 年 5 月一版二刷。

136. 〔宋〕張有:《復古編》,《四部叢刊續編》,王雲五主編,臺北:臺灣商務印書館,1976 年臺二版。

137. 〔清〕張尚瑗:《三傳折諸》,《文淵閣四庫全書》,臺北:臺灣商務印書館。

138. 張昭軍:《儒學近代之境:章太炎儒學思想研究》,北京:社會科學文獻出版社,2002 年 8 月一版一刷。

139. 〔宋〕張洪、齊熙編:《朱子讀書法》,《文淵閣四庫全書》,臺北:臺灣商務印書館。

140. 張豈之主編:《中國儒學思想史》,西安:陝西人民出版社,1990 年 4 月一版一刷。

141. 張冥飛筆述：《章太炎國學講演錄》，臺北：文海出版社，1973 年 2 月初版。

142. 張舜徽撰，張君和選編：《張舜徽學術論著選》，武漢：華中師範大學出版社，1997 年 12 月一版一刷。

143. 張舜徽：《中國文獻學》，臺北：木鐸出版社，1988 年 9 月初版。

144. 張舜徽：《清儒學記》，濟南：齊魯書社，1991 年 11 月一版一刷。

145. 〔清〕張穆編：《顧亭林先生年譜》，臺北：臺灣商務印書館，1980 年 4 月初版。

146. 張麗珠：《清代義理學新貌》，臺北：里仁書局，2002 年 3 月初版二刷。

147. 張麗珠：《清代新義理學：傳統與現代的交會》，臺北：里仁書局，2003 年 1 月。

148. 梁啟超：《戴東原》，臺北：中華書局，1957 年 4 月臺一版。

149. 梁啟超：《清代學術概論》，北京：東方出版社，1996 年 3 月一版一刷。

150. 梁啟超：《中國近三百年學術史》，北京：東方出版社，1996 年 3 月一版一刷。

151. 梁啟超：《梁啟超史學論著四種》，長沙：岳麓書社，1998 年 8 月一版一刷。

152. 陶緒、史革新：《有學問的革命家：章太炎》，武漢：湖北教育出版社，1999 年 11 月一版一刷。

153. 〔元〕許謙：《詩集傳名物鈔》，《文淵閣四庫全書》，臺北：臺灣商務印書館。

154. 馮友蘭：《中國哲學史新編》（六），北京：人民出版社，1989 年 1 月一版一刷。

155. 馮友蘭：《中國哲學史新編》，北京：人民出版社，2003 年 4 月一版三刷。

156. 〔清〕黃生：《義府》，《文淵閣四庫全書》，臺北：臺灣商務印書館。

157. 黃侃口述，黃焯筆記編輯：《文字聲韻訓詁筆記》，臺北：木鐸出版社，1983 年 9 月。

158. 黃侃：《黃侃論學雜著》，臺北：中華書局，1969 年 8 月臺一版。

159. 黃建中：《訓詁學教程》，荊楚書社，1988 年 1 月一版一刷。

160. 黃愛平：《樸學與清代社會》，石家庄：河北人民出版社，2003 年 1 月一版一刷。

161. 傅杰編：《自述與印象：章太炎》，上海：三聯書店，1997 年 11 月一版一刷。

162. 湯廷池：《漢語詞法句法三集》，臺北：臺灣學生書局，1992 年 10 月初版。

163. 齊佩瑢：《訓詁學概論》，臺北：華正書局，1990 年 9 月。

164. 勞思光：《新編中國哲學史》（三下），臺北：三民書局，1992 年 9 月增訂七版。

165. 〔明〕焦竑：《焦氏筆乘》，《續修四庫全書》，《續修四庫全書》編輯委員會，上海古籍出版社，2002 年一版。

166. 〔清〕惠棟：《惠氏春秋左傳補注》，《文淵閣四庫全書》，臺北：臺灣商務印書館。

167. 〔清〕程瑤田撰，洪汝闓校：《果贏轉語記》，《叢書集成續編》，臺北：新文豐出版公司。

168. 〔清〕程瑤田：《修辭餘鈔》，《通藝錄》，《叢書集成續編》，臺北：新文豐出版公司。

169. 舒懷：《高郵王氏父子學術初探》，華中理工大學出版社，1997 年 11 月一版一刷。

170. 楊向奎：《清儒學案新編》（一），濟南：齊魯書社，1985 年 2 月一版一刷。

171. 楊光榮：《藏語漢語同源詞研究：一種新型的、中西合璧的歷史比較語言學》，北京：民族出版社，2000 年 8 月一版一刷。

172. 楊伯峻原著，田樹生整理：《古今漢語詞類通解》，北京出版社，1998 年 8 月一版一刷。

173. 楊家駱主編：《新校本宋史并附編三種》，臺北：鼎文書局，1980 年 5 月再版。

174. 〔明〕楊慎：《古音駢字》，《函海》，〔清〕李調元編纂，臺北：宏業書局，1970 年。

175. 〔明〕楊慎：《丹鉛餘錄》，《文淵閣四庫全書》，臺北：臺灣商務印書館。

176. 楊端志撰，殷煥先校訂：《訓詁學》，山東文藝出版社，1992 年 3 月二版。

177. 董同龢先生：《漢語音韻學》，臺北：文史哲出版社，1995 年 9 月十三版。

178. 董作賓先生：《甲骨學六十年》，臺北：藝文印書館，1965 年 6 月初版。

179. 〔宋〕賈昌朝：《群經音辨》，《四部叢刊廣編》，臺北：臺灣商務印書館。

180. 賈誼撰，王洲明、徐超校注：《賈誼集校注》，北京：人民文學出版社，1996 年 11 月一版一刷。

181. 賈誼撰，李爾綱譯注：《新書全譯》，貴陽：貴州人民出版社，1998 年 12 月一版一刷。

182. 賈誼撰，饒東原注譯：《新譯新書讀本》，臺北：三民書局，1998 年 5 月。

183. 裘錫圭：《文字學概要》，臺北：萬卷樓圖書有限公司，1995 年 4 月再版。

184. 〔明〕葉盛：《水東日記》，《文淵閣四庫全書》，臺北：臺灣商務印書館。

185. 葉鍵得：《古漢語字義反訓探微》，臺北：臺灣學生書局，2003 年 9 月初版。

186. 漆永祥：《乾嘉考據學研究》，北京：中國社會科學出版社，1998 年 12 月一版一刷。

187. 趙克勤：《古代漢語詞匯學》，北京：商務印書館，1994 年 6 月一版一刷。

188. 趙振鐸：《中國語言學史》，石家庄：河北教育出版社，2000 年。

189. 〔宋〕蔡正孫：《詩林廣記》，《文淵閣四庫全書》，臺北：臺灣商務印書館。

190. 〔明〕蔡清：《四書蒙引》，《文淵閣四庫全書》，臺北：臺灣商務印書館。

191. 〔清〕潘耒：《遂初堂文集》，《四庫全書存目叢書》，四庫全書存目叢書編輯委員會，臺南：莊嚴文化事業有限公司，1997 年 6 月初版一刷。

192. 魯迅：《且介亭雜文末編》，《魯迅全集》第六卷，北京：人民文學出版社，1998 年一版五刷。

193. 蔣伯潛：《校讎目錄學纂要》，北京大學出版社，1990 年 5 月一版一刷。

194. 蔣秋華主編：《乾嘉學者的治經方法》（上、下），臺北：中央研究院中國文哲研究所籌備處，1999 年 10 月初版。

195. 蔣紹愚：《古漢語詞匯綱要》，北京大學出版社，1989 年 12 月一版一刷。

196. 〔清〕鄧廷楨：《雙硯齋筆記》，臺北：文海出版社，1967 年。

197. 〔清〕閻若璩：《尚書古文疏證》，上海古籍出版社，1987 年 12 月一版一刷。

198. 〔清〕閻若璩：《四書釋地續》，《文淵閣四庫全書》，臺北：臺灣商務印書館。

199. 劉師培：《左盦外集》，《劉申叔先生遺書》（三），臺北：大新書局，1965 年 8 月。

200. 劉師培：《劉申叔遺書》，南京：江蘇古籍出版社，1997 年 11 月一版二刷。

201. 〔清〕劉淇：《助字辨略》，《中華漢語工具書書庫》，《中華漢語工具書書庫》編輯委員會，合肥：安徽教育出版社，2002 年 1 月一版一刷。

202. 劉夢溪主編：《中國現代學術經典：章太炎卷》，石家庄：河北教育出版社，1996 年 8 月一版一刷。

203. 黎錦熙：《國語運動史綱》，上海：商務印書館，1940 年。

204. 〔清〕錢大昕撰，陳文和主編：《嘉定錢大昕全集》，南京：江蘇古籍出版社，1997 年 12 月一版一刷。

205. 〔清〕錢大昕撰，呂友仁校點：《潛研堂文集》，上海古籍出版社，1989 年 11 月一版一刷。

206. 〔清〕錢儀吉纂錄：《碑傳集》，臺北：明文書局。

207. 錢穆：《中國近三百年學術史》（《中國現代學術經典：錢賓四卷》），石家庄：河北教育出版社，1999 年 3 月一版一刷。

208. 〔清〕錢繹：《方言箋疏》，《續修四庫全書》，《續修四庫全書》編纂委員會，上海古籍出版社，2002 年一版。

209. 〔清〕盧文弨：《抱經堂文集》，《續修四庫全書》，《續修四庫全書》編纂委員會，上海古籍出版社，2002 年一版。

210. 龍師宇純：《中國文字學》（定本），臺北：五四書店，1994 年 9 月初版。

211. 賴貴三編著：《昭代經師手簡箋釋：清儒致高郵二王論學書》，臺北：里仁書局，1999 年 8 月初版。

212. 鮑國順：《戴震研究》，臺北：國立編譯館，1997 年 5 月初版。

213. 魏建功：《古音系研究》，《魏建功文集》（一），南京：江蘇教育出版社，2001 年 7 月一版一刷。

214. 謝國楨：《顧寧人學譜》，臺北：臺灣商務印書館，1967 年 9 月臺一版。

215. 〔清〕戴震撰，〔清〕段玉裁編：《戴震文集》，臺北：華正書局，1974 年 10 月臺一版。

216. 〔清〕戴震撰，張岱年主編：《戴震全書》，合肥：黃山書社，1994 年 7 月一版一刷。

217. 鐘明彥：《聲訓與《說文》聲訓研判》，碩士論文，臺中：東海大學中文研究所，1996 年。

218. 〔清〕顧亭林：《左傳杜解補正》，臺北：義士書局，1968 年。

219. 〔清〕顧亭林：《顧亭林遺書十種》，臺北：進學書局，1969 年 8 月景印初版。

220. 〔清〕顧亭林：《顧亭林詩文集》，臺北：漢京文化事業有限公司，1984 年 3 月。

221.〔清〕顧亭林撰,〔清〕黃汝成集釋:《日知錄集釋》,臺北:世界書局,1984 年 11 月七版。

222.〔清〕顧亭林撰,周蘇平、陳國慶點注:《日知錄》,甘肅民族出版社,1997 年 11 月一版一刷。

223. 顧衍生等:《顧亭林先生年譜三種》,北京圖書館,1997 年 5 月一版一刷。
　　（含:〔清〕顧衍生原本,〔清〕吳映奎、車持謙輯,〔清〕錢邦彥校補:《校補顧亭林先生年譜》;〔清〕張穆撰:《顧亭林先生年譜》（道光刻本）;倫明編:稿本《三補顧亭林年譜》）

224.〔後魏〕酈道元撰,〔清〕趙一清注釋:《水經注釋》,臺北:華文書局,1970 年 5 月初版。

225.〔美〕埃利奧特・阿倫森（Aronson, E.）撰,鄭日昌、張珠江、王利群、李文莉譯:《社會性動物》（The Social Animal）,北京:新華出版社,2001 年 9 月一版一刷。

226.〔美〕Bart Kosko 撰,林基興譯:《模糊思考:模糊邏輯的新科學》（Fuzzy Thinking: The New Science of Fuzzy Logic）,臺北:全華科技圖書股份有限公司,1995 年 12 月二版一刷。

227.〔美〕艾爾・巴比（Earl Babbie）撰,邱澤奇譯:《社會研究方法》（The Practice of Social Research）,北京:華夏出版社,2000 年 5 月一版一刷。

228.〔美〕喬治・萊柯夫（Goerge Lakoff）撰,梁玉玲等譯:《女人、火與危險事物:範疇所揭示之心智的奧祕》（Women, Fire, and Dangerous Things: What Ccategories Reveal about the Mind）,臺北:桂冠圖書公司,1994 年 9 月。

229.〔美〕葛雷易克（James Gleick）撰,林和譯:《混沌:不測風雲的背後》（Chaos: Making a New Science）,臺北:天下出版社,1996 年二版二刷。

230.〔美〕費曼（Richard P. Feynman）撰,吳程遠譯:《這個不科學的年代:費曼談科學精神的價值》（The Meaning of It All: Thoughts of a Citizen-Scientist）,臺北:天下遠見出版社,1999 年 5 月一版。

231.〔美〕史迪芬・平克（Steven Pinker）撰,洪蘭譯:《語言本能:探索人類語言進化的奧祕》（The Language Instinct: how the mind creates language）,臺北:商業周刊出版股份有限公司,1998 年 5 月初版。

232.〔英〕吉爾比（T. Gliby）撰,王路譯:《經院辯證法》（A Description of Scholastic Dialectic）,上海:三聯書店,2000 年 8 月一版一刷。

233.〔美〕孔恩（Thomas S. Kuhn）撰,程樹德、傅大爲、王道還、錢永祥譯:《科學革命的結構》（The Structure of Scientific Revolutions）,臺北:遠流出版事業股份有限公司,2002 年 1 月二版六刷。

234.〔美〕庫恩〔即孔恩〕（Thomas S. Kuhn）撰,紀樹立譯:《必要的張力:科學的傳統和變革論文選》（The Essential Tension: Selected Studies in Scientific Trandition and Change）,北京:北京大學出版社,2004 年 1 月一版一刷。

235.〔法〕古斯塔夫・勒龐（Gustave Le Bon）撰,馮克利譯:《烏合之眾:大眾心理研究》（Crowd: The Study of Popular Mind）,北京:中央編譯出版社,2000 年 1

月一版一刷。

236. 〔日〕大村平撰，李正宏譯：《什麼是函數》（かんすうの　はなし），臺北：建興出版社，2002 年 1 月一版三刷。

237. 〔日〕眞田信治、澀谷勝己、陣内正敬、杉戸清樹撰，王素梅、彭國躇譯：《社會語言學概論》（社会言語学），上海譯文出版社，2002 年 11 月一版一刷。

二、學位論文

1. 岑溢成：《訓詁學與清儒訓詁方法》，博士論文，香港大學新亞研究所，1984 年。

2. 孫劍秋：《顧炎武經學之研究》，碩士論文，國立政治大學中國文學系，1988 年。

3. 陳梅香：《章太炎語言文字學研究》，博士論文，國立中山大學中國文學系，1997 年。

4. 黃錦樹：《章太炎語言文字之學的知識（精神）系譜》，碩士論文，淡江大學中國文學系，1994 年。

三、單篇論文

1. 王玉鼎：〈反義同詞的産生、發展和消亡〉，《古漢語研究》，1993 年第二期。又見《語言文字學》。

2. 王松木：〈經籍訓解上的悖論：論反訓的類型與成因〉，《漢學研究》第十六卷第一期（1998）。

3. 王寧、黃易青：〈詞源意義與詞匯意義論析〉，《北京師範大學學報》（人文社會科學版），2002 年第四期。

4. 方俊吉：〈高郵王氏學述〉，《高雄師院學報》第三期（1975 年 1 月）。

5. 古偉瀛：〈史家顧炎武〉，《中西史學史研討會論文集》，國立中興大學歷史系、中國通史教學研討會編，久洋出版社，1986 年 1 月初版。

6. 甘大昕：〈雙聲疊韻聯綿字研究〉，《國文月刊》第五十期。

7. 牟〔潤〕孫：〈顧寧人學術之淵源：考據學之興起及其方法之由來〉，《中國哲學思想論集》（五），臺北：牧童，1978 年 2 月三版，頁 63〜79。

8. 余大光：〈"反訓"研究述評〉，《黔南民族師專學報》（哲學社會版），1994 年第一期。

9. 余大光：〈歷代關於反訓的研究〉，《貴州文史叢刊》，1994 年第三期。

10. 余雄杰：〈略論古漢語的同形反訓詞：兼爲"反訓"辨正〉，《溫州師範學院學報》（哲學社會科學版），1996 年第二期。

11. 李國正：〈反訓芻議〉，《廈門大學學報》（哲學社會版），1993 年第二期。

12. 李運富：〈是誤解不是"挪用"——兼談古今聯綿字觀念上的差異〉，《中國語文》，1991 年第五期（總第二二四期）。

13. 杜維運：〈清盛世的學術工作與考據學的發展〉，《大陸雜誌語文叢書》第二輯第一冊（原載《大陸雜誌》第二十八卷第九期）。

14. 金小春:〈王念孫"連語"說等四種釋例及重評〉,《語言文字學》,1989 年第四期,頁 9～46,中國人民大學書報資料中心。(原載《杭州大學學報》(哲學社會版)1989 年 1 月)

15. 周玉秀:〈聯綿詞的構成與音轉試探〉,《西北師大學報》(社會科學版),第三十一卷第四期 (1994 年 7 月)。

16. 周光慶:〈戴震《孟子》解釋方法論〉,《孔子研究》,1998 年第四期。

17. 孟蓬生:〈論同源詞語音關係的雙重性〉,《古籍整理研究學刊》,2000 年第六期。

18. 段家旺:〈反訓成因論〉,《郴州師專學報》,1994 年第一期 (總三十三期)。

19. 姚榮松:〈《文始・成均圖》音轉理論述評〉,《國文學報》第二十期。

20. 徐天云:〈聯綿詞研究的歷史觀與非歷史觀〉,《古漢語研究》,2000 年第二期 (總四十七期)。

21. 徐朝華:〈郭璞反訓例證試析〉,《語言文字學術論文集:慶祝王力先生學術活動五十周年》,呂淑湘等著,上海:知識出版社,1989 年 1 月一版一刷,頁 533～545。

22. 袁雪梅:〈試評方以智對"謰語"及聯綿詞的研究〉,《四川師範大學學報》(社會科學版),第二十五卷第三期 (1998 年 7 月)。

23. 唐鈺明:〈顧炎武的訓詁學〉,《第四屆清代學術研討會論文集》,國立中山大學中國文學系編,1995 年 11 月,頁 521～539。

24. 孫德宣:〈聯綿字淺說〉,《輔仁學誌》第十一卷一、二合期。

25. 章太炎:〈音論〉,《中國語文學研究》,臺北:中華書局,1967 年。

26. 章太炎:〈論語言文字之學〉,《國粹學報》第二十四期。

27. 章絳(太炎):〈論語言文字之學〉,《國粹學報》第二十四、二十五期。

28. 張其昀:〈《詩經》疊字三題〉,《鹽城師專學報》(哲學社會科學版),1995 年第一期。

29. 張壽林:〈三百篇聯綿字研究〉,《燕京學報》第十三期。

30. 梁宗奎、許建章、闞興禮:〈論聯綿詞的界定及分類〉,《泰安師專學報》第二十三卷第一期 (2001 年 1 月)。

31. 陳晨(馮蒸):〈漢語音韻札記四則〉,《漢字文化》,1990 年第四期。

32. 陳建初:〈漢字形體在漢語語源研究中的地位〉,《湖南師範大學學報》(社會科學版),1991 年第五期。

33. 陳建初:〈漢語語源研究的文化視角〉,《湖南師範大學學報》(社會科學版),1992 年第四期。

34. 陳祖武:〈關於乾嘉學派的幾點思考〉,《清代經學國際研討會論文集》,中央研究院中國文哲研究所籌備處,1994 年 5 月初版。

35. 陳瑞衡:〈當今"聯綿字":傳統名稱的"挪用"〉,《中國語文》,1989 年第四期 (總第二一一期)。

36. 陳鴻森先生：〈阮元刊刻《古韻廿一部》相關故實辨正——兼論《經義述聞》作者疑案〉，第三屆國際暨第八屆清代學術研討會會議論文（2004 年 3 月 13～14日）。本文所據爲會後修訂稿（2004 年 5 月 26 日）。

37. 程一凡：〈經世家顧炎武的史學精神〉，《中央研究院近代史研究所集刊》第二十四期（1995），頁 151～168。

38. 湯志鈞：〈清代常州今文學派與戊戌變法〉，《中國近三百年學術思想論集二編》，存萃學社編集，周康燮主編，香港：崇文書店，1971 年 10 月。

39. 黃易青：〈同源詞義素分析法：同源詞意義分析與比較的方法之一〉，《古漢語研究》，1999 年第三期。

40. 黃易青：〈同源詞意義關係比較互證法〉，《古漢語研究》，2000 年第四期。

41. 黃啓華：〈讀《日知錄》札記——顧炎武「六經皆史」思想辨析〉，《故宮學術季刊》第九卷第四期。

42. 黃愛平：〈乾嘉學者王念孫王引之父子學術研究〉，《中國經學史論文選集》（下），林慶彰編，臺北：文史哲出版社，1993 年 3 月初版，頁 484～526。

43. 逯耀東：〈司馬光《通鑑考異》與裴松之《三國志注》〉，《臺大歷史學報》第二十一期（1997）。

44. 楊志賢：〈論“反義同詞”現象〉，《集美大學學報》第五卷第三期（2002 年 9 月）。

45. 董璠：〈反訓纂例〉，《燕京學報》第二十二期（1937 年 9 月）。

46. 葉鍵得：〈論反訓之名稱與界說〉，《北市師院語文學刊》第四期（1997）。

47. 趙峰：〈“美惡同辭”辨析〉，《寧德師專學報》（哲學社會科學版），1995 年第二期。

48. 漆永祥：〈論乾嘉考據學派別之劃分及其相關諸問題〉，《國學研究》第五卷。

49. 劉福根：〈歷代聯綿字研究述評〉，《語文研究》，1997 年第二期（總第六十三期）。

50. 黎千駒：〈淺談系聯同源字的標準：讀《同源字典》後記〉，《古漢語研究》，1992年第一期。

51. 賴炎元：〈高郵王念孫引之父子的校勘學〉，《中國學術年刊》第十期，國立臺灣師範大學、國文研究所畢業同學會編，1989 年 2 月。

52. 龍師宇純：〈論反訓〉，《華國》第四期（1963）。

53. 謝鶯興：〈館藏《籌海圖編》板本述略〉，《東海大學圖書館館訊》新二十一期，2003 年 6 月。

54. 羅少卿：〈試論反訓中的辯證法〉，《武漢大學學報》（社會科學版），1992 年第二期。

55. 羅立方、張青松：〈同源詞判定的語音條件質疑〉，《語文學刊》，2000 年第三期。

56. 關童：〈聯綿詞名義再確認〉，《浙江大學學報》第二十八卷第六期（1995 年 12月）。

57. 〈「清乾嘉學術研究之回顧」座談會紀要〉，《中國文哲研究通訊》第四卷第一期。

四、外　文

1. Aronson, Elliot: *The Social Animal*. 6th ed. W. H. Freeman & Company, 1991.

2. Earl Babbie: *The Practice of Social Research*. 北京：清華大學出版社，2003.

3. Palmer, F. R.: *Semantics*. Cambridge: Cambridge University, 1983.

4. Thomas S. Kuhn.: *The Structure of Scientific Revolutions*. The University of Chicago, 1996.

5. Lotfi A. Zadeh: "Fuzzy sets." *Fuzzy Sets, Fuzzy Logic, And Fuzzy Systems: Selected Papers*. edited by George J. Klir & Bo Yuan, world Scientific Publishing Co Pte Ltd, 1996.